Wilhelmine von Hillern

Die Geier-Wally

Eine Geschichte aus den Tiroler Alpen

Wilhelmine von Hillern: Die Geier-Wally. Eine Geschichte aus den Tiroler Alpen

Berliner Ausgabe, 2016
Vollständiger, durchgesehener Neusatz bearbeitet und eingerichtet von Michael Holzinger

Erstdruck: Als Fortsetzungsroman ab 1873; 1875 als Roman in zwei Bänden.

Herausgeber der Reihe: Michael Holzinger
Reihengestaltung: Viktor Harvion
Umschlaggestaltung unter Verwendung des Bildes:
Anna Stainer-Knittel, Selbstbildnis in Lechtaler Tracht, 1869

Gesetzt aus Minion Pro, 11 pt

Inhalt

Schaust du verträumt vom Turme nieder,
Du hochlandwilde scheue Maid
Im knappgeschnürten Purpurmieder,
In keuscher Herzensherrlichkeit,
So denk' ich einer Alpenrose,
Die einsam auf der Klippe steht,
Unsorgsam, ob bei Stein und Moose
Ein Menschenauge sie erspäht.

Scheffel

Tief unten durchs Ötztal zog ein fremder Wanderer. Oben in Adlershöhe über ihm am schwindelnden Abhang stand eine Mädchengestalt, von der Tiefe heraufgesehen nicht größer als eine Alpenrose, aber doch scharf sich abzeichnend vom lichtblauen Himmel und den leuchtenden Eisspitzen der Ferner. Fest und ruhig stand sie da, wie auch der Höhenwind an ihr riss und zerrte, und schaute nieder schwindellos in die Tiefe, wo die Ache brausend durch die Schlucht stürzte und ein schräger Sonnenstrahl in ihrem feinen Sprühregen schimmernde Prismen an die Felswand malte. Auch sie sah winzig klein den Wanderer und seinen Führer dahinziehen über den schmalen Steg, der in Turmeshöhe über die Ache führte und von da oben einem Strohhalm glich. Sie hörte nicht, was die beiden sprachen, denn aus der Tiefe drang kein Laut herauf als das donnernde Brausen des Wassers. Sie wurde nicht gewahr, dass der Führer, ein schmucker Gemsjäger, drohend den Arm erhob, zu ihr hinauf deutete und zu dem Fremden sagte: »Das is g'wiß die Geier-Wally, die dort oben steht, denn auf den schmalen Vorsprung, so nah an 'n Abgrund, traut sich kei andres Madel; schauen's, ma meint, der Wind müßt' sie 'runterwehen, aber die tut immer's Gegenteil von dem, was jeder vernünftige Christenmensch tut.«

Jetzt traten sie in einen dunkeln, feuchtkalten Fichtenwald ein. Noch einmal blieb der Führer stehen und schaute hinauf mit Falkenblick, wo das Mädchen stand und das Dörfchen sich lieblich hinbreitete auf der schmalen Bergplatte im vollen Glanz der Morgensonne, die noch kaum verstohlen hereinschielen durfte in die enge, grabesdüstre Schlucht da unten. »Schau nur nit so trotzig 'runter, da hinauf gibt's auch einen Weg!« murmelte er und verschwand mit dem Fremden. Wie zum Hohn auf die Drohung stieß das Mädchen einen Juchzer aus, so gellend von allen Wänden widerhallend, dass ein beflügeltes Echo den Ton bis in die tiefe Stille des Fichtenwaldes hineintrug, geisterhaft verklingend wie der herausfordernde Ruf der den Gemsjäger feindlichen Feen des Ötztals.

»Ja, schrei nur – i will dir's scho austreiben!« drohte er wieder, und sich stark hintenüberlegend, das Genick mit beiden Händen stemmend, schmetterte er hell und grell wie ein Posthorn ein Spott- und Trutzlied an der Bergwand empor.

»Ob sie's hört?«

»Warum nennst du das Mädchen dort oben die Geier-Wally?« fragte der Fremde unten im dunkeln, feuchtrauschenden Wald.

»Herr, weil sie als Kind schon ein Geiernest ausg'nommen und mit dem alten Geier g'hackelt hat«, sagte der Tiroler. »Sie ist das schönste und stärkste Mädel in ganz Tirol und furchtbar reich, und die Buab'n lassen sich von ihr heimjagen, dass a wahre Schand is. Keiner hat die Schneid, dass er ihr amal 'n Meister zeigen tät! Spröd sei sie wie a wilde Katz und so stark, dass die Buab'n behaupten, 's könn' sie keiner zwinge – wenn ihr einer z' nah kommt, schlagt s' ihn nieder. No – wann i emal 'nauf käm, i wollt' sie zwinge, oder i riss mer selber 'n Gamsbart und d' Feder vom Huat!«

»Warum hast du nicht schon dein Glück bei ihr versucht, wenn sie doch so reich ist und schön?« fragte der Fremde.

»Ach wissen S' i mag so Madeln nit – die halbe Buab'n sind. Freili kann sie nix dafür: der Alte – Stromminger heißt er – ist gar a schiecher, böser Mensch. Er war vorzeiten der beste Hackler und Robler im Gebirg, und des geht ihm heut noch nach. Das Madel hat er lasterhaft viel g'schlagen und aufzog'n wie 'n Buab'n; kei Muater hat's nit g'habt, weil's so a groß's stark's Kind war, dass es die Frau kaum auf d' Welt bringen könnt hat und glei g'storben is. Da is das Madel halt au so wild und g'walttätig word'n.« – So erzählte der Tiroler unten in der Schlucht dem Fremden, und er hatte sich nicht getäuscht. Die Mädchengestalt, die dort oben über dem Abgrund ragte, war die Walburga Strommingerin, des gewaltigen »Höchstbauern« Kind, auch Geier-Wally genannt, und er sprach wahr, sie verdiente diesen Namen. Schrankenlos war ihr Mut und ihre Kraft, als hätte sie Adlersfittiche, schroff und unzugänglich ihr Sinn, wie die scharfkantigen Felsspitzen, an denen die Geier nisten und die Wolken des Himmels zerreißen.

Wo es was Gefährliches zu vollbringen gab, da war von Kindheit auf die Wally dabei gewesen und hatte die Buben beschämt. Schon als Kind war sie wild und ungestüm wie die jungen Stiere des Vaters, die sie bändigte. Als sie kaum vierzehn Jahre alt war, hatte ein Bauer an einer schroffen Felswand das Nest eines Lämmergeiers mit einem Jungen entdeckt, aber keiner im Dorfe mochte es wagen, das Nest auszunehmen. Da erklärte der Höchstbauer zum Hohn für die mannhafte Jugend des Orts, er werde es seine Walburga tun lassen. Und richtig, die Wally war dazu bereit, zum Entsetzen der Weiber und zum Verdruss der »Buab'n«. »Höchstbauer, das heißt Gott versuchen«, sagten die Männer. Aber der Stromminger musste seinen Spaß haben, alle Welt musste es erfahren, dass das Strommingersche Geschlecht bis auf Kind und Kindeskind herab seinesgleichen suche.

»Ihr sollt's sehen, dass ein Madel vom Stromminger mehr is, als zehn Buab'n von euch!« rief er lachend den Bauern zu, die zusammenströmten, um das Unglaubliche mit anzusehen. Viele dauerte das schöne, stattliche junge Blut, das einer boshaften Prahlerei des Vaters vielleicht zum Opfer fallen würde. Aber sehen wollten sie's doch alle. Da die Felsenwand fast lotrecht gerade war, an der das Nest hing, und kein menschlicher Fuß sie betreten konnte, wurde Wally ein Strick um den Leib gebunden. Vier Männer, zuvörderst ihr Vater, hielten ihn zwar, aber den Zuschauern war es doch grausig zu sehen, wie das beherzte Kind, nur mit einem Messer bewaffnet, bis an den Rand des Plateaus vortrat und sich nun mit einem raschen Sprung in die Tiefe hinabließ. Wenn der Knoten des Seiles aufging, wenn der Geier sie zerfleischte, oder wenn sie sich beim Heraufziehen an einem unbemerkten Vorsprung den Schädel einstieß? Es war ein gottsträfliches Beginnen vom Stromminger, so das Leben des eigenen Kindes auszusetzen. Indessen durchschiffte die Wally unerschrocken das Luftmeer bis zur Mitte des Abgrundes, wo sie mit Jubel den kleinen Geier begrüßte, der dem fremdartigen Besuch die flaumigen Federn entgegensträubte und piepsend den unförmigen Schnabel gegen sie aufriss. Ohne langes Besinnen packte sie mit der Linken den jungen Vogel, der nun ein jämmerliches Geschrei anhob, und nahm ihn unter den Arm. Da rauschte es durch die Lüfte, und in demselben Augenblick war es dunkel um sie her und wie in Sturm und Hagelwetter schlug und brauste es ihr um den Kopf. Ihr einziger Gedanke war: »Die Augen, rette die Augen!« und das Gesicht dicht an die Felswand drückend, focht sie mit dem Messer in ihrer Rechten blindlings gegen das wütende Tier, das mit dem scharfen Schnabel, mit Klauen und Fittichen auf sie eindrang. Indessen zogen oben die Männer rasch an. Noch eine Weile dauerte während der Auffahrt der Kampf in der Luft – da plötzlich neigte sich der Geier und schoss in die Tiefe; Wallys Messer musste ihn verwundet haben. Wally aber kam mit dem Kleinen im Arm, das sie um keinen Preis losgelassen hätte, blutend und mit vom Fels zerschundenem Gesicht oben an.

»Aber Wally«, schrien ihr die Leute entgegen, »warum hast denn das Junge nit fahren g'lass't, dann wärst ja den Geier losg'west!« »Oh«, sagte sie einfach, »das arm' Dierl kann ja noch nit fliegen, wenn i's losg'lass't hätt', wär's in den Abgrund g'stürzt und hätt' sich zu Tod g'fallen.«

Hier war es zum ersten und einzige Male in ihrem ganzen Leben, dass der Vater ihr einen Kuß gab; nicht weil ihn das großmütige Mitleid Wallys mit dem hilflosen Tier gerührt hätte, sondern weil sie ein Heldenstück verübt hatte, das dem erlauchten Roblergeschlecht der Stromminger Ehre machte.

Das war das Mädchen, das da draußen stand auf dem kaum fußbreiten Felsvorsprung und träumerisch hinabsah in den Abgrund, über dem sie schwebte, denn es kam manchmal wundersam über sie bei all ihrem Ungestüm, dass es stille in ihr ward und sie wehmütig vor sich hinschaute, als sähe sie etwas, wonach sie sich sehnte und was sie doch nicht erreichen konnte. Es war ein Bild, das sich immer gleichblieb, sie mochte es sehen in grauer Morgendämmerung oder in goldener Mittagsglut, im Abendrot oder im bleichen Mondlicht, und es ging mit ihr seit einem Jahr überall, wo sie ging und stand, hinab ins Tal und hinauf auf die Berge, und wenn sie so allein draußen war, und ihre großen, wildscheuen Gemsenaugen hinüberschweiften zu dem weißleuchtenden Gletschermeer, oder hinunter in die schattige Schlucht, wo die Ache donnerte, dann suchten sie den, welchem das Bild glich, und wenn dann und wann ein Wanderer da unten winzig klein vorüberglitt, so dachte sie, das könnte er sein, und eine seltsame Freude kam über sie bei dem Gedanken, dass sie ihn gesehen, wenn sie auch nichts erkennen konnte als eine menschliche Gestalt, nicht größer als ein bewegliches Figürchen im Guckkasten. Und als jetzt die beiden Wanderer vorüberzogen, von denen der Fremde sie bewunderte, der Tiroler ihr drohte, da dachte sie wieder, er sei's. Da ward ihr's so eng in der Brust, sie öffnete die Lippen, und wie eine befreite Lerche schwang sich die Freude in einem schmetternden Jodler daraus empor. Und wie der Jäger unten im stillen Wald ein verschwindendes Echo davon gehört, so erreichte auch sie ein Widerhall seiner Antwort, und sie lauschte dem verwehten Klang mit trunkenem Ohr – es konnte ja *seine* Stimme sein! Und über das wilde, trotzige Gesicht verbreitete sich der rosige Widerschein eines warm aufwallenden Gefühls. Sie hatte ja nicht gehört, dass das Lied ein Spott- und Trutzlied war. Hätte sie's gehört, sie hätte wohl die nervige Faust geballt und die Kraft ihres Armes geprüft, und über ihr Gesicht wären finstere Schatten gezogen, dass es erbleicht wäre wie die Gletscher nach Sonnenuntergang. Und sie setzte sich nieder auf den Stein, der sie trug, und schaukelte mit den Füßen, die nun frei über dem Abgrund hingen, stützte den schlanken Kopf in die Hände und ließ alles an ihrer Seele vorüberziehen, wie das so wunderbar gewesen, als sie ihn zum erstenmal gesehen.

1. Der Bärenjoseph

Es war um Pfingsten, gerade vor einem Jahr, da führte sie ihr Vater zur Firmelung nach Sölden; dorthin kam der Bischof alle zwei Jahre, weil bis Sölden ein Fahrweg ging. Sie schämte sich ein wenig, weil sie schon sechzehn Jahre und so groß war. Der Vater hatte sie nicht früher firmeln lassen wollen, er hatte gemeint, dann ginge gleich das Liebeln und Brautwerben los – und dazu wär's noch lang' Zeit! Nun hatte sie Angst, die andern würden sie auslachen. Aber niemand achtete auf sie. Das ganze Dorf war in Aufregung, als sie hinkamen, denn es hieß, der Joseph Hagenbach von Sölden habe den Bären erlegt, der sich drüben im Vintschgau gezeigt und dem die Buben aus allen Ortschaften vergebens nachgestellt. Da sei denn der Joseph aufgebrochen und hinübergegangen, und letzten Freitag habe er ihn schon gehabt. Der Schnalserbot hatte früh die Nachricht gebracht, und der Joseph werde ihm bald nachkommen. Die Söldener Bauern, die vor der Kirche warteten, waren gar stolz, dass es ein Söldener war, der das Wagstück vollbracht, und sprachen von nichts anderem als von dem Joseph, der ganz unstreitig der stärkste und sauberste Bua im ganzen Gebirg war und ein Schütz, wie's keinen zweiten gab. Die Madeln hörten bewunderungsvoll zu, was für Heldenstücke von dem Joseph erzählt wurden, wie ihm kein Berg zu steil und kein Weg zu weit, keine Kluft zu breit und keine Gefahr zu groß sei. Und als eine bleiche, kränklich aussehende Frau über den Rasen daherschritt, stürzten alle auf sie zu und wünschten ihr Glück, dass ihr Sohn soviel Ehre eingelegt habe.

»Des is einer, dei Joseph«, sagten die Männer wohlmeinend, »an dem kann sich jeder a Beispiel nehme!« »Wenn es dei Mann seliger noch erlebt hätt', wie hätt' der sich g'freut!« sagten die Weiber.

»Nein, ma sollt's nit glauben«, rief einer artig, »ma sollt's nit glauben, dass der Prachtkerl dei Sohn is – wenn man dich so anschaut.«

Die Frau lächelte geschmeichelt: »Ja, 's is a stattlicher Bursch und a braver Sohn, wie's kein'n bessern geben kann. Aber ös könnt's glauben, i komm schon gar aus die Ängsten um den Waghals nit 'raus, 's is kei

Tag, wo i nit denk, heut bringen s' mir'n mit zerschlagene Glieder heim! Des is a Kreuz!«

Jetzt erschien die hohe Geistlichkeit auf dem Platz und machte dem Gespräch ein Ende. Die Leute drängten mit den weißbeschürzten, buntbekränzten Firmelkindern in die kleine Kirche, und die heilige Handlung begann.

Aber Wally konnte die ganze Zeit an nichts anderes als an den Bärentöter Joseph denken und an alle Wunderdinge, die er sollte verrichtet haben – und wie prächtig das sei, wenn einer so stark und beherzt sei und in so großem Ansehen bei allen Leuten stehe, dass ihm keiner was anhaben könnte. – Wenn er nur noch kam, solange sie in Sölden war, dass sie ihn doch auch sehen könnte; sie brannte ordentlich darauf!

Endlich war die heilige Handlung vorüber, und die Kinder empfingen den Segen; da erscholl draußen auf dem Platze vor der Kirche wildes Hurrageschrei. »Er hat ihn, er hat den Bären!« Kaum dass der Geistliche noch den Segensspruch beenden konnte, stürzte alles hinaus und umringte jubelnd einen jungen Gemsjäger, der, geleitet von einer Schar stattlicher Burschen aus dem Schnalsertal und dem Vintschgau, über den Rasen schritt. Aber wie stattlich auch die Schnalser und Vintschgauer waren, keiner kam ihm gleich. Er überragte sie alle an Größe, und so sauber war er, so bildsauber! Es war fast, als leuchte er schon von weitem. Er sah aus wie der Sankt Georg in der Kirche. Über der Schulter trug er ein Bärenfell, dessen grimme Tatzen auf seiner breiten Brust herumbaumelten. Er ging so stolz einher wie der Kaiser und tat immer nur einen Schritt, bis die andern zwei taten, aber er war ihnen doch voraus. Und sie machten ein Aufhebens mit ihm, als wäre er wirklich der Kaiser, der sich in einen Gemsjäger verkleidet habe. Der eine trug ihm die Flinte, der andere die Joppe, und alle hatten Räusche und schrien und johlten, nur er war nüchtern und ruhig. Er ging gar bescheiden auf die Geistlichen zu, die aus der Kirche ihm entgegentraten, und zog den bekränzten Hut vor ihnen ab. Der fremde Bischof machte das Zeichen des Kreuzes über ihn und sagte: »Der Herr war stark in dir, mein Sohn! Du hast mit seiner Hilfe vollbracht, was keinem gelungen. Die Menschen müssen dir danken – du aber danke dem Herrn!«

Alle Weiber weinten vor Rührung, und auch Wally wurden die Augen nass; es war, als käme jetzt erst die Andacht über sie, die sie in der Kirche versäumt, als sie den stattlichen Jäger das stolze Haupt unter der segnenden Hand des Priesters beugen sah. Darauf zog sich die

Geistlichkeit zurück. Josephs erste Frage war aber nun: »Wo is denn mei Muater? Is sie nit da?«

»Doch!« antwortete diese und fiel dem Sohn in die Arme: »Da bin i scho!«

Joseph drückte sie fest an sich und sagte: »Schau, Müaterl, um dich hätt' mir's leid 'tan, wenn i nimmer wiederkommen wär' – du lieb's Müaterl, du hätt'st ja nit g'wußt, was d' anfangen sollst ohne mich, und i wär au nit gern g'storben, ohne dass dir noch a Busserl geb'n hätt'!«

Ah, das war so schön, wie er das sagte; Wally hatte ein ganz eigenes Gefühl, ein Gefühl, als beneide sie die Mutter, die so gut in der liebevollen Umarmung des Sohnes ruhte und sich so zärtlich an die mächtige Gestalt schmiegte. Aller Augen ruhten mit Wohlgefallen auf der Gruppe – Wally war es dabei ganz unbeschreiblich ums Herz!

»Aber jetzt erzähl, wie's gangen is!« drangen die Bauern in ihn.

»Ja, ja, i will's erzählen«, lachte er und warf das Bärenfell zur Erde, dass alle es besehen konnten. Und sie bildeten einen Kreis um ihn, und der Wirt ließ ein Fass vom Besten auf den Platz schleppen und anzapfen, denn nach der Kirche musste getrunken werden und bei so einer Extragelegenheit erst recht, und die kleine Wirtsstube hätte ja nicht die ungewöhnliche Zahl Menschen alle gefasst. Die Männer und Weiber drängten sich natürlich um den Erzähler, und die G'firmten stiegen auf Bänke und Bäume, um über sie hinwegzusehen. Wally war die allererste auf einer Fichte und konnte ihm gerade ins Gesicht sehen, die andern aber neideten ihr den Platz, und weil sie sich ihn nicht nehmen ließ, gab es Streit und Lärm. Da schaute der Sankt Georg herauf zu ihnen, und seine funkelnden Augen trafen gerade Wallys Gesicht und blieben eine Weile lächelnd darauf haften. Da war es Wally, als stiege ihr alles Blut zu Kopf, und sie erschrak so heftig, dass sie ihr Herz schlagen hörte bis in die Ohren hinein. In ihrem ganzen Leben war sie nicht so erschrocken, und sie wusste nicht einmal warum! Sie hörte nur halb, was Joseph erzählte, es sauste ihr in den Ohren, sie konnte nichts denken als: »Wenn er wieder heraufschaute?!« Und sie wusste nicht, wünschte sie's oder fürchtete sie's? Als es aber während des Erzählens doch noch einmal geschah – da blickte sie schnell weg und schämte sich, als sei sie auf etwas Unrechtem ertappt worden. War es denn ein Unrecht, dass sie ihn so angesehen hatte? Es musste wohl so sein. Und sie konnte es doch nicht lassen, obgleich sie beständig zitterte, er könnte es merken. Aber er merkte es nicht, was kümmerte ihn das »Firmelkind« da oben auf dem Baume. Er hatte es ein paarmal angeschaut, wie man auch nach einem Eichkätzchen sieht, weiter nichts. Das sagte sie sich selbst, und ein wunderliches Weh beschlich sie dabei. So, wie heute, war ihr noch nie zumute gewesen – sie war nur froh, dass sie unterwegs keinen Wein getrunken; sie hätte sonst gemeint, sie sei berauscht. Sie spielte in ihrer Bangigkeit mit ihrem Rosenkranz. Es war ein schöner neuer, mit roten Korallen, mit einem echt silbernen Kreuz von getriebener Arbeit. Sie hatte ihn zur Firmelung von ihrem Vater bekommen. Da plötzlich, wie sie ihn so drehte und wickelte, zerriss die Schnur, und wie Blutstropfen rieselten die roten Perlen vom Baume nieder. »Des is a schlechtes Zeichen«, raunte ihr eine innere Stimme zu; »die Luckard hat's nit gern, wenn was reißt, während ma an was denkt!«

»An was denkt!« – Ja, an was dachte sie denn? Sie sann darüber nach – sie konnte es nicht finden. Sie hatte eigentlich an nichts Bestimmtes gedacht. Warum tat es ihr nur so leid, dass gerade in dem Augenblicke die Schnur zerriss? Es war ihr, als wäre plötzlich die Sonne bleich geworden, und ein kalter Wind striche über sie hin. Aber doch regte sich kein Halm, und die eisstarrende Welt in der Runde glänzte in strahlendem Licht.

Ein Wolkenschatten war vorübergezogen – ob in ihr – außer ihr? Was wusste sie? Joseph hatte indessen sein Abenteuer mit dem Bären auserzählt und den Beutel mit den vierzig Gulden herumgezeigt, die von der Tiroler Regierung als Schussgeld für einen Bären ausbezahlt werden, und es war des Lobens und Händeschüttelns kein Ende. Nur Wallys Vater hielt sich mürrisch fern. Es ärgerte ihn, wenn einer ein großes Heldenstück vollbrachte; es sollte niemand stark sein in der Welt, als er und seine Tochter. Durch dreißig Jahre hatte er unbestritten für den stärksten Mann im Gebirg gegolten, und nun konnte er es nicht ertragen, dass er alt wurde und dem jungen Nachwuchs den Platz räumen musste. Als aber gar einer in seiner Freude zu Joseph sagte, es sei ja kein Wunder, dass er so ein G'waltskerl geworden – er habe das von seinem Vater, der sei auch der beste Schütz und der beste Raufer in der ganzen Gegend gewesen –, da hielt sich der Alte nicht mehr und fuhr mit einem donnernden »Oho – begrabt's ein'n nur nit scho, ehvor ma tot is!« dazwischen.

Alle wichen auseinander vor der drohenden Stimme und sagten fast erschrocken: »Der Stromminger!«

»Ja, der Stromminger is au noch da und hat nie nix davon g'wußt, dass der Hagenbach der beste Raufer war! Mit 'm Maul ja – aber mit sonst nix!«

Da drehte sich Joseph um wie eine angeschossene Wildkatze und schaute Stromminger mit funkelnden Augen an: »Wer sagt, dass mei Vater a Maulheld war?«

»I sag's, der Höchstbauer von der Sonneplatten, und i weiß, was i red', denn i hab ihn maler zehne hing'legt, wie 'n Sack.«

»Des is nit wahr!« schrie Joseph. »I lass' mir mein' Vater nit anschwärzen!«

»Joseph, sei staad, 's is der Höchstbauer, mit dem mußt nit anbinden«, flüsterten ihm die Leute zu.

»Was, Höchstbauer hin und Höchstbauer her – und wann unser Herrgott vom Himmel runter käm' und wollt' mir mein' Vater schlecht machen – i tät's nit leiden. Ich weiß scho, der Stromminger und mei Vater hab'n 's immer mitanand' g'habt, weil mei Vater der einzige war, der's mit 'm Stromminger aufnehme könnt hat. Und er hat den Stromminger g'rad so oft g'worfen, wie der ihn!«

»Nit wahr is 's!« schrie Stromminger. »Dei Vater war a Tropf gegen mich. Wenn einer von euch Alten Ehr im Leib hat, soll er's sagen – und wenn du's nachher noch nit glaubst, so will i dir's einbleuen!« Joseph war bei dem Wort »Tropf« wie rasend auf Stromminger zugesprungen: »Du, nimm das Wort z'ruck oder –«

»Jesus Maria«, kreischten die Weiber; »laß ab, Joseph«, begütigte die Mutter, »'s is an alter Mann, an dem darfst dich nit vergreifen!«

»Oho!« schrie Stromminger, rot vor Zorn. »Wollt 's mich zu'n alten Troddel machen? So altersschwach is der Stromminger noch nit, dass er's nit noch aufnehmen könnt' mit so 'n Gelbschnabel! Geh nur her – i will dir's scho zeigen, dass i noch Mark in die Knochen hab, dich fürcht i noch lang nit, und wenn d' noch zehn Bären g'jagt hätt'st.«

Und wie ein wütender Stier drang der stämmige Mann auf den jungen Jäger ein, dass dieser unwillkürlich zurückwich unter dem wuchtigen Anprall. Aber nur einen Augenblick währte das Schwanken, denn Josephs schlanke Gestalt war so muskelzähe, so elastisch biegsam – und wenn gebogen – wieder aufschnellend wie die hohen Fichten jener Gegend, die wie mit Eisendrähten in dem nackten Gestein wurzeln, sich von den vier Winden zausen lassen und gegen Bergeslasten von Schnee stemmen müssen. Stromminger hätte ebensogut einen Baum ausreißen, als Joseph vom Boden aufbringen können. Und nach einem kurzen Ringen schlangen sich Josephs Arme fest um Stromminger und schnürten sich zu, immer fester bis zum Ersticken, dass ein lautes Stöhnen aus Strommingers gepresster Brust drang und er keine Hand mehr frei machen konnte. Und nun begann der junge Riese an dem alten Mann zu rütteln und zu lüpfen, herüber, hinüber, langsam, mählich, aber gründlich, ihm bald den einen, bald den andern Fuß unter dem Leibe wegdrängend, als wollte er ihn ruckweise lockern. Die Umstehenden wagten kaum zu atmen ob des seltenen Schauspiels, es war ihnen fast, als dürften sie nicht hinsehen, wenn so ein alter Baum zum Sturz käme. Jetzt – jetzt hatte Stromminger den Boden unter den Füßen verloren – jetzt musste er stürzen – aber nein – Joseph hielt ihn auf, schleppte ihn in seinen starken Armen zur nächsten Bank und setzte ihn darauf nieder. Dann zog er ruhig sein Tuch und trocknete Stromminger den perlenden Schweiß von der Stirn: »Seht, Höchstbauer, i hab Euch 'zwunge, i hätt Euch könne werfen, aber da sei Gott davor, dass i a 'm alten Mann die Schand antät! Und jetzt woll'n wir wieder gut Freund sein – nix für ungut, Stromminger!«

Er hielt gutmütig lachend dem Stromminger die Hand hin – aber dieser schlug sie mit einem bitterbösen Blick zurück: »Der Teufel soll dir's eintränken, du Schandbub!« schrie er ihn an. »Und ös alle, ös Söldener, die a Freud d'ran g'habt habt's, wie der Stromminger zum Kinderspott word'n is, ös sollt's scho noch erfahren, wer der Stromminger is. Jetzt wird kei G'schäft mehr mit euch g'macht und nix mehr g'stundet, und wenn halb Sölden verhungern müßt'!« Er ging zu dem Baum, auf dem Wally noch wie in einem Fiebertraum saß, und riss sie am Kleid: »Komm runter du! 's wird nimmer da Mittag g'macht. Von mir soll kei Söldener mehr 'n Kreuzer sehen.« Aber Wally, die mehr vom Baume gefallen als gestiegen war, stand da wie gebannt, und ihre Augen hafteten fast bittend auf Joseph. Sie meinte, er müsse es spüren, wie leid es ihr tat, dass sie fort solle; ihr war, als müsse er ihre Hand fassen und sagen: »Bleib nur bei mir – du gehörst ja zu mir und i zu dir und zu niemand sonst!« Aber er stand mitten in einem Knäuel von Männern, die verblüfft zusammen flüsterten, denn viele im Dorfe waren dem Stromminger verschuldet, dessen Reichtum in den Lebensadern der ganzen Gegend kreiste.

»No – wird's?« stieß Stromminger das Mädchen an, und sie musste wohl oder übel folgen, aber ihre Lippen zuckten, ihre Brust arbeitete krampfhaft, ein Blitz ohnmächtigen Zornes traf ihren Vater. Wie ein Kalb trieb er sie vor sich her. So gingen sie ein paar Schritte, da kamen Leute ihnen nach, und als sie sich umsahen, da stand der Joseph mit noch ein paar Bauern hinter ihnen und sagte: »Höchstbauer, seid's doch nit so grandig! Ös könnt's doch nit mit dem Dirndl un'gessen den weiten Weg auf die Sonneplatten laufen.«

Und er stand dicht neben Wally, und sein Atem umwehte sie, wie er so sprach, und sein Auge ruhte auf ihr – seine Hand legte sich mitleidig auf ihre Schulter, sie wusste nicht, wie ihr geschah – er war so gut, so lieb, und dennoch war ihr zumute wie damals, als ihr beim Ausnehmen des Geiernestes plötzlich die Fittiche des Geiers um die Ohren rauschten, dass ihr Hören und Sehen verging! So etwas Übermächtiges lag für das junge Herz in seiner Nähe, seiner Berührung. Sie hatte nicht gezittert, als das mächtige Tier auf sie niederstieß und ihr mit den breiten Schwingen die Sonne verdunkelte, sie hatte sich tapfer und besonnen gewehrt, aber jetzt zitterte sie am ganzen Leibe und stand verwirrt und verlegen da.

»Hebt's Euch weg!« schrie der Höchstbauer und ballte die Faust gegen Joseph. »I schlag dir ins G'sicht, wenn d' mi nit auslaß't, und wann's mi mei Leb'n kost'!«

»No, wenn ös nit wollt's – so laßt's bleib'n – ös seid's a Narr, Höchstbauer!« sagte Joseph gelassen, drehte sich um und ging mit den andern wieder zurück. Nun hielt sie niemand mehr auf, sie schritten unbehelligt weiter – immer weiter von Joseph weg. Wally sah sich um, sie sah noch eine Weile seinen Kopf über die andern hervorragen, sie hörte die vielerlei Stimmen und das Lachen auf dem Platz vor der Kirche. Sie konnte es immer noch nicht glauben, dass sie wirklich fort sollte und den Joseph nicht mehr sehen – vielleicht nie mehr. Jetzt bogen sie um eine Felsenecke, und jetzt war alles verschwunden, der Platz mit den vielen Menschen und der Joseph – und alles, alles vorbei. Und nun plötzlich kam es über sie wie eine Ahnung eines großen Glücks, das ihr gewinkt und das ihr nun unwiederbringlich verloren sei. Sie schaute sich um, wie um Hilfe flehend in ihrer Herzensnot, in dem neuen, nie gekannten Weh. Aber da war keiner, der ihr gesagt hätte: »Sei ruhig – es wird schon besser werden.«

Tot und starr das Geklüft und Gestein ringsumher, tot und starr schauten die Ferner sie an; was kümmerte sie, die Welten kommen und vergehen gesehen, dies arme, kleine zuckende Menschenherz? Ihr Vater ging so stumm neben ihr her, als wäre er ein wandelnder Felsblock. Und er war ja an allem schuld. Er war ein böser, harter, erbarmungsloser Mann, sie hatte keinen Menschen auf der Welt, der sich ihrer annahm. Und während sie so dachte und mit sich selbst rang, schritt sie mechanisch weiter, immer weiter dem Vater voraus, bergauf – bergab, als wollte sie sich ihren Schmerz verlaufen. Die Sonne stach und brütete auf der kahlen Felswand, ihre Brust rang nach Atem, die Zunge klebte ihr am Gaumen, alle Adern schlugen ihr. Plötzlich vergingen ihr die Sinne, sie warf sich zur Erde und brach in ein lautes Schluchzen aus.

»Oho, was stellt denn dös vor?« sagte Stromminger aufs höchste überrascht, denn er hatte seine Tochter seit ihrer Kindheit nicht mehr weinen sehen. »Bist närrisch?«

Wally antwortete nicht, sie überließ sich ganz dem wilden Ausbruch ihres Herzeleids.

»Jetzt red!« herrschte Stromminger sie an: »Was soll das Getu's heißen? Tu's Maul auf – oder –!« Da brach sie heraus aus dem ungestümen pochenden Herzen, wie der Bergstrom aus dem gelockerten Geklüft hervorbricht, die ganze volle Wahrheit, und überschüttete den Alten mit dem brausenden Gischt ihres Zornes. Sie sagte alles, denn sie war immer wahrhaftig gewesen und nicht geübt, zu lügen. Sie sagte, dass ihr der Joseph gefallen und sie ihn liebgewonnen habe, so lieb wie keinen Menschen auf der Welt, und dass sie sich so darauf gefreut, mit dem Joseph zu reden, und wenn der Joseph gehört hätte, dass sie so ein starkes Mädel sei und auch schon allerlei Kraftstücke verübt hätt', da hätt' er nachher auch gewiss mit ihr getanzt, und dann hätt' er sie gewiss auch liebgewonnen, und um das alles habe ihr Vater sie nun gebracht, da er wie ein Unsinniger über den Joseph hergefallen sei und sie dann von der Firmelung habe weglaufen müssen mit Spott und Schand, dass der Joseph sie sein Lebtag nicht mehr anschauen werd'! Aber so sei der Vater immer, bös und wild gegen alle Leute, deshalb heiße er auch überall der schieche Stromminger, und sie müsse das nun büßen.

Da plötzlich schrie der Stromminger: »Jetzt hab i's g'nug!« Es sauste über ihr durch die Luft, und ein Streich schmetterte von des Vaters Stock auf sie nieder, dass sie meinte, das Rückgrat sei ihr abgebrochen und sie erbleichend das Haupt neigte. Es war Hagel, der auf die kaum erschlossene Blüte der Seele fiel. Einen Augenblick war ihr so übel, dass sie sich nicht regen konnte. Schwere Tropfen quollen aus den geschwollenen Lidern hervor wie der Saft aus dem gebrochenen Zweig, sonst war alles tot und stumm in ihr. Stromminger stand leise fluchend neben ihr und wartete, wie der Treiber bei einem Stück Vieh wartet, das unter seinen Schlägen zusammengefallen ist und nicht weiterkann.

Ringsumher war alles so still und einsam. Keines Vogels Stimme, kein Rauschen in den Bäumen unterbrach das Schweigen. Auf dem schmalen Felssteig, der Vater und Tochter trug, grünte kein Baum, nistete kein Vogel. Vor Jahrtausenden mochte es hier getost haben im furchtbaren Kampf der Elemente, und soweit das Auge reichte, sah es nur die Riesentrümmer einer wilden Umwälzung. Aber jetzt waren die Feuer ausgebrannt, die den Boden gesprengt hatten, und die Wasser verlaufen, die im rasenden Schwall die Festen der Erde mit sich fortgerissen. Da lagen sie übereinander hingeschleudert, die regungslosen Kolosse; die Gewalten, die sie zu bewegen vermochten, waren entschlummert, Kirchhofsruhe nistete dazwischen, wie zwischen Grabdenkmälern – und keusch und starr wie der himmelanstrebende Gedanke ragten die weißen Gletscherfirnen hoch darüber hinaus. Nur der Mensch, der ewig ruhelose, setzte auch hier den nie rastenden Kampf fort und störte den erhabenen Frieden der Natur mit seiner Qual!

Endlich schlug Wally die Augen auf und sammelte ihre Kraft, um weiterzugehen. Keine Klage kam mehr über ihre Lippen, sie schaute den Vater so fremd an, als habe sie ihn nie gesehen; ihre Tränen waren versiegt.

»Du hast's jetzt g'spürt, wie's dir geht, wenn du dir noch amal 'n Gedanken an den Schandbuab'n beikommen laß't, der den Stromminger zum Kinderspott g'macht hat«, sagte er und hielt sie am Arm, »denn dass du's nur weißt, eher werf i dich von der Sonneplatten 'nunter, eh dich der Joseph kriegen soll!«

»'s is recht!« sagte Wally mit einem Ausdruck, der selbst den Stromminger stutzen machte, ein so unbeugsamer Trotz lag in dem einen Wort, in dem Ton, mit dem sie's sagte, in dem Blick unversöhnlicher Feindschaft, mit dem sie ihren Vater dabei ansah.

»Du bist a böses, böses Ding, du!« murmelte er zwischen den Zähnen.

»I hab's nit g'stohlen!« erwiderte sie ebenso.

»Aber wart nur, i will dir's austreiben!« knirschte er.

»Ja, ja!« nickte sie, als wollte sie sagen: »versuch's nur.«

Dann sprachen sie nichts mehr miteinander auf dem ganzen Heimweg.

Als sie heimkamen und Wally in ihre Kammer ging, um ihren Feiertagsstaat abzulegen, steckte die alte Luckard, die schon bei ihrer Mutter und Großmutter gewesen und Wally an Mutterstatt aufgezogen, den Kopf zur Tür herein und flüsterte: »Wally, hast d' geweint?«

»Warum?« fragte das Mädchen mit ungewöhnlich herbem Tone.

»In die Karten stehen Tränen! I hab dir heut an dein'm Firmeltag die Karten g'legt; du bist zwischen zwei Buab'n g'fallen und der Schrecken dazu: und so nah war alles, als wär's heut passiert und alles übern klein'n Weg.«

»So?« sagte das Mädchen gleichgültig und packte den schönen Rock ihrer seligen Mutter in die große Holztruhe.

»Is dir was, Kind?« fragte die Luckard, »du schaust so schlecht aus und bist auch so fruah heimkomme. Hast nit ’tanzt?«

»’tanzt?« Das Mädchen schlug eine Lache auf, hart und gellend, wie wenn man mit einem Hammer auf eine Laute geschlagen hätte, dass die Saiten klirrend und klagend nachdröhnten. »Mir war’s zum Tanzen!«

»Dir is was g’schehen, Kind! Sag’s mir – i kann dir vielleicht helfe.«

»Mir kann niemand helfen!« sagte Wally und warf den Deckel ihrer Truhe zu, als wolle sie alles, was sie drückte, darunter begraben. Es war, als habe sie den Sargdeckel über all ihren jugendlichen Hoffnungen geschlossen. »Geh jetzt«, sagte sie herrisch, wie sie nie zuvor gesprochen, »i will mich a bissel ausruhen!«

»Jesus Maria«, kreischte die Luckard, »da liegt ja dei Rosenkranz zerrissen. Wo hast die K’rallen?«

»Verloren!«

»O Jesus, Jesus, das Unglück, nur das Kreuz’l hast b’halten und die leere Schnur – am *Firmeltag* den Rosenkranz zerrissen und die Tränenkart dazu! O mei Gott und Vater, was wird da g’schehen!«

So jammernd, halb von Wally hinausgeschoben, ging die Alte, und Wally schloss hinter ihr den Riegel. Sie warf sich auf ihr Bett und starrte regungslos zu dem Muttergottesbild auf und dem Kruzifix, das darüber an der Wand hing. Sollte sie diesen ihr Leid klagen? Nein! Die Muttergottes meinte es nicht gut mit ihr, sonst hätte sie ihr nicht gerade den Firmelungstag so verderben lassen. Sie wusste ja auch nicht, wie so ein Liebesweh tue, denn sie hatte ja nur den Schmerz um ihren Sohn gekannt, und das war doch etwas ganz anderes als das Herzeleid, das Wally fühlte. Und der Herr Jesus Christus! – Der kümmerte sich erst recht nicht um Liebesgeschichten – dem durfte man gar nicht mit so etwas kommen. Der wollte nur, dass man immer nach dem Himmelreich streben solle. Ach! und ihr ganzes junges, hochklopfendes Herz sehnte und drängte mit jedem Pulsschlag nach dem lieben, herzlieben Mann hier unten auf der Erde, und das Himmelreich war so weit weg und so fremd; wie konnte sie’s danach verlangen in einem Augenblick, wo die allgewaltige Natur in ihr zum erstenmal gebieterisch ihr Recht forderte! Mit bitterem Trotz blickte sie zu den Gestalten der Mutter und des Sohnes auf, die mit so ganz anderen Schmerzen zu tun hatten und nur Unmögliches von ihr verlangten. Sie gönnte ihnen kein gutes Wort mehr, sie grollte ihnen, wie ein Kind den Eltern grollt, die ihm ungerechterweise eine Freude versagen.

Lange lag sie so, die Augen vorwurfsvoll auf die Heiligen geheftet, aber bald war es nur das liebe, schöne Gesicht Josephs, das sie noch vor sich sah, und sie griff sich unwillkürlich mit der Hand nach der Schulter, die er berührt, als wolle sie seine Berührung darauf festhalten. Und dann war wieder seine Mutter da, auf die sie so eifersüchtig war, und die lag wieder in seinen Armen, und Joseph liebkoste sie so süß, und da schob Wally die Mutter weg und legte sich statt ihrer dem Joseph ans Herz, und er hielt sie umfangen, und sie schaute ihm tief in die schwarzen, flammenden Augen – und sie suchte sich vorzustellen, was er wohl sagen würde – aber sie wusste nichts anderes als etwa: »du lieb's Dirndl!« wie er zur Mutter »du lieb's Müaterl« gesagt. Und das war so überalles g'schmach und lieb! Ach, was konnte das Himmelreich, in das die dort oben sie haben wollten, gegen die Seligkeit sein, die sie nur bei dem Gedanken an Joseph empfand, und wie musste erst die Wirklichkeit sein?

Es klopfte an ihr Fenster, sie fuhr auf, wie aus einem Traume. Es war der Lämmergeier, den sie vor zwei Jahren aus dem Nest genommen, und der ihr treu anhing wie ein Hund. Sie konnte ihn frei herumlaufen lassen, er tat niemand was und flog ihr mit seinen gestutzten Flügeln nach, so gut es ging. Sie öffnete das kleine Fenster, er schlüpfte herein und schaute sie mit seinen gelben Augen zutraulich an. Sie kraulte ihm den Hals und spielte mit seinen starken Schwingen, sie bald entfaltend, bald zusammenlegend. Ein kühler Luftzug ging durch das offene Fenster.

Die Sonne stand schon tief hinter den Bergen, der enge Fensterrahmen umschloss das friedliche Bild der in blauen Duft gehüllten Bergeshäupter.

Auch in ihr wurde es ruhiger. Die Abendluft belebte ihren Mut; sie nahm den Vogel auf die Schulter: »Komm, Hansl«, sagte sie, »wir tun, als gäb's kei Arbeit auf der Welt!«

Das treue Tier hatte eine wunderliche Tröstung über sie gebracht. Sie hatte sich's geholt, da wo kein Mensch sich hinwagt, vom schroffen Felsen, sie hatte es seiner Mutter auf Leben und Tod abgekämpft und hatte es gezähmt, und es gehörte ihr nun ganz! »Und er wird dir auch einmal gehören!« sagte ihr eine innere Stimme, als sie den Vogel an sich drückte.

2. Unbeugsam

Das war die kurze Liebes- und Leidensgeschichte, die jetzt eben wieder in dem jungen Herzen mit all ihrem Weh aufwachte, als Wally da hinuntersah, wo sie den Joseph zu erblicken glaubte, der so oft vorbeiging und nie den Weg da herauf fand. Sie wischte sich die Stirn, denn die Sonne fing an zu brennen, und sie hatte schon das ganze Gelände abgemäht, vom Haus her bis zur »Sonneplatte«, so hieß der Vorsprung, auf dem sie stand, weil es die höchste Stelle war und immer zuerst von der Sonne beschienen wurde. Nach ihm führte das Dorf seinen Namen.

»Wally, Wally!« rief es jetzt hinter ihr. »Du sollst zum Vater kommen, er will dir was sagen.« Die alte Luckard kam vom Haus her. Der Vater ließ sie rufen? Was konnte er wollen? Er hatte seit der Geschichte in Sölden, seit einem Jahre, nichts mit ihr geredet, als was zum Tagwerk gehörte. Zwischen Furcht und Widerwillen schwankend, erhob sie sich und folgte der Luckard. »Was will er denn?« fragte sie.

»Große Neuigkeiten«, sagte Luckard. »Da, schau auf!«

Jetzt sah Wally den Vater vor dem Haus stehen und bei ihm einen jungen Bauern vom Ort, den Gellner-Vinzenz, mit einem großen »Buschen« im Knopfloch. Es war ein stämmiger, finsterer Bursch, den Wally schon von Kindheit an als hartnäckig und verschlossen kannte. Keinem Menschen hatte er noch je ein freundliches Wort gegönnt als der Wally, die er schon von der Schule her mit seiner Zuneigung verfolgt. Vor ein paar Monaten waren ihm rasch hintereinander seine Eltern gestorben. Nun war er selbständig und nach Stromminger der reichste Bauer in der Gegend.

Wally stand das Blut in den Adern still, denn sie wusste schon, was nun kommen würde.

»Der Vinzenz will dich heiraten«, sagte Stromminger. »Er hat mei Wort – und nächsten Monat is d' Hochzeit!« Damit drehte er sich um und ging ins Haus, als sei da gar nichts weiter zu reden.

Einen Augenblick schwieg Wally wie vom Donner gerührt. Sie musste sich erst sammeln, erst zur Besinnung kommen. Indessen trat der Vinzenz zuversichtlich an sie heran und wollte seinen Arm um sie schlingen. Da sprang sie mit einem Schrei des Schreckens zurück, und jetzt wusste sie auch, was sie zu tun hatte.

»Vinzenz«, sagte sie, bebend vor Seelenangst, »ich bitt dich, geh nach Haus, i kann niemals dei' Frau werden, niemals. Du wirst nit wollen, dass mich der Vater zwingt, i sag dir's zum letztenmal, i mag dich nit.«

Über Vinzenz' Gesicht zuckte es wie ein Blitz, er biss sich auf die Lippen, und seine schwarzen Augen hefteten sich mit verzehrender Begierde auf Wally. »So – du magst mich nit? aber i mag *dich*! Und i setz mei Leben dran, dass i dich krieg! Und dei Vater hat mir's Jawort 'geb'n – und das gib i nimmer z'ruck und i denk, du wirst dich scho noch b'sinnen, wann's dei Vater will!«

»Vinzenz«, sagte Wally, »wenn du g'scheit wärst, so hätt'st jetzt nit so g'sprochen, denn dann wüßtest, dass i dich jetzt erst recht nit nimm – denn *zwinge* laß i mich scho gar nit, dass du's nur weißt. Und jetzt geh heim, Vinzenz, mir haben nix mehr mitanand z'reden.«

Und damit wandte sie sich kurz von ihm und trat in das Haus.

»O du!« rief ihr Vinzenz im zornigen Schmerz nach und ballte die Faust. Dann fasste er sich und murmelte zwischen den Zähnen: »No, i kann warten, – und i *will* warten!«

Wally ging geradeswegs zu ihrem Vater. Der saß über seine Rechnungen gebückt und wandte sich langsam um, als sie eintrat. »Was soll's?«

Die Sonne warf ihre vollen Strahlen durch das niedere Fenster auf Wally, dass sie vor ihrem Vater stand, wie in eine Glorie gehüllt. Er musste sich selbst wundern über sein Kind, so schön war es in dem Augenblick.

»Vater«, begann sie ruhig, »i wollt Euch nur sagen, dass ich den Vinzenz nit heirat.«

»So?« rief Stromminger aufspringend. »Soll's da 'naus? Du heiratst ihn nit?«

»Nein, Vater, i mag ihn nit!«

»So – hab i dich g'fragt, ob d' ihn magst oder nit?«

»Nein, i sag's Euch halt ung'fragt.«

»Und i sag auch dir ung'fragt, dass du den Vinzenz in vier Wochen heiratst, ob d' ihn magst oder nit. I hab ihm's Wort 'geben, und der Stromminger bricht sein Wort nit. Jetzt scher dich 'naus.«

»Nein, Vater«, sprach Wally, »so ist des nit ab'tan. I bin kei Stück'l Vieh, das sich verkaufen oder versprechen lassen muß, wie der Herr will. I mein, i hätt au noch a Wort mitz'reden, wann's ans Heiraten geht!«

»Nein, des hast nit, denn das Kind g'hört dem Vater so gut wie a Kalb oder a Rind und muß tun, was der Vater will.«

»Wer sagt das, Vater?«

»Wer's sagt? In der Bibel steht's!« Und in Strommingers Gesicht stieg eine bedrohliche Röte auf.

»In der Bibel steht nur, dass mir unsre Eltern ehren und lieben sollen, aber nit, dass mir'n Mann heiraten sollen, der uns z'wider is – bloß weil's der Vater will! Schaut's, Vater, könnt's Euch was helfen, wann i den Vinzenz nahm, könnt's Euch vom Tode retten oder vom Elend, so müßt i's freili tun, und wann mir's Herz d'rüber brach. Aber Ihr seid's a reicher Mann, der nach niemand nix z'fragen hat – un dem's ganz eins sein kann, wen i heirat – und Ihr gebt's mich dem Vinzenz bloß aus Bosheit, dass i nit den Joseph nehme kann, den i lieb hab und der mich g'wiß auch lieb hätt, wenn er mich kennen tät – und des, Vater, is schlecht von Euch und des steht nit in der Bibel, dass sich a Kind des g'fallen lassen muß!«

»Du fürwitzig's Ding du, i will dir den Kurat schicken, der soll dich lehren, was in der Bibel steht!«

»Des hilft alles nix, Vater, und wann Ihr mir zehn Geistliche schickt's, und sie täten mir alle zehn sagen, dass i Euch da d'rin folgen müßt, i tät's doch nit.«

»Und i sag dir, du *wirst's* tun, so wahr i der Stromminger bin. Du wirst's tun, oder i jag dich vom Haus und Hof und enterb dich.«

»Des könnt's, Vater, i bin stark g'nug, dass i mir mei Brot verdienen kann. Ja, Vater, gebt's alles dem Vinzenz, nur mich nit.«

»Dumm's Geschwätz«, sagte der Stromminger betroffen. »Sollen mir die Leut nachsag'n, dass der Stromminger nit amal sein eignes Kind meistern kann? Du nimmst den Vinzenz, und – wann i dich in d' Kirch prügeln müßt.«

»Und wann Ihr mich in die Kirch prügelt, so sag i am Altar doch nein. Totschlagen könnt's mich – aber das Ja könnt's mir nit 'rausprügeln – und *wann* Ihr's könntet – so spräng i eher vom Felsen 'nunter, eh denn i zu ein'n ins Nest ging, den i nit mag.«

»Jetzt hör!« schrie Stromminger, und seine breite Stirn war wie gespalten durch eine blaue Zornader, die darüber hinlief, sein ganzes Gesicht war aufgequollen, seine Augen blutunterlaufen, »jetzt hör, mach mich nit toll! Du hast schon g'nug bei mir auf 'm Kerbholz – jetzt gib Ruh – oder 's nimmt zwischen uns a schlechtes End!«

»A schlechtes End hat's schon vor einem Jahr zwischen uns g'nommen, Vater! Denn wie Ihr mich so g'schlagen habt, damals an mein'm Firmeltag – da hab i's g'spürt, dass alles zwischen uns aus is. Und schaut's, Vater, seitdem is mir alles einerlei, ob Ihr mir bös seid's oder gut, ob Ihr mir schön tut oder ob Ihr mich totschlagt – 's is mir alles einerlei – i hab kei Herz mehr für Euch, Ihr seid's mir g'rad so lieb wie der Similaun- oder Vernagt- oder Murzoll-Gletscher!«

Ein erstickter Schrei der Wut drang jetzt aus Strommingers Brust, nachdem er dem Mädchen halb erstarrt zugehört. Er sprang auf sie zu, unfähig zu sprechen, fasste sie um den Leib, schwang sie vom Boden auf hoch über seinen Kopf, schüttelte sie in der Luft so lange, bis ihm selbst der Atem ausging, dann warf er sie zur Erde und setzte den nägelbeschlagenen Absatz auf ihre Brust: »Bitt ab, was d' g'sagt hast, oder i zertret dich wie'n Wurm«, keuchte er. »Tut's!« sagte das Mädchen, und ihre Augen waren starr auf den Vater gerichtet. Sie atmete schwer, denn des Vaters Fuß lastete bleiern auf ihr, aber sie regte sich nicht, sie zuckte nicht mit der Wimper.

Jetzt war Stromminger Macht gebrochen. Er hatte gedroht, was er nicht halten konnte, denn vor dem Gedanken, die schöne, unschuldige Brust seines Kindes zu zertreten, erbleichte sein Zorn, und er ward plötzlich nüchtern. Er war besiegt. Er zog fast taumelnd den Fuß von ihr zurück. »Nein, im Zuchthaus will der Höchstbauer doch nit enden«, sagte er dumpf und sank erschöpft in einen Sessel.

Wally erhob sich; sie war totenbleich, ihr Auge war tränenlos, glanzlos, wie von Stein. Sie harrte unbeweglich dessen, was nun werden sollte.

Eine Minute schweren Nachdenkens ließ Stromminger verstreichen, dann sprach er mit heiserer Stimme: »I kann dich nit umbringen, aber weil dir der Similaun und der Murzoll doch so lieb sind wie dei Vater, so sollst künftig auch beim Similaun und beim Murzoll bleiben. Da g'hörst d' hin! Unter mein'n Tisch streckst deine Füß nimmer. D' gehst aufs Hochjoch Vieh hüten und bleibst so lang oben, bis d' einsehen g'lernt hast, dass es doch besser is im Vinzenz sein'm warmen Nest, als im Murzoll seine Schneemulden. Schnür dei Bündel, denn i will dich nimmer sehen. Morgen früh gehst auffi. I werd die Schnalser den Pacht kündigen und schick dir mit 'm Handbub nächste Woch 's Vieh nach; nimm Brot und Käs mit, dass d' g'nug hast, bis 's Vieh kommt. Der Klettenmaier soll dich 'naufführen. Und jetzt heb dich weg, des is mei letztes Wort und bei dem bleibt's!«

»'s is recht, Vater!« sagte Wally leise, neigte das Haupt und verließ ihres Vaters Zimmer.

3. Verstoßen

Aufs Hochjoch! Das war ein furchtbares Wort. Denn in den unwirtlichen Gefilden des Hochjochs, da ist nicht das fröhliche Leben der Alm, wo die weiche, würzige Luft vom Geläut der Glocken und vom Gejodel der Sennen und Sennerinnen widerhallt – hier ist ewiger Winter, Todesruhe. Traurig leise, wie wohl eine Mutter die bleiche Stirn des toten Kindes küsst, so küßt die Sonne diese kalten Firnen. Spärliche Matten, die letzten Reste zähen organischen Lebens, ziehen sich noch verloren in die winterliche Wildnis hinein, bis endlich der letzte Halm ausgerottet, der letzte Tropfen quellenden Saftes erstarrt ist. Ein langsames Absterben der Natur. Aber der sparsame Bauer nützt auch diesen kargen

Rest noch aus. Er schickt seine Herden hinauf, um abzugrasen, was sie da oben noch finden, und die weidende Geiß, die lüstern einer bis hierher verirrten Pflanze milderer Regionen nachstrebt, fällt nicht selten in eine Eisspalte hinab.

So sollte das Kind des stolzen Höchstbauern, dessen Besitztum auf Stunden in die Weite und hinauf bis in die Wolken reichte, seine Blütezeit in beständigem Winter zubringen. Während unten auf der Erde die Mailüfte wehten, der quellende Saft die Knospen sprengte, die Vögel ihre Nester bauten, und alles sich regte im fröhlichen Verein, musste sie den Hirtenstab zur Hand nehmen und auswandern aus den Frühlingsgefilden hinauf in die Einöde des Gletschers, und erst, wenn unten der Herbstwind sauste und der Winter sich anschickte, zu Tal zu gehen, dann durfte auch sie herabsteigen, als wäre sie ihm verkauft mit Leib und Leben.

Kein Bauer der ganzen Gegend schickte seine Hirten dahinauf, sondern sie hatten die Weiden verpachtet an die Schnalser jenseits des Jochs, denen sie näher lagen, und diese schickten ein paar halbwilde, wetterharte Gesellen herüber, die sich in Felle kleideten und, auf Stunden voneinander entfernt, in Steinhütten wie die Einsiedler hausten, und nun verdammte der Höchstbauer, der seine Weiden bisher auch immer verpachtet hatte, sein eigenes Kind zu dem Leben der Schnalser Hirten. Aber über Wallys Lippen kam keine Klage. Sie rüstete sich still zu der freudlosen Alpfahrt. Gegen Morgen, lange vor Sonnenaufgang, während der Vater, die Knechte und Mägde noch schliefen, zog Wally aus ihres Vaters Hause fort – auf die Berge. Nur die alte Luckard, »die ja alles aus den Karten vorher gewußt« und die Nacht bei Wally aufgewesen, ihr das Bündel schnüren zu helfen, steckte ihr zum Lebewohl den Rautenstrauß aufs Hütel und ging ein Stück mit ihr. Die Alte weinte, als gäbe sie einer Toten das Geleit. Der Klettenmaier kam mit dem Packen hinterdrein. Er war ein alter treuer Knecht, der einzige, der im Dienste Strommingers ergraut war, weil er taub war und es nicht hörte, wenn der Stromminger schalt und tobte. Diesen hatte er seiner Tochter zum Führer mitgegeben. Die Luckard ging mit, bis wo der Weg steil anging; dort nahm sie Abschied und kehrte um, weil sie zum Morgenbrot wieder daheim sein musste. Wally stieg die Höhe hinan und schaute hinunter auf den Weg, wo die Alte hinschritt und in die Schürze weinte, und es wurde ihr beinahe selbst weich ums Herz. Die Luckard war doch immer gut mit ihr gewesen, wenn sie auch alt und schwach war, sie hatte Wally wenigstens lieb gehabt. Da drehte sich die Alte unten auf dem Wege noch einmal um und deutete nach oben.

Wally folgte der Richtung ihres Fingerzeigs und sieh, da segelte etwas an der Bergwand hin durch die Luft, schwerfällig, unsicher, wie ein Papierdrachen, dem der Wind fehlt – immer nur ein Stück weit fliegend, dann niederfallend und sich mühsam wieder aufraffend. Der Geier war ihr mit seinen gestutzten Flügeln den ganzen Weg so mühselig nachgeflattert. Jetzt schien ihm aber die Kraft auszugehen, er humpelte nur noch, mit den Flügeln schlagend, weiter.

»Hansl – oh, mein Hansl – wie hab i dich vergessen könne!« rief Wally und sprang wie eine Gemse von Stein zu Stein, den kürzesten Weg zurück, das treue Tier zu holen. Die Luckard blieb stehen, bis Wally den Saumpfad wieder gewann, und begrüßte sie noch einmal, wie nach einer langen Trennung. Endlich war Hansl erreicht, und Wally nahm ihn in ihre Arme und drückte ihn an ihr Herz, wie ein Kind. – Sie hatte den Vogel in ihren Gedanken mit Joseph so verwoben, dass er ihr fast war wie ein stummer Vermittler zwischen ihr und ihm, oder wie wenn sich Joseph in den Geier verwandelt habe, und sie halte ihn in den Armen, wenn sie den Vogel halte. Wie sich der inbrünstige Glaube seine sichtbaren Symbole schafft, um das unerreichbare Ferne sich nahe zu bringen, das Unfassbare zu fassen, und wie ihm ein hölzernes Kreuz und ein gemaltes Heiligenbild wundertätig wird, so schafft sich auch die inbrünstige Liebe ihre Symbolik, an die sie sich klammert, wenn ihr der Geliebte unerreichbar fern ist, und so schöpfte Wally aus dem Vogel eine wunderbare Tröstung. »Komm, Hansl«, sagte sie zärtlich, »du gehst mit mir ’nauf auf ’n Ferner. Wir zwei trennen uns nimmer!«

»Aber Kind«, sagte die Luckard, »du kannst doch den Geier nit mit da ’nauf nehmen, er müßt ja verhungern; du hast da droben kei Fleisch, und so a Viech frißt ja nix anders.«

»Du hast recht«, sagte Wally betrübt, »aber i kann mich von dem Tier nit trenne, i muß doch was haben da droben in der Einöd. Und i kann au das Tier nit allein z’Haus lassen, wer tät denn d’rauf achten und für ihn sorgen, wenn i nit da wär.«

»Oh, wegen dem sei nur ruhig«, rief Luckard, »i will scho für ihn sorgen!«

»Ja, aber dir folgt er nit«, meinte Wally, »du wirst ihm nit Meister.«

»Ach, i bitt dich«, sagte die Luckard harmlos, »i hab dich so lang g’hütet – i werd au den Geier hüten könne! Gib ’n nur her, i will ’n heimtragen.« Und sie nahm Wally frischweg den Geier vom Arm. Aber da war’s gefehlt, denn das herrliche Tier setzte sich zur Wehr und hackte so zornig nach Luckard, dass diese ihn erschrocken fahren ließ. An ein Mitnehmen war nicht mehr zu denken.

»Siehst!« jubelte Wally, »er geht nit von mir, i muß ihn scho b'halten, werd's wie's will! I bin ja doch einmal die Geier-Wally, so will i's au bleiben. Oh, mei Hansel, so lang mir zwei beisammen sind, hat's kei Not! Weißt was, Luckard, i laß ihm jetzt die Flügel wachsen, er fliegt mir doch nit mehr fort, und dann kann er sich dort oben sein Futter selber suchen.«

»In Gottes Namen, so nimm 'n mit. I schick dir dann mit'm Handbub noch was Frisches und was G'selchtes 'rauf, des kannst ihm für 'n Anfang geben, bis er weiter fliegen kann.« Und so war es denn entschieden; Wally nahm den Vogel unter den Arm wie ein Huhn und trennte sich von Luckard, die aufs neue zu weinen anfing. Nun ging es ohne Aufenthalt wieder den Berg hinan, dem Klettenmaier nach, der indessen vorausgegangen war.

Nach zwei Stunden erreichte sie Vent, das letzte Dorf am Eingang in die Eiswelt. Sie erstieg die Anhöhe über Vent. Hier begann der Weg auf das Hochjoch. Sie blieb noch einmal stehen und schaute, an ihren Bergstock gelehnt, hinab auf das stille, halb noch traumumfangene Dorf und hinüber nach dem Wildsee und den letzten Häusern des Ötztals, den Rofener Höfen, die fast am Fuße des immer vor- und rückwärtsschreitenden Hochvernagtferners lagen und trotzig zu sagen schienen: »Zertritt uns!«, wie Wally gestern zu ihrem Vater gesagt. Und wie ihr Vater, so zog auch der Hochvernagt immer wieder seinen mächtigen Fuß zurück, als könnte er es nicht über sich gewinnen, die Burg seiner braven Alpensöhne, der »Klötze von Rofen«, zu zerstören. Und wie sie so dastand und hinabschaute auf die letzten Menschenwohnungen, bevor sie hinaufstieg in die Wildnis über den Wolken, da hub es drunten auf dem Kirchturm von Vent an zur Frühmesse zu läuten. Aus der Tür des kleinen Pfarrhauses, wo die Knospen der Bergnelken am Fenster im Morgenwind nickten, trat der Kurat und ging mit gefalteten Händen seiner Amtspflicht nach in die Kirche. Da und dort öffneten die Holzhütten ihre Türen, und eine schlaftrunkene Gestalt nach der andern trat heraus, streckte sich und schritt mählich der Kirche zu.

Sorglich, keinen Ton verlierend, trugen windbeflügelte Engel das fromme Geläut durch die Morgendämmerung hinauf auf die Berge, dass es an Wallys Ohr klang wie eine betende Kinderstimme. Und wie ein Kind die Mutter aufweckt mit seinem süßen Lallen, so schien das Geläut von Vent die Sonne geweckt zu haben; sie tat ihr Weltenauge auf, und die Strahlen ihres ersten Blickes schossen empor über die Gebirge, ein unermessliches Flammenbüschel, das die Häupter im Osten krönte. Das dichte Dämmergrau am Himmel verklärte sich plötzlich durchsichtig blau, immer mächtiger breitete sich's aus, das Strahlenschießen über alle Himmel, und da stieg sie endlich empor über die wolkenverhüllten Gipfel in ihrer vollen Pracht und wandte ihr Flammengesicht liebend der Erde zu. Und die Berge streiften die Nebelhüllen ab und badeten die nackten Formen in Strömen von Licht. Tief unten in den Schlünden wallte und wogte es auf und nieder, als hätten sich alle Wolken von dem reinen Himmel dort hinabgesenkt. Oben in den Lüften sauste es wie wilde Jubelhymnen, die Erde weinte Tränen seligsten Erwachens, wie die Braut am Hochzeitsmorgen, und wie die Träne an den Wimpern der Braut, so zitterte der Frühtau wonnig an Halmen und Büschen. Freude über allen Gefilden, oben auf den Bergen, wo der blendende Strahl sich in dem weitschauenden Auge der Gemse spiegelte, unten im Tal, wo die Lerche sich zwitschernd aus dem Saatfeld aufschwang!

Trunken schaute Wally in die erwachende Welt hinein, und ihr Auge vermochte es kaum in den engen Rahmen zu fassen, das weite, leuchtende Bild in seiner keuschen Morgenschöne. Der Geier auf ihrer Schulter lüftete wie grüßend und sehnsüchtig seine breiten Schwingen der Sonne zu. Unten in Vent wurde es indessen lebendig. Wally konnte in dem grellen Morgenlicht alles unterscheiden. Die Buben küssten am Brunnen die Mädels. Aus den Häusern wirbelte weißer Rauch auf, spurlos verschwindend in der heiteren Frühlingsluft – wie sich auch in der glücklichen Seele ein trüber Gedanke in nichts auflöst. Auf dem Platz vor der Kirche versammelten sich die Männer in sonntäglich reinen Hemdsärmeln, die Pfeifen mit dem Silberbeschlag im Munde. Es war Pfingstsonntag, wo alles feierte und sich freute. O heiliges Pfingstfest! Solch ein Tag musste es gewesen sein, da der Geist des Herrn sich herabsenkte auf die Jünger und sie verklärte mit dem göttlichen Lichtstrahl, dass sie hingingen in alle Welt und predigten das Evangelium der Liebe – predigten es den warmen, offenen Frühlingsherzen, und im Frühling der Erde brach auch der Menschheit Frühling an – die Religion der Liebe! Nur für das Mädchen da droben auf dem Berg gab es keine Pfingsten, keine Offenbarung der Liebe. Kein beredter Mund hatte ihm das Evangelium lebendig gemacht. Ein starrer Buchstabe war es ihm geblieben, ein blindes Samenkorn, dem der warme Strahl gefehlt, der es aufgehen ließ in seinem Herzen. Ihm senkte sich keine Friedenstaube aus dem tiefblauen Himmel herab – der Raubvogel auf seiner Schulter war ihm der einzige Liebesbote! – Endlich raffte sich Wally aus ihrem traumhaften Schauen auf. Noch einen Abschiedsblick sandte sie in die lustigen, lauten Dörfer hinab – dann wandte sie sich und stieg den stillen Schneegefilden des Hochjochs zu – in die Verbannung.

4. Das Kind Murzolls

Fünf Stunden war Wally gestiegen, bald über ganze Felder duftiger Alpenkräuter, bald über fußtiefe Schneefelder und breite Moränen hin. Die durchwachte Nacht lag ihr lähmend in den Gliedern, und fast verzagte sie, das Ziel ihrer »Fahrt« zu erreichen. Hände und Füße zitterten ihr, denn fünf Stunden mit solch einem tückischen Berg um sein Leben kämpfen ist eine harte Arbeit. Schwere Tropfen perlten auf Wallys Stirn – da plötzlich wie mit einem Zauberschlage stand sie vor einer Wolkenwand. Sie war um eine Felsenecke gebogen, die sich vor die Sonne geschoben hatte, und nun umfing sie dichter Nebel, und ein eisiger Hauch trocknete ihr den Schweiß von der Stirn. Ihre Füße rutschten bei jedem Schritte, so spiegelglatt war hier der Boden. Sie stand auf Eis. Sie hatte den Murzollgletscher betreten, die höchste Zacke des Hochjochkamms. Hier wuchs nur noch dürftiges Berggras zwischen Geröll und Schnee hervor, ringsum bläulich schimmerndes Eisgeklüft, reine, dies Jahr noch von keinem Menschen- oder Tierfuß beschmutzte Schneeflächen, tiefer Winter. Fröstelnd schauderte Wally zusammen. Dies war der Vorhof zur Eisburg Murzolls, von der im Ötztal so viele Sagen gehen, wo die »saligen« (seligen) Fräulein hausen, von denen die Luckard der kleinen Wally an langen Winterabenden erzählte, wenn der Schneesturm um das Haus heulte. Es wehte sie fast gespenstig an aus diesen öden Eismauern, Höhlen und Verliesen, wie alte Schauer der Kindheit, als wohne hier wirklich der finstere Gletschergeist, mit dem die Luckard sie so oft zu Bett geschreckt, wenn sie eigensinnig war.

Lautlos schritt sie weiter. Endlich machte der taube Führer halt bei einer niederen Hütte, von Steinen erbaut, mit weit überhängendem Dach, einer starken Tür von rohem Holz und kleinen Luken statt der Fenster. Darin waren ein paar geschwärzte Steine als Herd und eine Lagerstätte aus altem verfaulten Stroh. Das war die Hütte des Schnalser Hirten, der sonst hier gehütet hatte, und die nun Wally bewohnen sollte. Wally verzog keine Miene, als sie die trostlose Behausung sah, es war eben eine schlechte Alphütte, wie es viele gab, und sie war ja hart gewöhnt. Solche Dinge waren es nicht, die ihren trotzigen Mut erschütterten. Aber sie war erschöpft zum Umsinken, sie hatte seit gestern mehr durchgemacht, als selbst ihre ungewöhnliche Kraft ertragen konnte. Mechanisch half sie dem Tauben, dem Luckard eine Menge Nötiges und Gutes für Wally aufgepackt, eine bessere Lagerstätte bereiten, sich in der öden Hütte etwas wohnlicher einzurichten. Mechanisch aß sie mit ihm von dem, was Luckard ihr mitgegeben. Der Mann sah, dass sie blass war, und sagte mitleidig: »So, jetzt wär's 'gessen, jetzt leg dich a bissel nieder und schlaf, du hast's nötig. I will dir von da drunten derweil Holz 'rauftragen für die nächsten Tag; nachher muß i aber wieder umkehren, sonst komm i nimmer bei Tag heim, und dei Vater hat's streng befohlen, dass i heut wieder z'ruckkomm.« Er schüttelte ihr einen guten Laubsack auf, den er mitgeschleppt, und sie sank mit halbgeschlossenen Augen darauf nieder und reichte ihm dankbar die Hand.

»I will dich nit wecken«, sagte er. »Wann's d' etwa noch schlafen tät'st, wann i ging, sag i dir jetzt glei Adjes! Bleib g'sund und fürcht dich nit. – Du dauerst mich – da oben so allein – aber – warum hast dein'n Vater nit g'folgt!«

Wally hörte die letzten Worte nur noch wie im Traum. Der Taube verließ die Hütte mitleidig kopfschüttelnd; das Mädchen schlief bereits fest. Bang und schwer hob und senkte sich ihre Brust, denn auch im Schlummer drückt erfahrenes Leid wie ein Alp. Und sie träumte von ihrem Vater, er schleife sie an den Haaren in die Kirche. Und sie dachte immer, wenn sie nur ein Messer hätte, dass sie die Haare abschneiden könnte, dann wäre sie frei. Da plötzlich stand Joseph neben ihr und hieb mit einem Streich die Zöpfe durch, dass der Vater sie in der Hand behielt, und Wally lief fort, und während der Joseph mit dem Vater rang, stieg Wally die Anhöhe der Sonneplatten hinan, um sich in die Ache hinabzustürzen. Aber ihr grauste doch vor der Untiefe, und sie besann sich. Da hörte sie wieder ihren Vater dicht hinter sich, Verzweiflung fasste sie, und nun tat sie den Sprung. Sie fiel und fiel – aber sie konnte nicht zur Tiefe kommen, und da war es plötzlich, als stemme sich ihr von unten ein Luftdruck entgegen, der sie nicht hinunterließe, sondern sie höbe und emportrüge. So schwebte sie auf, immer kämpfend um das Gleichgewicht, das sie beständig zu verlieren fürchtete, bis zu dem Gipfel Murzolls. Aber sie konnte nicht Fuß fassen auf dem Felsen, wie ein Schiff, das nicht anlegen kann. Ein furchtbarer Wirbelwind hatte sie erfasst, und sie mühte sich vergebens, sich an der nackten Wand anzuklammern. Schwarze Gewitterwolken ballten sich um sie zusammen, durch die gespenstisch bleich der schneeige Scheitel des Berges hindurchragte. Feurige Schlangen durchfuhren die schwarze

Masse um sie her, ein Donnerschlag krachte, dass der Berg erdröhnte, und sie wurde wirbelnd zwischen diesen Gewalten hin und her geschleudert. Sie hatte nur immer die Angst, dass der Sturm sie umkehre, denn sie fühlte, daß, wenn sie mit dem Kopf nach unten käme, sie in die Tiefe stürzen müsse. Und sie bog sich und wand sich wie ein Schifflein auf den schaukelnden Luftwellen und mühte sich ab, den Kopf oben zu behalten. Aber da hob es ihr die Füße auf, und sie fühlte, wie die Schwere des Kopfes abwärts wuchtete. Sie wollte in den Sturm und den Donner und die schwarze Wolkennacht hinein um Hilfe schreien, aber sie brachte keinen Ton heraus, das Entsetzen schnürte ihr den Hals zu. Da plötzlich ward sie gehalten, sie fühlte festen Grund, sie lag in einer Bergschlucht, wie sie meinte, aber es war keine Schlucht – es waren riesige steinerne Arme, die sie umfingen; und siehe, aus dem gelichteten Gewölk heraus bog sich ein mächtiges Antlitz von Steinen über sie. Es war das greise Antlitz Murzolls. Seine Haare waren beschneite Fichten, seine Augen Eis, sein Bart war Moos, und die Brauen waren Edelweiß. Auf seiner Stirn stand als Diadem die Mondessichel und ergoss ihren milden Schein über das weiße Angesicht, und die großen Augen von Eis leuchteten geisterhaft in dem bläulichen Licht. Und er schaute das Mädchen an mit diesen kalten, durchsichtigen und doch unergründlichen Augen, und unter diesem Blick gefroren ihr die Tropfen des Angstschweißes auf der Stirn, und die Tränen auf der Wange fielen leise klirrend wie Kristallperlen herab. Und er drückte die steinernen Lippen auf die ihren, und unter dem langen Kuß wuchsen Alpenrosen um seinen Mund, der warm und taufeucht geworden, und als er Wally wieder anschaute, da rannen Gletscherbäche aus seinen eisigen Augen in den Moosbart hinein. Die schwarzen Wolken hatten sich verzogen, und ein Frühlingswehen ging durch die Nacht. Und nun regte Murzoll die aufgetauten Lippen, und es klang wie das dumpfe Rollen ins Tal stürzender Lawinen: »Dein Vater hat dich verstoßen – ich nehme dich auf an Kindesstatt, denn das kalte Gestein fühlt eher ein Rühren als ein verhärtetes Menschenherz. Du gefällst mir, du bist von meiner Art; es ist etwas von dem Stoff in dir, aus dem die Felsen geworden. Willst du mein Kind sein?«

»Ja!« sagte Wally und schmiegte sich an das steinerne Herz des neuen Vaters.

»So bleib bei mir und kehre nicht wieder zurück zu den Menschen, denn bei ihnen ist der Kampf – bei mir nur ist Friede!«

»Aber der Joseph, den i gern hab«, sagte Wally, »soll i 'n niemals haben?«

»Laß ihn«, sagte der Alte, »du darfst ihn nicht lieben; er ist ein Gemsjäger, und meine Töchter haben ihm den Untergang geschworen. Komm, ich bringe dich zu ihnen, dass sie dir das Herz abtöten, sonst kannst du nicht leben in unserm ewigen Frieden!« Und er trug sie durch weite, weite Hallen und endlose Gänge von Eis hindurch, und sie kamen in einen großen Saal, der war ganz durchsichtig wie von Kristall, und die Sonnenstrahlen fielen herein und brachen sich in Millionen Funken, und durch die Wände schimmerten bunt ineinander verschwommen und seltsam verschoben Himmel und Erde. Da spielten weiße, schneeglitzernde Mädchengestalten in wallendem Nebelschleier mit einer Herde Gemsen, und es war lustig anzusehen, wie sie sich neckten mit den schnellfüßigen Tieren, sich mit ihnen haschten und huschten hierhin und dorthin. Das waren die Töchter Murzolls, die »seligen Fräulein« des Ötztals. Und sie scharten sich neugierig um Wally, als Murzoll sie auf den glatten Spiegel des Bodens niederließ. Sie waren schön wie die Engel, sie hatten Gesichter wie Milch und Blut; aber als Wally sie näher betrachtete, sah sie mit leisem Grauen, dass sie alle Augen von Eis hatten, wie ihr Vater, und das Rot, das ihre Wangen und Lippen färbte, war kein Blut – sondern nur Alpenrosensaft, und sie waren kalt wie gefrorener Schnee.

»«Wollt ihr die behalten?« sagte Murzoll. »Ich habe sie lieb, sie ist stark und fest wie Stein. Sie soll eure Schwester sein.«

»Sie ist schön«, sagten die Fräulein, »sie hat Gemsenaugen. Aber sie hat warmes Blut und liebt einen Gemsjäger – wir wissen's!«

»So legt ihr die Hände aufs Herz, dass es einfriert mit all ihrer Liebe und sie selig sei wie ihr«, befahl Murzoll.

Da eilten die Fräulein auf sie zu, dass es sie anwehte wie ein Schneesturm, und streckten die kalten, weißen Hände nach ihrem Herzen aus; sie fühlte schon, wie sich das zusammenzog und langsamer pochte. Da wehrte sie mit beiden Armen die seligen Fräulein von sich ab und rief: »Nein, laßt mich – i will nit selig sein, i will den Joseph!«

»Wenn du wieder unter die Menschen gehst, so zerschmettern wir den Joseph und werfen dich mit ihm in den Abgrund«, drohten die seligen Fräulein, »denn keiner darf unter den Menschen leben, der uns gesehen.«

»So werft mich in 'n Abgrund, aber laßt mir mei Lieb im Herzen – alles, alles will i erleiden, aber von meiner Lieb laß i nit!« Und mit der Kraft der Verzweiflung fasste Wally eines der seligen Fräulein um den Leib und rang mit ihr, und siehe, da zerbrach ihr die zarte Gestalt in den Armen, und sie behielt nur rieselnden Schnee in der Hand. Das

Tageslicht erlosch, plötzlich war alles in graue Dämmerung gehüllt; sie stand auf nacktem Fels, ein scharfer Wind peitschte ihr Eisnadeln ins Gesicht, und statt der seligen Fräulein wirbelten weiße Nebel in wildem Tanz um sie her. Hoch über ihr blickte das bleiche Gesicht Murzolls finster durch die Wolken, und er donnerte sie an: »Du lehnst dich auf wider Menschen und Götter – Himmel und Erde werden dir feind sein! – Weh dir!« Und verschwunden war alles – Wally erwachte. Kalt pfiff der Abendwind durch die Luken über Wally hin. Sie rieb sich die Augen, noch zitterte ihr das Herz in der Brust von dem unheimlichen Traum, sie brauchte lang, bis sie wusste, wo sie sei, bis sich das Traumbild und die Wirklichkeit voneinander schieden. Ein unerklärliches Grauen war in ihr zurückgeblieben und teilte sich auch der Wirklichkeit mit. Sie stand von ihrem Lager auf und rief unwillkürlich nach dem Knecht. Sie trat vor die Hütte hinaus, ihn zu suchen. Es war ein schöner, heller Abend geworden, die Nebel hatten sich zerstreut, aber die Sonne war im Sinken, und scharf wehte die Luft der Höhe. Wally eilte hierhin und dorthin nach dem Tauben – sie fand nichts als einen aufgeschichteten Stoß von Fichtenholz, den er für sie zusammengetragen. Da fiel ihr ein, dass er gesagt, er werde fortgehen, wenn sie noch schliefe. Es war so, er hatte ihr Erwachen nicht abgewartet. Es war nicht recht von ihm, sie im Schlaf zu verlassen! So aufwachen und niemand mehr finden – das war doch hart. Es war so still um sie her – so öde und leer! Es mochte sechs Uhr sein und Zeit zum Melken. Jetzt schauten wohl die vertrauten Tiere zu Haus nach der Stalltür, ob die Herrin nicht käme und Brot und Salz brächte – sie aber legte hier oben die Hände in den Schoß, und um sie her regte sich nichts weit und breit. Oh, die Totenstille und die Untätigkeit! – Sie wusste nicht, wie ihr zumute war – so einsam, so schrecklich einsam! Sie stieg weiter hinauf auf einen überragenden Vorsprung, um hinabzusehen auf die weite Welt. Ein nie geschautes, unermessliches Bild bot sich ihrem Blick im Purpur der untergehenden Sonne. Da lagen sie offen vor ihr bis an den Saum des Horizonts umhergestreut, die Gebirge Tirols, in der Ferne immer kleiner werdend, in der Nähe erdrückend, überwältigend in ihrer stillen Größe und Erhabenheit.

Und zwischen ihnen ruhend, wie Kinder in Vaters Armen, die blühenden Hochtäler. Und es ergriff sie ein namenloses Heimweh nach den trauten heimatlichen Fluren, die jetzt eben vor ihrem Blick in friedliche Abendschatten versanken. Die Sonne war hinabgeglitten und ließ am Saum des Horizonts im violetten Gewölk rot angelaufene Goldstreifen zurück. Die weiße Mondscheibe begann allmählich zu leuchten und kämpfte mit dem letzten verflackernden Tagesschein um die Herrschaft. In den Tälern ward es Nacht. Da und dort war es, als schimmere ein Lichtlein, kaum sichtbar dem freien Auge, durch die Ferne herauf – ein Erdenstern. Jetzt gingen sie zur Ruh, die fleißigen Genossinnen dort unten. Ihnen war wohl, sie hatten alle ein wirtlich Dach über dem Haupt und ruhten sicher geborgen im Schoß eines trauten Heimwesens – vielleicht lauschten sie noch schlaftrunken hinter dem bunten Vorhänglein am kleinen Fenster auf das Liedel des Herzliebsten – nur *sie* war einsam und ausgestoßen hier oben, schutzlos preisgegeben allen Schrecken, und ihr Obdach war die unwirtliche Hütte, durch deren Luken der Wind pfiff. »O Vater, Vater, kannst du das übers Herz bringen?« rief sie laut hinaus; aber aus Nähe und Ferne antwortete ihr nur das Brausen des Nachtwindes. Immer höher stieg die Mondesscheibe, die Lichtstreifen im Westen verloren ihren Goldglanz und schimmerten nur noch gelb wie Messing am dunklen Abendhimmel. Die Umrisse der Berge verschoben und erweiterten sich in dem Zwielicht. Drohend, übermächtig schaute ihr nächster Nachbar, der gewaltige Similaun, auf sie herab. Alle die Riesenhäupter ringsum stierten sie feindlich an, weil sie es wagte, ihr nächtliches Wesen zu belauschen. Es war, als seien sie alle erst seit Wallys Ankunft so ruhig und still geworden – wie eine Gesellschaft, die Geheimes verhandelt, plötzlich verstummt, wenn ein Fremder unter sie tritt. Da stand sie, die hilflose Menschengestalt, so allein inmitten dieser stillen, starren Eiswelt, so unerreichbar hoch über allem Lebenden – so fremd in der unheimlichen Gesellschaft von Wolken und Gletschern, in dem entsetzlichen, geheimnisvollen Schweigen! »Nun bist du ganz allein auf der Welt«, schrie es in ihr. Eine unnennbare Angst, eine Angst der Verlassenheit überkam sie. Ihr war plötzlich, als müsse sie verlorengehen in dem weiten, unabsehbaren Räume, und wie hilfesuchend klammerte sie sich an die Felswand und drückte das bangklopfende Herz an das kalte Gestein.

Was mit ihr vorgegangen in jener Stunde, das wusste sie selbst nicht –, aber es war, als habe der Stein, an den sie das junge, heiße, zagende Herz drückte, eine geheimnisvolle Macht über sie geübt, denn die Stunde hatte sie hart und rauh gemacht, als sei sie in Wahrheit das Kind Murzolls.

5. Die Luckard

Als nach etwa acht Tagen der Hirtenbub mit dem Vieh heraufkam, erschrak er fast vor Wally, so verstört sah sie aus; aber als er ihr sagte: »Der Vater lässt dich fragen, ob du's jetzt g'nug hätt'st da oben und dei Schuldigkeit tun wollt'st?« da biss sie die Zähne zusammen und antwortete: »Sag dem Vater, eher ließ i mich da oben stückweis vom Geier fressen, als dem, der mich da 'rauf g'jagt hat, noch was zulieb zu tun!«

Das war vorderhand die letzte Botschaft, die zwischen ihr und ihrem Vater ausgetauscht ward.

Als Wally ihre kleine Herde um sich hatte, die nur aus Schafen und Ziegen bestand, denn größeres Vieh fand in dieser Höhe nicht Nahrung genug, da kam ihr der alte Mut wieder, und die Bergwildnis verlor ihre Schrecken für sie. Sie war ja nun inmitten ihrer Schützlinge nicht mehr einsam, sie hatte wieder etwas zu arbeiten, für etwas zu sorgen. Denn war ihr auch der Geier ein treuer Gefährte gewesen, er konnte doch die Untätigkeit nicht bannen, die sie fast zur Verzweiflung brachte und alle finsteren Gedanken über sie Herr werden ließ.

So gewöhnte sie sich allmählich an die Einsamkeit, und sie wurde ihr lieb und traut. Das Leben mit seinen täglichen regelmäßigen Anforderungen beengt und beschränkt jede große Natur; hier oben konnte Wallys unbändiger Sinn uneingeschränkt auswuchern, hier oben war für sie volle Freiheit; kein Mensch war da, ihr zu widersprechen, kein fremder Wille stellte sich ihr entgegen, und als das einzige denkende Wesen weit und breit fühlte sie sich allmählich eine Königin auf ihrem einsamen hohen Throne, eine Herrscherin in dem unermesslichen, stillen Reich, das ihr Auge überschaute. Und sie blickte endlich mit einer mitleidigen Verachtung von ihrer Höhe auf das armselige Geschlecht herab, das da unten im Brodem der Erde lüstete und gierte, feilschte und rechnete, und ein heimlicher Abscheu trat an die Stelle des Heimwehs. Dort unten war der Kampf und die Qual und die Schuld. Murzoll hatte wahrgesprochen in ihrem Traum – hier oben in dem reinen Element von Eis und Schnee, in der reinen Luft, die kein Rauch und kein Pesthauch zerstörten Lebens verdichtete, war der Friede, die Unschuld, hier zwischen den gewaltigen, ruhigen Formen der Gebirge, die sie anfangs erschreckt hatten, war die Ahnung des Erhabenen aufgegangen, und ihr Sinn hatte sich daran emporgehoben weit über das gewöhnliche Maß hinaus. Nur einer von allen den niedrigen Erdenbewohnern dort unten blieb ihr lieb, schön und groß nach wie vor. Es war Joseph, der

Bärentöter, der Sankt Georg ihres Traumes. Lebte er doch auch wie sie mehr auf den Höhen als in der Tiefe, hatte er doch alle himmelanragenden Spitzen bestiegen, auf die sich kein anderer wagte, holte er doch die Gemse vom steilsten Felsen herab, und gab es für ihn weder in der Höhe noch in der Tiefe ein Schrecknis. Er war der stärkste, der mutigste Mann, wie sie die stärkste, mutigste Dirn! In ganz Tirol war ihm kein Mädel ebenbürtig wie sie – in ganz Tirol war kein Mann ihr ebenbürtig wie er. Sie gehörten zueinander, sie waren zwei Bergriesen – mit dem kleinen Geschlecht in der Tiefe hatten sie nichts gemein.

So lebte sie in ihrer Einsamkeit nur für ihn und wartete des Tages, wo sich die Verheißung erfüllen werde. Kommen musste dieser Tag – und da sie dessen gewiss war, verlor sie die Geduld nicht.

So ging der Sommer herum, und der Winter stieg zu Tale, und sie sollte nun bald mit seinen wilden Vorboten, dem Sturm und dem Schnee, hinabziehen in die entfremdete Heimat. – Ihr bangte vor dem Gedanken. Sie hätte sich lieber hier oben in die tiefste Eisspalte verkrochen und ihr Dasein gefristet wie die wilde Bärin, als wieder hinabzusteigen in den Qualm und das Geplärr der niederen Spinnstube und mit dem grollenden Vater, dem verabscheuten Freier und dem schadenfrohen Gesinde eingekeilt zu sein in die engen Räume des Hauses, gefangen hinter fußhohen Wällen von Schnee, aus denen oft wochenlang kein Entkommen möglich war.

Je näher die Zeit rückte, desto schwerer wurde ihr ums Herz, desto verzweiflungsvoller lehnte sie sich gegen den Gedanken dieser Gefangenschaft auf. Aber die Zeit verstrich, ohne dass jemand sie zu holen kam. Es schien, als habe man sie da drunten vergessen. Immer kälter und winterlicher wurde es da oben, die Tage immer kürzer, die Nächte immer länger, zwei Schafe kamen im Schneesturm um; die Tiere fanden bald keine Nahrung mehr, und die Zeit, wo das Vieh sonst heimzieht, war vorüber. »Sie lassen uns da oben verhungern«, sagte Wally zu dem Geier, indem sie das letzte Stück Käse mit ihm teilte, und ein heimliches Grauen wandelte sie an; das junge, gesunde Leben sträubte sich in ihr gegen den schrecklichen Gedanken. Was sollte sie tun? Die Herde im Stich lassen und allein den Heimweg suchen, dass die unschuldigen Tiere elend zugrunde gingen? Nein, das tat die Wally nicht, die stand und fiel wie ein guter Feldherr mit ihrer Truppe! Oder sollte sie sich mitsamt der Herde aufmachen und, des Weges unkundig wie sie war, auf dem überschneiten Ferner herumirren, um endlich die Tiere eins nach dem andern im Schnee und Eis »verlahmen« oder in Felsspalten stürzen zu sehen? Auch das war unmöglich. Sie konnte nichts tun als warten!

Da endlich – an einem düsteren Herbstmorgen, wo man vor Nebel die Hand vor den Augen nicht sah, die kleine Herde zitternd vor Frost sich in ihrem Pferch zusammendrängte und Wally starr vor Kälte am Herdfeuer saß – da erschien der Handbub, der Wally heimholen sollte. Und wie ihr auch gegraut hatte bei dem Gedanken, hier oben langsam mit ihren Tieren zu verhungern, so wandelte sie jetzt doch wieder das ganze unverhehlte Entsetzen vor der Heimkehr an – und sie wusste nicht, welches Übel das größere sei: bei ihrem rauhen Vater Murzoll zugrunde zu gehen oder zu ihrem wirklichen Vater zurückkehren zu müssen.

Da unterbrach der Handbub das Schweigen: »Der Vater laßt dir sagen, du dürf'st ihm nur vor d' Augen komme, wann'st d' tun wollt'st, was er verlangt, wenn'st aber noch kei Vernunft annehme wollt'st, so müßtest bei die Kuhmägd bleiben im Stall, ins Haus dürf'st nit eini, das hab er g'schworen!« »Um so besser!« sagte Wally aufatmend, und der Bub sah sie verwundert an.

Jetzt ging sie leichten Herzens hinunter, sie war nun des Zusammenseins mit dem verhassten Menschen überhoben und konnte für sich in Scheune und Stall leben – was ihr Vater ihr zur Strafe aussann, wurde ihr zur Wohltat. Nun konnte sie ganz ungestört ihren Gedanken nachhängen, und wenn es sie nach Zuspruch verlangte, hatte sie ja die Luckard, die es so gut mit ihr meinte. Ja, sie hatte erst in der Einsamkeit da oben einsehen gelernt, was solch ein treues Herz wert war, und *das* konnte ihr der Vater nicht nehmen.

Fast heiter ging sie jetzt ans Werk, um sich zur Heimfahrt zu rüsten. Seit ihr die Angst vor dem widrigen Zusammenleben mit ihrem Vater genommen war, dachte sie mit stiller Freude an den Jubel der Alten, wenn ihr Pflegekind wieder zurückkäme. Es war doch jemand, der sich auf sie freute dort unten, und das tat ihr wohl.

»Komm, Hansel«, sagte sie, nachdem sie alles zusammengepackt, zum Geier, der mit aufgeblasenen Federn verdrossen am Herd saß – »jetzt geht's abi zur Luckard!«

»Die Luckard is aber nimmer z'Haus«, sagte der Handbub.

»Was, wo ist sie?« fragte Wally erschrocken.

»Der Höchstbauer hat s' fortg'jagt.«

»Fortg'jagt – die Luckard!« schrie Wally auf. »Was hat's da geb'n?«

»Sie hat sich halt nit vertragen mit 'n Gellner-Vinzenz, und der gilt jetzt alles bei'n Höchstbauern«, berichtete gleichgültig der Bub und huckelte pfeifend die Kraxen mit Wallys Sachen auf. Wally war blass geworden: »Und wo ist sie jetzt?«

»Bei der alten Annemiedel in Winterstall.«

»Wann is des g'schehn?«

»Oh, so vor a Wochener zehne. – Die hat amal g'schrauen! Und fast gar nit laufen hat s' könnt, so is ihr der Schrocken in d' Knie g'fahren. Der Klettenmaier und der Nazzi haben s' halten g'müßt, dass s' nit umg'fallen is. 's ganze Dorf is rum g'standen und hat zug'schaut, wie sie's nausg'führt haben.«

Wally hatte regungslos zugehört, das braune Gesicht war fahl geworden, und ihre Brust arbeitete heftig. Als der Bub geendet hatte, riss sie den Hirtenstab von der Wand, schwang sich den Geier auf die Schulter und schritt hinaus.

»Mach vorwärts!« herrschte sie mit rauher Stimme den Buben an, und schnell war die kleine Herde gesammelt, das Milchgeschirr aufgepackt, und der Zug setzte sich in Bewegung. Wally sprach kein Wort. Eine furchtbare Spannung war in ihren Zügen. Die Lippen zusammengepresst, eine drohende Falte, die an ihren Vater erinnerte, zwischen den dichten Brauen, so zog sie mit mächtigen Schritten der Herde voran, und ihr fester Fuß drückte tiefe Spuren in den Schnee. Immer schneller ging sie, je weiter sie hinabstieg, so dass der Bub mit der Herde kaum nachkam, und wo es zu steil war, stieß sie die eiserne Spitze ihres Stabes ins Gestein und schwang sich mit gewaltigen Sprüngen hinab, dass nur der Geier in der Luft ihr über Klüfte und Felsspalten weg folgen konnte. Hirt und Herde verschwanden oft im Nebel hinter ihr. Dann blieb sie stehen und wartete einen Augenblick, bis sie wieder sichtbar wurden und der Bub ihr die Richtung des Weges angab, und weiter ging's ohne Rast und Ruhe, als handle sich's um ein Menschenleben.

Endlich war die Schneeregion überschritten, und Vent lag zu Wallys Füßen wie vor sechs Monden, wo sie heraufgestiegen, aber diesmal nicht im Glanz der Maisonne, sondern trübe, herbstlich tot und kalt. Der Handbub erklärte, in Vent müsste gerastet werden. Wally weigerte sich, aber der Handbub meinte, das hieße Mensch und Vieh schinden, wenn man nicht eine halbe Stunde ruhe. »Wegen meiner«, sagte Wally, »so bleib – i geh voraus. Jetzt kann i ja 'n Weg nimmer fehlen. Wenn sie dich fragen, wo i sei, wenn d' heimkommst, so sag nur, zur Luckard sei i gange!« Und weiter schritt sie, umrauscht von den Flügelschlägen des treuen Hansel, der nun fliegen konnte, wie er wollte, denn Wally beschnitt ihm die Schwingen nicht mehr. Jetzt war sie an der Stelle, wo die alte Luckard ihr bei der »Auffahrt« Lebewohl gesagt und umgekehrt war. »Die alte Luckard!« Wally sah sie noch ganz deutlich, wie sie dahinging und in die Schürze weinte, und sie sah ihre braunen, knochigen Arme, wie sie ihr noch einmal zuwinkten, und sah die silbernen Locken, die ihr immer aus der Haube hervorhingen, im Winde flatterten. Sie war in Ehren und Treuen grau geworden im Strommingerschen Haus, und nun Schande auf dies weiße Haupt! Und Wally hatte sich so leicht von ihr getrennt und ihr das Weinen verboten und sich ungeduldig losgerissen, da die Alte sie in ihrem Schmerz nicht aus den Armen lassen wollte, und keine Ahnung hatte ihr gesagt, welchem Schicksal sie die schutzlose Magd entgegensandte mit dem kargen Abschiedsgruß, und dass Luckard Schimpf und Schmach erleiden würde um ihretwillen! Wally lief und lief, als könne sie die Luckard, wie sie vor sechs Monden hier ging, noch einholen, und trotz des Herbstfrostes stand ihr der Schweiß auf der Stirn, der Schweiß beflügelter Eile, eine schwere Schuld der Dankbarkeit abzutragen – und eine heiße Träne perlte ihr im Auge, das immer die Alte mit ihrem stillen Weinen vor sich herschreiten sah. Sie ging so langsam, die Luckard, und Wally so schnell, und doch blieben sie immer gleich weit auseinander, und Wally konnte sie nicht einholen.

Einen Augenblick musste Wally Atem schöpfen und ausruhen. Sie wischte sich den Schweiß von der Stirn und die Tränen aus den Augen; dann trieb es sie wieder unerbittlich weiter. »Wart nur, Luckard – wart nur, i komm!« murmelte sie atemlos vor sich hin, wie zu ihrer eigenen Beruhigung.

Endlich tauchte der Kirchturm von Heiligkreuz vor ihr auf, und von da führte ein schwindelnder Steg hoch über die Ache nach einer einsamen Häusergruppe auf der anderen Seite der Schlucht. Es war das Örtchen »Winterstall«, wo die Luckard zu Hause war. Hinter den Häusern von Heiligkreuz bog Wally ab und überschritt die leichte Brücke, unter der die wilde Ache brauste und schäumte, als wollte sie ihren zornigen Gischt hinaufspritzen bis zu dem trotzigen Mädchen, das so unbekümmert in die schauerliche Tiefe niederblickte, als gäbe es keine Gefahr und keinen Schwindel auf der Welt. Die Brücke war überschritten, noch ein steiles Stück Weg aufwärts und da – endlich war es erreicht, das Ziel, nach dem sie mit pochendem Herzen gestrebt, sie war in Winterstall – und dort gleich links am Wege lag die Hütte der alten Annemiedel, der Base Luckards, mit kleinen, unter dem überhängenden Strohdach versteckten Fenstern. Dahinter saß die Alte gewiss und spann, wie immer zur Winterszeit, und Wally tat einen tiefen Atemzug aus erleichtertem Herzen. Sie hatte die Hütte erreicht, und ehe sie hereintrat, schaute sie lächelnd durch das blinde, niedere Fenster nach Luckard. Doch es war niemand in der Stube, es sah öde und unbewohnlich aus, und ein abgezogenes Bett stand unordentlich aufgeschichtet da. Ein rauchgeschwärzter, hölzerner Christus spannte am Kreuz seine Arme darüber aus, ein Stückchen Trauerflor und ein verstaubter Rautenkranz hing daran. Es war ein unbehaglicher Anblick, und Wally war dabei auf einmal alle Freude vergangen. Sie setzte den Geier auf ein Geländer, klinkte die Tür auf und trat in den engen Flur. An dessen Ende stand die kleine Küche offen, wo ein knisterndes Reisigfeuer auf dem Herde qualmte. Es wirtschaftete jemand in der Küche herum. Das war gewiss die Luckard, und klopfenden Herzens trat Wally hinein.

Die Bas stand am Herd und schnitt sich Brot zur Suppe ein; weiter war niemand da.

»Ach, mei Gott, die Stromminger-Wally!« schrie die Alte und ließ vor Staunen das Messer in die Schüssel fallen – »o mein Gott – wie schad!«

»Wo ist die Luckard?« fragte Wally.

»O mein Gott und Vater, wärst nur drei Tag früher komme – gestern hab'n mer 's begraben!« klagte die Bas.

Wally lehnte sich mit geschlossenen Augen stumm an den Türpfosten, kein Laut verriet, was in ihr vorging.

»Ach, des is schad«, fuhr die Alte redselig fort, »die Luckard hat g'meint, sie könnt nit sterben, wenn sie dich nit noch g'sehen hätt – und du bist au in die Karten immer daher g'standen, und Tag und Nacht hat s' gehorcht, ob d' nit kimmst. Und wie s' nachher 'n Tod g'spürt hat, da hat s' g'sagt: ›Jetzt muß i doch sterb'n und hab das Kind nimmer g'seh'n!‹ Und da hab i ihr noch amol ihre Karten geb'n müss'n, und da hat s' noch im Todeskampf die Karten für dich leg'n wollen, aber 's is nimmer 'gange, die Hand hab'n ihr zittert auf der Bettdecken, über amol sagt s': ›I siech nix mehr‹ – und streckt sich und hat ausg'schnauft.«

Wally schlug die Hände vors Gesicht – aber noch immer kam kein Wort über ihre Lippen. »Kumm eini in d' Stuben«, sagte die Alte gutmütig. »I hab gar nimmer 'nein mög'n, seits mir die Luckard 'naustragen hab'n. I bin au immer so alleinig, und da war i froh, wie die Bas kimma is und hat g'sagt, sie wollt jetzt bei mir bleib'n. I hab's bald g'merkt, dass s' die Schand nit lang überlebt. Sie hat's alleweil aufm Magen g'habt und fast gar nix mehr essen könnt, und die ganze Nächt hab i s' weine g'hört – da is sie halt immer schwächer und kränker wor'n – bis s' g'storben is.«

Die Alte hatte das Zimmer geöffnet, in das Wally vorher geblickt, und sie traten ein. Ein Schwarm herbstmatter Fliegen summte verstört auf. In der Ecke stand Luckards altes Spinnrädchen steif und still, und das leere abgezogene Bett schaute sie so traurig an.

Aus einem Wandkästchen, auf dem die schwarze Muttergottes von Altenötting gemalt war, nahm die Bas ein vergriffenes Spiel deutscher Karten. »Da, schau, das G'spiel hab i dir aufg'hoben, i hab ja g'wußt, dass d'kimmst, 's hat alleweil in die Karten g'standen. Das san wahre Hexenkarten, und so an G'spiel, wo der Todesschweiß von a G'storbenen d'ran hangt, des is doppelt guat. I woaß nit, was dir für a Ung'mach g'schicht, aber die Luckard hat alleweil 'n Kopf g'schüttelt und gar derschrocken d'reing'schaut. G'sagt hat 's mir nit, was s' g'sehen hat, aber Guat's muß 's nix g'wesen sein.«

Sie gab Wally die Karten, diese nahm sie still und steckte sie in die Tasche. Die Bas wunderte sich, dass ihr der Tod Luckards so wenig nahe ging, dass sie so ruhig war und nicht einmal eine Träne vergoss. »I muß 'naus. I hab mei Bannadelsuppen am Feuer«, sagte sie; »gelt, du machst bei mir Mittag?«

»Ja, ja«, sagte Wally dumpf, »geht nur, Bas, und laßt mich a bissel ausruhn, i bin gar g'sprunge vom Hochjoch 'runter.«

Die Alte ging kopfschüttelnd hinaus: »Wenn die Luckard des g'wußt hätt, was des für a hartherzig's Ding is!«

Kaum war Wally allein, da verriegelte sie hinter der Bas die Tür und sank vor dem leeren Bett auf die Knie. Sie zog die Karten aus der Tasche, legte sie vor sich hin und faltete die Hände darüber wie über einer Reliquie. »Oh, oh«, schrie sie nun plötzlich in ausbrechendem Schmerz, »du hast sterben müssen, und i war nit bei dir! Und du hast mir dei Lebtag nix als Lieb's und Gut's 'tan – und i – i hab dir's nie g'lohnt. Luckard, alte liebe Luckard – hörst denn nit? Jetzt bin i ja da – und jetzt is 's z'spät! Sie hab'n mich aber au droben g'laßt, so lang wie mer koan'n Viehbuab'n droben laßt – aus Bosheit, dass i no recht frieren und mürb werden sollt. Und zwoa Stückeln Vieh hat's mich scho kost, und dich au derzu, du arme, brave Magd!«

Plötzlich sprang sie auf, und die rotgeweinten Augen leuchteten fieberhaft; sie ballte krampfhaft die braunen Fäuste: »Aber wartet nur, ihr da drüben – ihr Schinder, wann i komm! I will euch lehren, unschuldige, hilflose Leut von Haus und Hof jagen. So wahr Gott lebt, Luckard, du sollst's hören in dei Grab 'nein, wie i für dich einsteh!«

Ihr Auge fiel auf den Christus über dem Bett der Toten. »Und du, laßt auch alles gehn wie's geht – und hilfst kein'm, wenn er sich nit selber hilft«, grollte sie im Ungestüm ihres Schmerzes zu dem stillen, geduldigen Gott empor, den sie nimmer verstehen konnte. Sie war furchtbar in ihrem gerechten Zorn. Alles, was von der unbeugsamen Natur des Vaters in ihr lag, hatte sich dort oben in der Wildnis fessellos entfaltet, und das edle, große Herz, das nur die reinsten Impulse kannte, trieb, ohne es zu ahnen, verderblich siedendes Blut durch ihre Adern.

Sie raffte ihre Heiligtümer zusammen, die Karten, worauf der Finger der Sterbenden mit Todesschweiß die letzte Liebesbotschaft geschrieben; dann trat sie hinaus und ging in die Küche zur Bas.

»Ich will jetzt wieder weitergehn, Bas«, sagte sie gefasster. »I bitt Euch nur, sagt mir, wie denn alles ganga is mit der Luckard und dem Höchstbauer« – sie nannte ihn nicht mehr ›Vater‹.

Die Bas hatte eben die Suppe in einer hölzernen Schüssel angerichtet und nötigte Wally, mitzuessen. »Weißt«, sagte sie, während Wally aß, »der Vinzenz, der versteht's gar guat mit deim Vater'n und hat 'm völli 's Neujahr abg'wonne. Der Stromminger hat seit dem Sommer 'n offenen Fuaß und kann nit laufen. Da hockt der Vinzenz alle Abend bei 'm und vertreibt 'm die Zeit mit Kartenspielen und laßt 'n alleweil g'winne – er denkt, er kriegt's doch amol wieder, wann er dich kriegt! Der Alte kann schier gar nimmer leben ohne den Vinzenz, und so hat er ihm halt z'nach und z'nach die ganze Aufsicht übergeb'n, weil er mit sei'm kranken Fuaß nimmer selber nachgehn kann. Jetzt moant der Vinzenz, der Höchsthof g'hört ihm scho halber, und wirtschaft't d'rauf rum, wie er mag. Da san halt die Händel mit der Luckard an'gange, denn die Luckard, die hat halt immer nach 'm Rechten sehen woll'n, wie sie's g'wohnt war, und der Vinzenz hat ihr alles aus die Händ g'nomme, und sie hat gar nix mehr sag'n dürft. Nachher wie er g'seh'n hat, dass sich die Luckard gar abhärmt, da hat er amol zu ihr g'sagt, er woll sie scho wirtschaften lassen, wie wenn sie die Bäuerin wär, und er woll au a Aug zudrücken, wenn s' sich auf d'Seit brächt, so viel s' möcht, wenn sie 'm nur helfen wollt, dass er dich kriegt, denn er wiss' scho, dass s' alles über dich vermöcht. – Und da is halt die Luckard grob wor'n: Sie hab ihr Lebtag nix g'stohlen, sagt 's, und werd's au jetzt auf ihre alten Täg nit anfange – sie woll nix, als was s' sich ehrlich verdienet, und an Mann, der ihr so was Schlecht's nachsehen tat, den tät sie der Wally scho gar nit rekometieren, hat 's g'sagt. Was tuet der Ruach? Geht hin zum Stromminger und verklagt die Bas. Er hab sich jetzt überzeugt, sagt er, dass 's nur die Luckard sei, die dich gegen ihn und dein Vatern aufg'stift hätt. Und sie sei schuld an dei'm Ungehorsam, hat er g'sagt, weil sie's Heft in der Hand b'halten wollt! Und so is 's halt kimme. Und weißt, des hat ihr 's Herz brochen, dass ma so was von ihr 'glaubt hat, wo doch kei wahr's Wort dran war, des tuet ei'm weh, wenn ei'm so Unrecht g'schieht. Gelt – sie hat nie was zu dir g'sagt, du sollst dei'm Vater nit folgen?«

»Nie, nie – im Gegenteil, sie war a demütige, b'scheidene Magd und hat in nix drein g'red't, was sie nix an'gange hat«, sagte Wally, und wieder wurden ihr die brennenden Augen feucht. Sie wandte das Gesicht ab und stand auf. »B'hüet Gott, Bas, i kimm scho amol wieder!« Sie nahm ihren Stab und Hut, rief ihren Geier und schritt rasch der Heimat zu.

6. Ein Tag in der Heimat

Als Wally über den Steg zurückging, schwindelte ihr. Jetzt erst fühlte sie, wie ihr das Blut im Kopf war. Die mildere Luft hier unten erschien ihr gegen die dünne Eisluft auf dem Ferner schwer und beklemmend, der Vogel, der sich bei der Bewegung des Gehens wackelnd auf ihrer Schulter festkrallte, alles war ihr quälend, unleidlich. So kam sie endlich in ihrem heimischen Dorfe an. Sie musste es durchschreiten, um zum letzten Haus, zum Höchsthof, zu gelangen. Alle Dörfler, die gerade mit dem Untermahl fertig waren, steckten die Köpfe zum Fenster heraus und zeigten mit den Fingern nach ihr. »Da schaut's, die Geier-Wally! Hast endli 'runter dürft? Und dein' Geier hast au wieder mitbracht, seid's nit miteinander derfroren? Dei Alter hat di schön zappeln lass'n da droben!« »Zeig, wie schaust aus? No, braun und schiech bist wor'n wie a Schnalser Hirt!« »Etsch, etsch! Gelt, jetzt bist zahm wor'n da droben – ja, ja, so geht's, wann mer sein'n Vatern nit folgt!«

So regnete es schadenfrohe Redensarten um sie her, dass sie die Augen zu Boden senkte, und eine brennende Röte der Scham und Bitterkeit bedeckte ihre Stirn. Beschimpft, verhöhnt – so zog das stolze Kind des Höchstbauern wieder in die Heimat ein. Und das alles – warum? Ein unversöhnlicher Haß wucherte in ihr auf, und das war schlimmer als Zorn, denn der Zorn kann sich beruhigen, aber der echte, aus verbittertem, misshandeltem Herzen erwachsene Haß schlägt seine Wurzeln durch das ganze Sein, er ist eine stille fortgesetzte Tat ohnmächtiger Rache.

Schweigend stieg Wally die Anhöhe hinter dem Dorfe hinan, von der der Höchsthof stolz herniedersah.

Niemand bemerkte ihre Ankunft als der taube Klettenmaier, der unter dem Holzschuppen im Hofe Brennholz für den Wintervorrat spaltete; die anderen waren auf dem Feld.

»Grüaß di Gott!« sagte er und lüftete vor seinem Herrenkind das Käppchen.

Sie setzte ihre Bürde, den schweren Hansel, zur Erde und gab dem Alten die Hand.

»Aber gelt? Die Luckard!« sagte er.

Wally nickte.

»Ja, ja«, fuhr er fort, ohne jedoch mit der Arbeit innezuhalten, »wenn der Vinzenz 'n Haß auf eins hat, da ruht er nit, bis er's 'naus g'schunden hat! Mich hätt er au gern weg, weil er scho g'merkt hat, dass i zur Luckard g'halten hab, und er moant halt, wann koaner mehr auf 'm Hof wär, der dir hilft, nachher wärst nit so trotzig. Und weil er mir sonst nix anhab'n kann, so laßt er mi die härt'ste Arbeit tuan. Jetzt muaß i alle Tag 'n Wagen voll Holz kloan machen. I kann scho bald nimmer. Weißt, i bin sechsnsiebzg Jahr alt, und heut is der dritte Tag. Aber des gerad möcht er, dass er nacher 'n Stromminger sagen könnt, i sei zu nix mehr z' brauchen, oder dass i von selber gingt, wann i 's nimmer aushalten könnt. Aber wo soll i no hin in mei'm Alter? I muaß es aushalten!«

Wally hatte der Rede des Alten mit düsterem Blick zugehört. Jetzt ging sie rasch ins Haus, um für den alten Mann Brot und Wein zu holen. Aber die Vorratskammer war verschlossen, ebenso der Keller. Wally ging in die Küche. Das Herz tat ihr weh – hier war die eigentliche Heimat der Luckard gewesen, sie meinte, die Alte *müsse* ihr entgegenkommen und fragen: »Wie is dir's gange – was möcht'st – was kann i dir z'lieb tun?« Aber das war vorbei. Eine fremde, robuste Magd saß am Herd und schälte Kartoffeln.

»Wo sind die Schlüssel?« fragte Wally.

»Was für Schlüssel?«

»Zur Speis'kammer und zum Keller!«

Die Magd sah Wally frech an: »Hoho, nur staad – wer bist dann du?«

»Das wirst dir wohl denken können«, sagte Wally stolz, »i bin die Haustochter!«

»Haha!« lachte die Magd – »da mach nur, dass d' aus der Kuchel kommst. Der Stromminger hat verboten, dass d' ihm's Haus betrittst; 'nüber g'hörst in d' Tenna, da is dei Kammer, verstehst mi?«

Wally wurde bleich wie der Tod. Also so – so sollte es ihr in ihres Vaters Hause gehen? Die Walburga Strommingerin sollte unter die letzte Magd ihres eigenen Erbhofes gestellt sein? Es war nicht nur, um sie aus der Nähe des Vaters zu verbannen, es war darauf abgesehen, sie durch entehrende Behandlung zu beugen? Und das der Wally – der Geier-Wally, von der ihr Vater einst stolz gesagt hatte, ein Mädel, wie sie, sei mehr wert als zehn Buben! –

»Gib mir die Schlüssel!« befahl sie mit starker Stimme.

»Haha – das war noch schöner. Der Stromminger hat g'sagt, wir soll'n dich halten wie a Futtermagd – und von die Schlüssel is gar kei Red, i hab die Aufsicht im Haus und geb nix her, als was der Bauer erlaubt.«

»Die Schlüssel!« schrie Wally in ausbrechendem Zorn, »i *befehl* dir's!«

»Du hast mir gar nit z'befehlen – weißt? I bin beim Stromminger in Dienst und nit bei dir. Und in der Küchel bin i Herr, verstehst? So will's der Stromminger! Und wenn der Stromminger sei eignes Kind schlechter haltet als uns Mägd – so wird er scho wissen, warum!«

Wally trat dicht vor die Dirne hin, ihre Augen flammten, um ihren Mund zuckte es – der Dirne wurde es unheimlich. Aber nur einen Augenblick kämpfte Wally, dann siegte ihr Stolz – mit der elenden Magd hatte sie nichts zu schaffen. – Sie ging hinaus. Ihre Pulse hämmerten, es flimmerte ihr vor den Augen, ihre Brust hob und senkte sich keuchend – es war zuviel, was heute über sie hereinbrach. Wie eine Nachtwandlerin schritt sie über den Hof, nahm dem alten Mann, der vor Anstrengung zitterte, das Holzbeil aus der Hand und führte ihn zu einer Bank, dass er sich ausruhe. Der Klettenmaier wehrte sich rechtschaffen, er durfte ja die Arbeit nicht aussetzen, aber Wally sagte, sie wolle für ihn arbeiten.

»So segn dir's Gott, du hast a gut's Herz!« sagte der Mann und setzte sich müde auf die Bank. Wally trat unter den Schuppen und spaltete mit wuchtigen Streichen die schweren Scheiter. So zornig schwang sie das Beil, dass es sich bei jedem Streich durch das Holz tief in den Hackklotz eintrieb. Der Klettenmaier sah ihr verwundert zu, wie ihr's von Händen ging, besser als einem Knecht. Und er freute sich daran, er hatte ja das Kind auch seit seiner Geburt so aufwachsen sehen und hatte es gern in seiner Art. Da sah Wally von weitem die verhasste Gestalt des Vinzenz kommen und hielt unwillkürlich mit der Arbeit inne. Vinzenz sah sie nicht. Er kam hinter dem Klettenmaier her und stand plötzlich dicht vor dem Erschrockenen. Wally beobachtete ihn drin im Schuppen. Er packte den Knecht beim Wams und riss ihn in die Höhe: »Holla!« schrie er ihm ins Ohr, »is des g'arbeit't? Du fauler Troddel du – so oft i komm, sitz'st 'rum und tust nix – jetzt hab i 's g'nug! I will dir Füaß mach'n!« Und er gab ihm mit dem Knie einen Stoß, dass der zittrige alte Mann weithin auf das Straßenpflaster des Hofes fiel.

»O Bauer, helft mir auf«, bat der Knecht; aber Vinzenz hatte einen Prügel ergriffen und holte aus: »Wart nur – du sollst glei sehen, wie ma fauli Knecht aufhilft!« In diesem Augenblick spürte Vinzenz einen Schlag auf den Kopf, dass er laut aufschrie und zurücktaumelte. »Jesus, was is des!« lallte er und sank auf die Bank.

»Des is die Geier-Wally!« antwortete ihm eine vor Grimm bebende Stimme, und Wally stand vor ihm, das Holzbeil in der Hand, mit bleichen Lippen und stieren Augen, nach Luft ringend, als ersticke sie der Schlag ihres wildpochenden Herzens. »Hast's g'spürt?« stieß sie mit langen Unterbrechungen atemlos heraus – »hast's g'spürt, wie's tut, wenn ma Schläg kriegt? I will dich lehren, mein'n alten, treuen Knecht schinden. Die Luckard hast mir scho untern Boden 'bracht und jetzt willst's mit dem armen Klettenmaier au so machen? Nein, eh i so 'n Unfug leid, steck i mei eigen's Erbgut in Brand und räuchr dich 'naus, wie ma d' Fuchs ausbrennt!« Sie hatte währenddessen dem Klettenmaier aufgeholfen und führte ihn zur Scheuer: »Geh nein, Klettenmaier, und erhol dich«, befahl sie ihm, »i will's!«

Klettenmaier gehorchte, er fühlte, dass sie in diesem Augenblick Herr war. Aber unter der Tür machte er sich von ihr los und sagte kopfschüttelnd: »Geh, Wally – das hätt'st nit tun soll'n – geh, schau nach 'm Vinzenz, i mein, du hast'n schwer 'troffen.«

Sie ließ den Alten und trat wieder hinaus. Vinzenz war ganz still. Sie warf einen scheuen Blick auf ihn. Er hatte das Bewusstsein verloren und lag ausgestreckt auf der Bank; das Blut tropfte ihm vom Kopf herab in den Sand. Rasch entschlossen ging Wally in die Küche und rief der Magd zu: »Komm 'raus, bring Essig und a Tüchel und hilf mir.«

»Hast scho wied'r was z' kommedier'n?« lachte die Dirn laut auf, ohne sich vom Fleck zu rühren.

»'s nit für mich«, sagte Wally mit einem unheimlich bösen Blick und nahm selbst die Essigflasche vom Sims – »der Vinzenz liegt draußen – i hab ihn g'schlagen.«

»Jesus Maria!« kreischte die Magd auf – und statt dem Vinzenz zu Hilfe zu eilen, rannte sie in Haus und Hof herum und schrie: »Zu Hilf, die Wally hat'n Vinzenz derschlag'n!«

Von allen Seiten hallte der Schreckensruf wider und klang weiter bis ins Dorf, und alles lief zusammen.

Wally hatte indessen den Klettenmaier zum Beistand geholt und wusch den Ohnmächtigen mit Essig und Wasser. Sie begriff nicht, wie die Wunde so schlimm sein konnte. Sie hatte nicht mit der Schärfe, nur mit der Rückseite des Beils geschlagen, aber der Streich war mit einer Kraft geführt, von der sie selbst nichts wusste. Der so lang verhaltene Grimm in ihr hatte sich in dem einen Schlag entladen, dass es schmetterte wie vorher beim Holzspalten.

»Was is da g'schehn?« dröhnte eine Stimme Wally ins Ohr, bei der ihr das Blut stockte – ihr Vater hatte sich am Krückstock herausgeschleppt. »Was hat's da 'geb'n?« tönte es aus zwanzig, dreißig Kehlen nacheinander, und der Hof füllte sich mit Menschen.

Wally schwieg.

Ein dumpfes Summen entstand um sie her, alles drängte sich heran, betastete, beschaute den Leblosen. »Is er tot? – Muß er sterben?«

»Wie is des gange?«

»Hat's die Wally 'tan?« scholl es herüber und hinüber.

Sie stand da, als höre und sehe sie nicht, und legte dem Verwundeten einen Verband an.

»Kannst nit reden mehr?« donnerte sie jetzt ihr Vater an. »Wally, was hast g'macht?«

»Ihr seht's ja!« war die kurze Antwort.

»Sie g'steht's ein!« schrien alle wild durcheinander, »Jesus, die Frechheit!«

»Du Galgenbrut du!« schrie Stromminger. »So kommst von da droben 'runter ins Vaterhaus?«

Wally lachte bei dem Wort »Vaterhaus« laut auf und sah ihn mit einem durchbohrenden Blick an.

»Lach au noch!« schrie Stromminger. »I hab g'meint, du sollst dich bessern do droben und jetzt bist kaum a Viertelstund z' Haus, jetzt stellst schon wieder Unheil an?«

»Jetzt regt er sich«, rief eins der Weiber, »er lebt noch!«

»Tragt ihn ins Haus und legt ihn auf mei Bett!« befahl Stromminger und machte Platz an der Küchentür, wo er lehnte. Zwei Männer hoben Vinzenz auf und trugen ihn hinein.

»Wenn mer nur'n Doktor hätten!« jammerten die Weiber und folgten dem Kranken in die Stube nach.

»Hätten mer nur die Luckard noch, da brauchten mer koan'n Doktor«, meinten ein paar Männer, »die hat für alles was g'wußt.«

»So soll ma sie holen«, befahl Stromminger – »auf der Stell soll sie kommen!«

Wieder schlug Wally eine Lache auf: »Ja, die Luckard, gelt, Stromminger, jetzt möcht'st sie wieder haben? Jetzt holt sie Euch aufm Gott'sacker!«

Die Leute schauten sie betroffen an – »Is sie tot?« fragte Stromminger.

»Ja, vor drei Tagen is sie g'storb'n; das Herzeleid hat sie um'bracht, das *Ihr* ihr an'tan habt. Siehst, Stromminger, das g'schieht dir recht – und wenn der da drin stirbt, weil niemand da is, der 'was vom Kurieren versteht, so g'schieht's ihm au recht – des hat er an der Luckard verdient!«

Jetzt erhob sich ein Tumult – es war zu arg! »Nach so einer Übeltat au noch so reden und sagen, 's geschäh ihm recht, statt dass sie's reuen sollt! Da is ja koa Mensch seines Lebens mehr sicher! Und der Stromminger steht dabei und laßt sie reden und sagt kei Wort? Des is a schöner Vater!« So ging es hin und her, während Wally mit untergeschlagenen Armen trotzig unter der Küchentür stand und auf Stromminger blickte, der von ihrem Vorwurf unwillkürlich betroffen war. Jetzt aber kam ihm die Wut doppelt und sich auf seinen Krückstock aufrichtend, rief er in die Menge: »I will euch zeigen, was i für a Vater bin. Packt sie und bindet sie.«

»Ja, ja«, schrien die Leute durcheinander, »bindet sie, so eine gehört hinter Schloß und Riegel – aufs G'richt muß sie – die Mörderin!«

Wally stieß einen dumpfen Schrei aus bei dem Wort »Mörderin« und wich in die Küche zurück.

»Nein!« schrie Stromminger, »aufs G'richt laß i mei Tochter nit schleppen – meint ihr, i will die Schmach erleben, dass dem Höchstbauer sein Kind ins Zuchthaus kommt? Kennt's ihr den Stromminger nimmer? Brauch i 'n Gerichtshof, um a ung'ratenes Kind zu züchtigen? Der Stromminger is sich selber Manns g'nug, und auf mei'm Grund und Boden bin i mei eigene G'richtsbarkeit! I will euch scho zeigen, wer der Stromminger is, wenn i au lahm bin. In'n Keller sperr i sie und laß sie nit eher raus, als bis ihr der Trotz 'brochen is und sie mir vor euch allen auf die Knie nachrutscht! Ihr habt's alle g'hört, und wenn i nit Wort halt, so könnt's mich 'n Hundsfott heißen!«

»Heiliger Gott, hast denn kein Einsehen mehr?« schrie Wally auf. »Nein, nein, Vater, nit einsperren! Um Gottes willen, nit einsperren! – Jagt's mich fort, schickt's mich 'nauf auf'n Murzoll und laßt mich droben einschneien! – Verhungern will i, derfrieren will i – aber unter freiem Himmel. Wann's mich einsperrt 's, gibt's a Unglück!«

»Aha, möcht'st wieder 'naus, a Landstreicherin wer'n, des g'fiel dir besser? Nix da! I war bis jetzt nur z' schwach gegen dich: Du bleibst hinter Schloß und Riegel, bis d' mich und den Vinzenz auf die Knie um Verzeihung bitt'st.«

»Vater, des hilft bei mir nix – eh i des tät, eher wollt i im Keller vermodern, des könntet's scho selber wissen. Laßt's mich fort, Vater, oder – i sag's Euch noch amal, 's gibt a Unglück.«

»Jetzt is g'nug g'schwätzt – wie steht's ihr da? Was b'sinnt's euch? Soll i ihr selber nachspringe mit mei'm lahme Fuaß? Packt sie – aber fest – denn was a Strommingerbluat is, des zwingt noch euer zehne! Halt's euch dran!«

Die Burschen, gereizt durch diesen Spott, drangen in die Küche ein: »Die woll'n mer glei hab'n!« höhnten sie.

Aber Wally sprang mit einem Satz an den Herd und riss brennende Scheite aus dem Feuer: »Dem ersten, der mich anrührt, verseng i Haut und Haar!« schrie sie und stand da wie der Erzengel mit dem Flammenschwert.

Alle wichen zurück.

»Schamt's euch!« schrie Stromminger, »ihr alle miteinander werd't doch das eine Madel zwinge? Schlagt's ihr die Bränd mit Stecken aus der Hand«, befahl er fiebernd vor Zorn, denn jetzt war es Ehrensache für ihn, vor dem ganzen Dorf seiner Tochter Herr zu werden. Einige liefen und holten Stöcke – es war eine Jagd wie auf ein reißendes Tier, und zum reißenden Tier war auch Wally geworden. Die Augen blutunterlaufen, der Angstschweiß auf der Stirn, die weißen Zähne zusammenknirschend, so wehrte sie sich gegen die Meute, wehrte sich, ohne zu denken und zu überlegen, wie die Tiere der Wildnis, um ihre Freiheit – ihr Lebenselement. Jetzt schlugen sie mit Stöcken nach den Bränden in ihrer Hand – ihrer einzigen Waffe – da schleuderte sie die Brände in die Menge hinein, dass diese schreiend auseinanderwich, und immer neue riss sie aus dem Herd und warf sie wie feurige Geschosse den Angreifern an den Kopf. Der Aufruhr wuchs.

»Wasser her!« schrie Stromminger, »holt doch Wasser, löscht ihr's Feuer aus!«

Das war das letzte; geschah dies, so war Wally verloren. Ein Augenblick, und das Wasser war da – Verzweiflung fasste das Mädchen. Da kam ihr ein Gedanke – ein furchtbarer, verzweifelter Gedanke – aber da war keine Zeit zum Erwägen, der Gedanke war Tat, eh er ausgedacht – und ein brennendes Scheit in der Hand schwingend, stürzte sie sich pfeilschnell durch die Meute hinaus auf den Hof und schleuderte den Brand mit gewaltigem Wurf auf den offenen Heuboden mitten in das Heu und Stroh hinein.

Ein Schrei des Entsetzens!

»Jetzt löscht!« schrie Wally und flog über den Hof und zum Tore hinaus und weiter und weiter, indessen alles auf dem Hof heulend und tobend zum Löschen eilte, denn schon schlug die Lohe wirbelnd durch das Dach.

Mit der aufsteigenden Rauchsäule hob sich kreischend ein dunkler Gegenstand vom Dach empor, wie aus den Flammen geboren, kreiste ein paarmal hoch in der Luft darüber hin und flog dann der Richtung zu, die Wally genommen.

Wally hörte Geräusch hinter sich – sie glaubte, es seien die Verfolger, sie lief blindlings weiter. Es war Nacht geworden, aber es wollte nicht dunkel werden – ein heller Schein zitterte um sie her, dass man sie weithin sehen musste. Sie stieg eine schroffe Felskante hinan, von der sie den Weg überblicken konnte – aber nun sah sie, dass ihr Verfolger durch die *Luft* kam. – Sie hatte erreicht, was sie gewollt, niemand dachte mehr daran, ihr nachzulaufen; den Hof zu retten war dringendere Arbeit, und alle Hände halfen dabei. Jetzt hatte der Geier sie eingeholt und prallte im Schuss an sie, dass er sie fast vom Felsen stieß. Sie drückte das Tier an die Brust und sank erschöpft zu Boden. Mit verschwommenem Blick schaute sie in den Feuerschein, der fern aufleuchtete und von den dunkeln Bergeshäuptern ringsum widerstrahlte. Mit glutrotem, zornigem Angesicht schaute ihre Tat sie an, drohend, überwältigend. Von allen Kirchtürmen aus den Ortschaften klang dumpfes Sturmgeläut herüber, und die Glocken summten ganz deutlich: »Mordbrenner! Mordbrenner!« Aber das furchtbare Lied sang ihr Bewusstsein in Schlaf – eine Ohnmacht breitete wohltätige Schleier über die gehetzte Seele aus.

7. Hartes Holz

Tiefe Nacht umgab Wally, als sie die Augen wieder aufschlug; erloschen war der Feuerschein, verstummt das Geläut, in der Schlucht tief unten donnerte eintönig die Ache, und über ihrem Haupte stand hoch am Himmel ein Stern. Sie blickte zu ihm auf, lange regungslos auf dem Rücken liegend, und er schaute auf sie herab wie ein Blick der Verzeihung. Eine wunderbare Tröstung wehte durch die Nacht. Über die fiebernde Stirn strich kühlend der Wind, und sie richtete sich auf und begann ihre Gedanken zu sammeln. Es konnte nicht spät sein, der

Mond war noch nicht aufgegangen. Das Feuer war also rasch gelöscht. Es musste ja auch so sein, wo alle dabei waren und augenblicklich helfen konnten, wie hätte da ein Brand um sich greifen können! Sie wusste nicht, wie ihr war – sie prüfte sich bis auf den Grund ihrer Seele, und sie konnte sich nicht schuldig fühlen. Sie hatte es ja nur getan aus Notwehr, um die Verfolger von sich abzuhalten, indem sie ihnen etwas anderes zu tun gab! Sie wusste wohl, dass man sie nun »Mordbrennerin« nennen werde – aber *war* sie's? Sie erhob den Blick zu dem Stern über ihr. Es war, als spräche sie sich jetzt zum erstenmal ganz allein mit dem lieben Gott aus, und was er ihr sagte, war Versöhnung. Friedlich schaute der reine Nachthimmel auf sie nieder, diesem Himmel zulieb hatte sie's ja getan. Nur unter dieser hochgewölbten Sternenkuppel hatte ihre Brust Raum zu atmen; gefangen liegen im dumpfen Keller ohne Luft, ohne Licht, wochen-, monatelang, bis sie in das Haus des verhassten Werbers flüchten würde und zu Spott und Schande vor ihrem Vater auf den Knien öffentlich Buße tun – das war mehr als der Tod, das war eine Unmöglichkeit!

Das Mädchen, das sechs Monate lang mutterseelenallein in der rauhen Herberge der Ferner zu Gaste war, das mit den wilden Gesellen, die dort hausen, dem Sturm, dem Hagel und Regen, die Nächte durchwacht, dessen Stirn das Feuer des Himmels geküsst, bevor es zur Erde niederzückte, das hoch in den Wolken der Donner in seiner ganzen Furchtbarkeit umtost, bevor er seine Kraft in den Lüften zerteilte, das Mädchen, das fast täglich sein Leben eingesetzt, wenn es über abgrundtiefe Felsspalten wegsprang, um eine verstiegene Geiß zu retten – das Mädchen konnte sich nicht mehr fügen in die Begriffe und die Tyrannei des kleinen Sinns, konnte sich nicht knebeln lassen wie ein Tier, musste sich wehren auf Leben und Tod. Die Menschen hatten kein Recht mehr an sie – sie hatten sie hinausgestoßen und zur Gefährtin der Elemente gemacht; was Wunder, dass sie einen der wilden Gefährten – das Feuer – zu Hilfe rief in dem Kampfe gegen die Menschen?

Sie konnte sich das alles nicht klar machen, sie hatte nicht gelernt, über sich selbst nachzudenken, sie wusste nicht warum? Aber sie fühlte, dass Gott nicht mit ihr rechtete, dass er von seiner Höhe herab mit einem andern Maß messe als die Menschen, war ja auch ihr von ihrem Ferner herab alles so klein erschienen, was sie in der Tiefe für groß gehalten – wie musste es erst ihm sein da droben im Himmel?! – Gott allein verstand sie – mochten sie die da unten für eine Verbrecherin halten – Gott sprach sie frei.

Da erhob sie sich und schüttelte die Last von der Seele und war wieder die alte, rüstig und zuversichtlich, stark und frei.

»Jetzt, Hansel – was fangen wir an?« fragte sie den Geier, mit dem sie sich in Ermangelung jeder Ansprache laut zu reden gewöhnt hatte. Hansel stellte eben irgendeinem nächtlichen Gewürm nach, erwischte es und verschlang es. »Du hast recht«, sagte Wally, »unser Brot müssen wir suchen. Du hast's guat, du find'st 's überall, aber i?« Plötzlich wurde Hansel unruhig, flog auf und spähte nach etwas in der Ferne.

Da fiel es Wally ein, dass man sie nun, da das Feuer gelöscht sei, suchen könne und sie weiter müsse, so schnell wie möglich. Aber wohin? Ihr erster Gedanke war Sölden! Aber das Blut stieg ihr ins Gesicht – konnte da nicht der Joseph denken, sie liefe ihm nach? Und sollte er sie in der Schmach und Schande sehen, arm, von zu Hause entlaufen, verpönt und verschrien als »Brandstifterin«?

Nein, so sollte er sie nicht sehen, er am wenigsten, lieber laufen, soweit der Himmel blau!

Und ohne sich weiter zu besinnen, nahm sie den Geier auf die Schulter – das einzige Hab und Gut, das sie beschwerte – und ging der Richtung zu, von der sie am Morgen gekommen – nach Heiligkreuz.

Zwei Stunden war sie gegangen, ihre Füße waren wund, und sie war zum Tode erschöpft, da tauchte der Turm von Heiligkreuz in der Dunkelheit vor ihr auf, und wie das Licht in einem Leuchtturm schimmerte durch die offene Glockenstube der aufgehende Mond und zeigte der ziellosen Wanderin die Richtung.

Taumelnd vor Müdigkeit schleppte sie sich durch das schlafende Dorf der Kirche zu. Dann und wann schlug ein Hund an, wo sie mit leisem Fuß vorüberschritt. Wer sie jetzt erwischte, der musste sie für eine Diebin halten. Sie zitterte, als wäre sie's wirklich. Was war aus der stolzen Stromminger-Wally geworden?

Hinter der Kirche war das Pfarrhaus. Neben der Tür stand eine hölzerne Bank, und von den kleinen Fenstern hing das Gestrüpp abgeblühter Bergnelken aus den hölzernen Kästchen darauf nieder. Hier wollte Wally den Tag abwarten, der Pfarrer würde sie doch wenigstens vor Misshandlungen schützen. Sie legte sich auf die Bank, den Hansel setzte sie auf die Lehne zu ihren Häupten, und nach wenig Augenblicken forderte die Natur ihr Recht, sie schlief ein. –

»Herr meines Lebens, was ist mir da für ein Findling beschert!« klang es Wally ins Ohr, und als sie die Augen aufschlug, war es heller Tag und niemand anders als der Herr Kurat selbst stand vor ihr.

»Gelobt sei Jesus Christus«, stammelte Wally verlegen und fuhr mit den Beinen von der Bank herunter.

»In Ewigkeit, Amen! Mein Kind – wie kommst du hierher, wer bist du – und was ist das für ein seltsamer Begleiter, den du da bei dir hast – man könnte sich fast fürchten?« sagte der geistliche Herr freundlich lächelnd.

»Hochwürdig Gnaden«, sagte Wally einfach, »i hab was Schwer's auf 'm G'wissen und möcht Ihne gern beichten! I heiß Walburg und g'hör 'm Stromminger vom Höchsthof auf der Sonneplatten. I bin d'heim davong'laufen. Wißt's – i hab Händel mit 'm Gellner-Vinzenz und hab'm a Loch in 'n Kopf g'schlag'n, und dann hab i mein'm Vater d'Scheuer an'zünd't – –!«

Der Pfarrer schlug die Händ zusammen: »Gott steh uns bei – was für Geschichten! So jung und schon so bös!«

»Hochwürden – i bin sonst nit bös, g'wiß nit – i kann keiner Fliegen nix z' leid tun – aber sie hab'n mir's danach g'macht!« sagte Wally und schaute den Kurat mit ihren großen, ehrlichen Augen an, dass er ihr glauben musste, er mochte wollen oder nicht. »Komm herein«, sagte er, »und erzähl mir, aber das Ungetüm laß draußen«; er meinte den Geier. Wally schwang den Geier in die Luft, dass er auf das Dach flog, und folgte dem Herrn in das kleine Haus. Er ließ sie in die Stube treten.

Da war es ganz still und friedlich. Im Alkoven stand eine rohe hölzerne Bettstelle mit zwei gemalten flammenden Herzen, die für den Herrn Kuraten die Herzen unseres Heilandes und der Jungfrau Maria bedeuteten. Über dem Bett war ein Weihwasserkesselchen von Porzellan und ein Brett mit Erbauungsbüchern. Im Zimmer waren noch mehrere Schäfte mit anderen Büchern und ein altes Schreibpult, eine braune Holzbank hinter einem großen, schweren Tisch, einige Holzstühle, ein Betschemel unter einem großen Kruzifix mit einem Kranz von Edelweiß und ein paar bunte Lithographien des Papstes und verschiedener Heiligen. Von der Decke herab hing ein Käfig mit einem Kreuzschnabel. Eine uralte Kommode mit messingenen Löwenköpfen, welche Ringe zum Aufziehen der schweren Schubladen im Maule hatten, bildete das Prachtstück. Auf dieser Kommode waren allerhand schöne Dinge. Ein Heiligenschrein mit einem geschnitzten Heiligen, ein Glaskästchen mit einem wächsernen Christuskind in rotseidener Wiege, ein gläsernes Spinnrädchen und ein vergilbter künstlicher Blumenstrauß der Art, wie sie in den Klöstern gemacht werden, in einer gelben Vase, unter einer Glasglocke. Ein Schächtelchen mit kleinen bunten Muscheln. Ein winziges Bergwerk in einer Flasche und als Mittelstück ein Krippchen aus

Moos und funkelnden Glimmersteinchen mit fein geschnitzten Tier- und Menschenfigürchen. Auch an einigen schönen Tassen und Kannen fehlte es nicht neben den heiligen Gegenständen, und den Schlussstein bildeten rechts und links von der Geburt Christi zwei kristallene Salzfässchen. Und das alles so sauber gehalten, als gäbe es keinen Staub auf der Welt. Diese Kommode mit den verschiedenen kunstreichen Dingen war der kindliche Altar, den der einsame Priester sechstausend Fuß hoch über dem Meere und über der modernen Kultur dem Gott der Schönheit errichtet hatte. Hier stand er wohl manchmal, wenn draußen der Schnee wirbelte und der Sturm an dem hölzernen Häuschen rüttelte, und blickte sinnend in die kleine niedliche gedrechselte Welt hinein, schüttelte lächelnd das Haupt und sagte: »Was doch die Menschen nicht alles machen!«

Ganz dasselbe dachte Wally, als ihr Blick im Vorbeigehen schüchtern über die wunderhaften Sächelchen glitt. Wie reich auch ihr Vater war, solche Dinge hatten sich nie in sein Haus verirrt; was hätten auch die plumpen Bauern damit anfangen sollen? In ihrem ganzen Leben hatte sie so etwas nicht gesehen, sie, der schon ein Spinnrad neben ihren Sensen und Heugabeln als der Inbegriff aller Zierlichkeit erschien! Es war ihr ordentlich zumute, als könne sie sich in diesem Stübchen nicht regen, ohne etwas zu zerbrechen, und als müsse sie hier ganz besonders manierlich sein. Sie wollte unwillkürlich an der Tür die schweren, eisenbeschlagenen Bergschuhe ausziehen, um die glatten, weißgescheuerten Dielen nicht zu verderben, aber der Herr Kurat litt es nicht, und so trat sie denn so leise auf, als sie nur konnte, und setzte sich geziemend auf das äußerste Ende der Bank, die ihr der Herr anbot. Der Geistliche ließ sein freundliches, klares Auge beobachtend auf ihr ruhen und sah, dass sie den erstaunten Blick nicht von den Zieraten auf der Kommode abwenden konnte. Der alte Herr war ein Menschenkenner. »Du möchtest dir wohl erst meine hübschen Sächelchen ansehen? Tu es, mein Kind – du hast sonst keine rechte Sammlung für die ernsten Dinge, die wir besprechen wollen.«

Und er führte Wally zu der geheimnisvollen Kommode und erklärte ihr alles und erzählte ihr, wo er es her habe.

Wally traute sich nicht zu sprechen und sah und hörte voll Ehrerbietung. Als sie bei der Krippe als dem Besten und Letzten angekommen waren, sagte der Herr Kurat: »Siehst du, das ist Jerusalem da hinten, und das sind die Heiligen Drei Könige, die zum Christuskind wallfahrten – schau, das ist der Stern, der sie führt, und da – da liegt das Kindlein in der Krippe und ahnt noch nicht, dass es geboren ist, um zu leiden für die Sünden der Welt. Denn es kann noch nicht denken und hat keine Erinnerung mit herübergenommen aus seiner himmlischen Heimat, dieweil der Gottessohn eben nun ein rechtes Menschenkind werden musste, wie jedes andere – sonst hätten ja die Menschen sagen können, das sei keine Kunst, so gut und geduldig zu sein, wie Jesus Christus, wenn man Gottes Sohn sei und göttliche Kraft habe, und einem solchen Vorbild könne man nicht nachahmen, wenn man ein gewöhnlicher Mensch sei. Sie sagen das auch leider jetzt noch oft genug und sündigen fort darauf hin!« Wally schaute das nette, nackte Kindlein an mit seiner Goldpapierglorie, wie es so geduldig da drin lag, und hörte die Worte des Pfarrers, und wie sie sich den strengen, finstern »Herrgott am Kreuz« als armes, hilfloses, zum Leiden geborenes Menschenkind dachte – da erbarmte sie sich seiner, und es tat ihr leid, dass sie gestern an dem Totenbett der Luckard »so grob« mit dem armen Gekreuzigten gewesen war. »Aber warum hat er sich au alles g'fallen lassen?« sagte sie unwillkürlich mehr zu sich selbst als zu dem hochwürdigen Herrn.

»Weil er den Menschen zeigen wollte, dass man nicht Böses mit Bösem vergelten und sich nicht rächen soll, denn Gott hat gesprochen: ›Mein ist die Rache!‹«

Wally wurde rot und schlug die Augen nieder.

»Jetzt komm, mein Kind«, sagte der kluge Mann, »und leg deine Beichte ab!«

»Des wird kurz bei'nand sein, Hochwürden«, sagte Wally. Und ehrlich, wie sie stets gewesen, erzählte sie ohne jede Beschönigung, wenn auch mit schüchtern gedämpfter Stimme, wie alles gegangen, und bald war dem Beichtiger der ganze Zusammenhang klar. Ein gewaltiges Lebensbild hatte sich, mit groben Zügen hingeworfen, vor ihm entrollt, und ihn jammerte des edlen jungen Bluts, das da zwischen schroffen Menschen verwilderte.

Lange saß er still und blickte sinnend vor sich hin, als Wally geendet hatte. Sein Blick haftete an einem alten zerlesenen Buch auf seinem Bücherschaft an der Wand; ein Fremder, den er gastlich aufgenommen, hatte es ihm geschenkt. Auf dem Einband stand mit Golddruck: Das Nibelungenlied.

»Herr Pfarrer«, sagte Wally, die das Nachdenkliche in seinen Zügen für den Ausdruck des Vorwurfs hielt, »'s is halt au z' viel z'samme komme, i hab halt g'rad noch den Zorn weg'n der armen Luckard im Leib g'habt, und da schlagt der au noch den Klettenmaier! Schaut's, i hab den alten Mann nit schlagen sehen könne, um alles nit, und wann's no amol so kam, i machet's g'rad wieder so; und a Mordbrennerin bin i doch nit, wann 's mich glei so heißen werd'n. Gelt'n S'? Wann ma a Haus am hellen Tag anzünd't, wo alle Leut derbei sind, da is ma kaa Brandstifter nit. I hab mir halt nimmer z' helfen g'wußt, und da hab i denkt, wann s' löschen müssen, können s' mir nit nachspringe! Und wann des a Sünd is, nachher woaß i nit, wie ma's mach'n soll auf dera Welt, wo die Leut so bös sind und ein'm alles Ung'mach antun.«

»Man soll es machen wie Jesus Christus: dulden und tragen!« sagte der Geistliche.

»Wißt's, Hochwürden«, fuhr Wally heftig heraus, »wann der Herr Jesus Christus alles mit sich hat machen lassen, so hat er g'wußt, *warum* – der hat die Leut was lehren wollen! I wüßt aber nit, für was i 's tät, denn von mir will doch niemand nix lerne im ganzen Ötztal! Und wann i mich noch so geduldig hätt in 'n Keller sperren lass'n, 's war ganz für nix g'wesen – denn 's hätt sich niemand kei Beispiel dran g'nommen, aber mich hätt's mei Leben kost't!«

Einen Augenblick besann sich der Pfarrer, dann richtete er seine freundlichen, überschauenden Augen auf Wally und schüttelte den Kopf. »Du unbändig's Kind du, möchtest nicht mit mir auch schon wieder Streit anfangen? Sie haben dich arg verstört und aufgereizt, dass du überall Feinde und Widerspruch witterst. Komm nur zu Atem und merk, wo du bist – du bist bei einem Diener Gottes, und Gott sagt: ich bin die Liebe! Das soll dir kein bloßes Wort sein, ich will dir zeigen, dass es wahr ist! Ich will dir sagen, daß, wenn auch alle Leute dich hassen und verdammen, der liebe Gott dich doch lieb hat und dir verzeiht! Was du bist, das haben die harten Menschen, die rauhen Berge und die wilden Wetter aus dir gemacht, und das weiß der liebe Gott recht wohl, denn er sieht dir ins Herz und sieht, dass dein Herz gut und rechtschaffen ist, wie du auch gefehlt hast. Und er weiß, dass in der Wildnis keine Gartenblumen wachsen, und dass grobe Äxte kein fein Bildwerk schnitzen. Aber nun paß auf! Findet unser Herr und Meister so ein grob Schnitzwerk von besonders gutem Holz, das ihm der Mühe wert dünkt, was Besseres draus zu machen, so nimmt er wohl selber einmal das Messer und schnitzelt das verpfuschte Menschenwerk zurecht, dass noch was hübsches draus wird. Nun mein ich, du sollst recht achtgeben, dass du dein Gemüt nicht noch mehr verhärtest, denn schau, wenn unser Herrgott so ein paar Schnitt getan hat, und er findet das Holz zu hart, so verdrießt ihn die Mühe, und er wirft die Arbeit weg. Hab ja acht, mein Kind, dass dein Herz weich sei und nachgebe unter Gottes bildnerischem Finger. Wenn ein harter Druck dich unerträglich dünkt, so sei fügsam und denke, du spürst die Hand Gottes, die an dir arbeitet. Und wenn ein Schmerz dir scharf in die Seele schneidet, so denke nur, es sei Gottes Messer, das die Unebenheiten herausschneidet. Verstehst du mich?«

Wally nickte etwas unsicher mit dem Kopf.

»Nun«, sagte der alte Herr, »ich will dir's noch deutlicher machen. Was möchtest du lieber sein, ein roher Stock, mit dem man die Leute totschlagen kann, und den man, wenn er morsch wird, zerbricht und verbrennt, oder so ein feines Heiligenfigürchen, wie jenes dort, das man in ein Bildstöckchen stellt und andachtsvoll verehrt?«

Jetzt hatte Wally ihn begriffen und nickte lebhaft: »Ja freili – lieber so a Heiligenfigürl!«

»Nun, siehst du! Grobe Fäuste haben einen rohen Stock aus dir gezimmert, aber Gottes Hand kann so ein Heiligenbild aus dir schnitzen, wenn du tust, was ich dir eben sagte.«

Wally sah den Pfarrer mit großen, erstaunten Augen an, es war ihr ganz eigen zumute – vergnügt und doch zum Weinen. Nach langem Schweigen sagte sie schüchtern: »I weiß nit, wie des is, aber bei Euch ist alles anders als anderswo, Herr Pfarrer! So hat no kei Mensch mit mir g'red't! Der Herr Kurat von Sölden hat immer g'scholten und vom Teufel und unsre Sünden g'sprochen, und i hab gar nit g'wußt, was er will, denn i hab selbigerzeit no gar nix Böses 'tan gehabt. Aber Ös redet's doch mit ein'm, dass ma's verstehn kann und – i mein, wenn i bei Euch bleib'n könnt – da war's mir am wöhlsten! I wollt g'wiß Tag und Nacht arbeiten und mei Stückl Brot verdiene –!«

Der Kurator überlegte lange, dann schüttelte er traurig den Kopf: »Das geht nicht, du armes Kind. Wenn ich's noch so bedenke, es geht nicht. Wenn ich dir im Namen *Gottes* vergeben kann, vor den *Menschen* darf ich's nicht. Denn Gott sieht die *Absicht*, die Menschen sehen nur die *Tat*. Ein anderes ist der Geistliche im Beichtstuhl – ein anderes in der Gemeinde. Im Beichtstuhl ist er der Verkünder der *Gnade* – in der Gemeinde ist er der Vertreter des *Gesetzes*. Er muß die Menschen aneifern durch Wort und Beispiel, das Gesetz zu ehren und zu halten. Denke, was würden die Leute sagen, wenn der Pfarrer eine offenkundige Brandstifterin bei sich aufnähme? Würden sie's verstehen, warum ich's täte? Niemals, sie würden nur daraus schließen, dass ich die Brandstifter in Schutz nehme, und daraufhin sündigen. Und wenn wir demnächst eine recht boshafte Brandstiftung erlebten, so müsste ich mir bitter vorwerfen, dass ich den Leuten durch meine Nachsicht gegen dich Mut dazu gemacht hätte! Kannst du das einsehen und es ohne Murren hinnehmen, als die unvermeidlichen Folgen deiner Tat?«

»Ja!« sagte Wally dumpf, und ihre Augen röteten sich von verhaltenen Tränen. Dann stand sie rasch auf und sagte schroff: »So dank i schön, Herr Pfarrer, und wünsch guten Morgen.«

»He! He!« rief der Pfarrer, »gleich wieder oben 'naus? Was meinst, wär's nicht näher durch die Wand als durch die Tür? Ich ging' an deiner Stelle lieber durch die Wand!«

Wally blieb beschämt stehen und sah zu Boden. Der alte Herr ließ mit komischer Verwunderung seine Augen auf ihr ruhen: »Was wird das kosten, bis das rasche Blut gebändigt ist! Läuft man denn gleich so fort! Sag ich denn, ich wollte dich deinem Schicksal überlassen, wenn ich dich nicht bei mir im Haus behalten will? Zuerst frühstückst du mit mir, denn essen muß der Mensch, und Gott weiß, wie lang du nichts mehr gegessen hast. Dann wollen wir weiterreden.« Er ging an ein Schiebfensterchen, das nach der Küche führte, und rief der alten Magd, das Frühstück für drei zu richten. Dann setzte er sich an ein einfaches Schreibpult und schrieb der Wally ein paar Namen von Bauern auf, die er als brave Leute kannte.

»Schau, da hast du ein ganzes Verzeichnis von rechtschaffenen Männern und Frauen im Ötztal und Gurglertal«, sagte er zu Wally; »bei denen such dir einen Dienst. Hinten in den Bergen weiß man noch nichts von deinem Vergehen, und bis man's erfährt, kannst du dich schon als brave Magd bewährt haben, so dass die Leute ein Auge zudrücken. Auf mich darfst du dich nicht berufen, doch du bist groß und stark wie ein Mann, sie werden dich gern nehmen. Du kannst tüchtig arbeiten und dich nützlich machen, wenn du willst. Aber *gehorchen* mußt du lernen, mußt dich schicken in Brauch und Ordnung, sonst geht's nicht! Ich verlange nicht von dir, dass du zu deinem Vater zurückkehrst und dich in den Keller sperren lässest, denn das wäre eine unwürdige Strafe und würde bei dir mehr verderben als gut machen. Ich verlange auch nicht, dass du den Vinzenz aus Gehorsam gegen den Vater heiratest und dich für dein Leben unglücklich machst. Aber ich verlange von dir, dass du dein wildes Wesen im Dienste braver Leute, in vernünftiger, geregelter Tätigkeit bändigst und wieder ein brauchbares Glied der menschlichen Gesellschaft wirst. Versprichst du mir das?«

»I will's probier'n«, sagte Wally in ihrer unerschütterlichen Ehrlichkeit.

»Nun, das ist alles, was ich vorderhand von dir verlange, denn ich weiß wohl, dass du mit gutem Gewissen nicht mehr versprechen kannst.

Aber versuche es mit redlichem Willen und denke immer, dass der liebe Gott zu hartes Holz wegwirft! – Ich will heute noch zu deinem Vater gehen und ihm ins Gewissen reden, dass er dir verzeiht und sich mit dir aussöhnt, oder dich wenigstens nicht weiter verfolgt. Gib mir bald Bericht, wo du bist, dass ich dir schreiben kann, wie die Dinge stehen.«

Die Mariann brachte das Frühstück, und der Pfarrer sprach das Morgengebet. Auch Wally faltete andächtig die Hände und bat aus tiefster Seele den lieben Gott, er möge ihr doch helfen, gut und brav zu werden; es war ihr so heiliger Ernst damit, sie wäre ja so gern gut und brav gewesen, wenn sie nur gewusst hätte, wie sie's machen sollte.

Als das Gebet zu Ende war, setzten sich alle drei, sie und der Herr Pfarrer und die Mariann, zum Frühstück. Aber kaum hatten sie begonnen, da erhob sich draußen ein Lärm: »A Geier – Schaut's da aufm Dach den Geier! – Schießt's 'n 'runter, Büx'n her!«

»Jesus, mei Hansel!« schrie Wally, sprang auf und wollte zur Tür hinaus.

»Halt!« rief der Pfarrer, »was willst du – du kannst jetzt nicht hinaus; willst du dich unnötig preisgeben, wo jeden Augenblick die Leute deines Vaters kommen können, dich zu holen?«

»Mein'n Geier lass' i nit im Stich, werd's wie's woll!« rief Wally, und mit einem Sprung war sie zur Tür hinaus.

Der Pfarrer folgte ihr kopfschüttelnd.

»Der Geier is zahm«, schrie sie den Leuten zu, »er g'hört mir, laßt'n gehen!«

»Aber so a Vieh laßt ma doch nit so 'rumfliegen«, murrten die Leute.

»Hat er euch a Schaf g'holt oder a Kind?« fragte Wally trotzig.

»Nein!«

»No also – laßt mich ung'schoren mit mei'm Vogel!« sagte das Mädchen und stand so stolz und herausfordernd da, dass die Leute sie erstaunt ansahen.

»Wally, Wally«, sagte leise der Pfarrer, »denk an das harte Holz.«

»I denk scho dran, Herr Pfarrer«, und sie winkte mit der Hand dem Geier: »Hansel, komm weiter!« Der Vogel schoss vom Dach herab, dass die Leute erschrocken zurückfuhren. Sie nahm ihn auf die Schulter und schritt auf den Pfarrer zu. »B'hüat Gott, Hochwürden«, sagte sie leise, »i dank für alles!«

»Willst nicht noch hereinkommen und fertig frühstücken?« fragte der alte Herr.

»Nein, i laß den Vogel nimmer da allein – und fort muß i ja doch – auf was soll i warten?«

»So sei Gott mit dir und alle Heiligen!« sagte der Pfarrer bekümmert, indessen die alte Mariann ihr heimlich einen Imbiss in die Tasche des faltigen Rockes stopfte.

Einen Augenblick zögerte ihr Fuß an der ihr liebgewordenen Schwelle – dann aber schritt sie still weiter durch alle die Leute durch, die ihr erstaunt nachgafften.

»Wer is denn des?«

»Des is a Hex!« hörte sie hinter sich flüstern.

»Es ist eine Fremde«, erklärte der Pfarrer, »der ich die Beichte abgenommen habe!«

8. Die Klötze von Rofen

Tag um Tag irrte Wally auf den Ortschaften herum, um einen Dienst zu suchen, aber niemand wollte sie mit dem Geier aufnehmen, und von dem Geier ließ sie nicht. Wenn sie ihn auch preisgegeben hätte, er wäre ihr doch immer wieder zugeflogen, und das treue Tier zu töten, der Gedanke kam ihr nicht in den Sinn, mochte es mit ihr werden wie es wollte. Nun war sie in Wahrheit die Geier-Wally, denn ihr Schicksal war unzertrennlich mit dem Geier verknüpft, und er griff in dasselbe ein wie ein Mensch. Die alte Base der Luckard wollte sie gerne behalten, als sie einen Augenblick bei ihr vorsprach, aber dort war sie zu nah von Haus – dort wäre sie ganz in der Gewalt des Vaters gewesen. Sie musste weiter – soweit die Füße sie trugen. Die Jahreszeit ward immer rauher, es begann zu schneien, und die Nächte, die Wally auf irgendeinem offenen Heuschober zubrachte, waren empfindlich kalt. Die Kleider, die sie auf dem Leibe trug, wurden schlecht und schmutzig, sie fing an bettelhaft und landstreicherisch auszusehen, und immer härter ward sie abgefertigt, wo sie mit ihrem Gefährten an eine Tür klopfte. So abenteuerlich sah sie aus, dass keine gutmütige Bäuerin sie mehr für ein paar Stunden im Haus arbeiten und dann mit am Tisch essen ließ. Man reichte ihr um der Gottesbarmherzigkeit willen ein Stück Brot vor die Türe hinaus. Und Wally, die stolze Stromminger-Wally, setzte sich auf die Schwelle und aß es; denn sterben wollte sie nicht. Das Leben, das gequälte, gehetzte, arme, nackte Leben war doch so schön, solange sie hoffen konnte, dass einst der Joseph sie liebhaben werde. Um dieser Hoffnung willen konnte sie alles ertragen, Hunger, Kälte, Schmach! – Aber ihr sonst so starker Körper begann zu wanken unter der beständigen verzehrenden Sorge und Spannung, ihr Blick wurde trübe, die Füße versagten ihr den Dienst, und sowie sie sich ruhig hinlegte, verwirrten sich ihr die Gedanken, und sie lag in einem fieberhaften Halbschlaf. Mit erstickender Angst überkam sie das Gefühl, krank zu werden. Auch das noch! Wenn sie irgendwo in einer Scheune bewusstlos liegenblieb, dann brachte man sie zu ihrem Vater, dann war sie wieder in seiner Gewalt. Sie war drüben im Gurglertal herumgeirrt, und da sie dort nichts gefunden, nochmals den mühsamen Weg ins Ötztal herübergestiegen. Es hatte sie nach Vent gezogen, das lag im Burgfrieden ihres Vaters Murzoll, es war ihr ein Stück Heimat. Aber dort war es ihr noch schlimmer ergangen. Je rauher die Gegend, desto rauher waren auch die Menschen – und bis Wally dorthin kam, war ihr auch schon die Kunde von ihrer Tat vorausgeeilt, und Schrecken und Abscheu begegneten ihr, wo sie sich zeigte. Auf den Pfarrer von Heiligkreuz berief sie sich nicht, denn er hatte es ihr verboten und sie sah ein, dass er es tun musste. Deshalb aber suchte sie auch keinen andern Pfarrer mehr auf, es durfte ja keiner sich ihrer annehmen.

Das letzte Haus von Vent hatte soeben seine Tür hinter ihr geschlossen. Vor ihr lag nun nichts mehr als die himmelhohen Wände des Platteykogels, der Wildspitze und des Hochvernagtferners, die das Tal absperrten und über die kein Weg weiter führte. Hier schloss sich die Welt von allen Seiten wie eine Sackgasse, und sie war am Ende dieser Sackgasse. Da stand sie und schaute an den steil aufragenden Wänden ringsum empor. Es war ein grauer Morgen, und dichter Schnee, der die Nacht gefallen, ließ das ganze Tal nur noch wie eine ungeheure Schneemulde erscheinen. Jede Spur eines Pfades war verwischt. Sie setzte sich nieder und dachte: »Schlaf i ein und derfrier, so is' 's a leichter Tod.« Aber so kalt war's noch nicht, der Schnee schmolz unter ihr, und sie schlotterte bald vor Nässe. Da sprang sie auf und schleppte sich die Anhöhe hinan, die hinter Vent auf den Weg zum Hochjoch führt. Hier konnte sie die Gegend weithin übersehen. Und da gewahrte sie auch eine Art Furche im Schnee, die sich hinter dem Dorfe längs der Talleitspitz mitten ins Herz der Ferner hinzog. Das konnte ein Fußpfad sein – aber wo führte der hin? Sie stieg noch höher, um weiter zu sehen, und da fiel es ihr wie eine Binde von den Augen – das war ja der Weg, der von Vent nach den Rofener Höfen führte. Rofen, der höchste bewohnte Ort in ganz Tirol, der letzte im Ötztal, wo Adlern gleich noch Menschen wohnen, nur zwei Familien, die Klötze und die G'streins. Rofen, das stille, versteckte Rofen am Fuß des furchtbaren Vernagtgletschers, am Ufer des Eissees, wo kein Fuß sich hin verirrte, jahraus, jahrein, das eine ehrwürdige Sage in geheimnisvolle Schleier einwob. Das war der Ort, wo Wally hingehörte, das war die letzte Zuflucht, wo sie Hilfe fand oder wenigstens ruhig sterben konnte, wie das Tier der Wildnis. Dahin wollte sie, zu den Klötzen von Rofen! Sie waren die berühmtesten Fremdenführer in ganz Tirol, sie waren auf den Bergen daheim wie Berggeister, *sie* konnten begreifen, dass Wally eher ein Haus anzünden, eher sterben wolle, ehe sie sich den Atem der Freiheit rauben ließ, und sie konnten Wally beschützen gegen die ganze Welt, denn die Rofener Höfe hatten das Asylrecht. Herzog Friedrich mit der leeren Tasche hatte es ihnen verliehen, weil er einst in der Bedrängnis auf Rofen Zuflucht vor seinen Feinden gefunden. Joseph der Zweite hatte es ihnen zwar Ende des vorigen Jahrhunderts entzogen, aber der Bauer hält fest an seinen Bräuchen, und die Ötztaler ehrten es freiwillig noch immer fort. Wer auf Rofen Freistatt fand, der war unantastbar, denn die Rofener, die »G'streins« und die »Klötze« nahmen keinen auf, der's nicht verdiente, und standen in demselben Ansehen wie ihre Vorfahren. Ein Angriff auf ihr Hausrecht wäre so viel gewesen wie Kirchenschändung.

Wally hob die Arme zum Himmel in inbrünstigem Dank, dass Gott ihr diesen Weg gezeigt, und schwindelnd, taumelnd strebte sie dem letzten Ziele zu, das ihre Kraft noch zu erreichen vermochte. Erst abwärts auf dem Pfad, der von Vent abging, dann wieder steil aufwärts.

Eine endlose Stunde war sie auf dem verwehten Pfad gestiegen. Dann lagen sie vor ihr, wie schlafend im Schnee, die stillen, ehrwürdigen Rofener Höfe, die sie oft vom Murzoll herab klein wie Adlernester am Felsen hängen gesehen. Das Herz schlug ihr, dass sie's hörte, die Knie wankten ihr. Wenn sie hier auch abgewiesen würde. Ein neues Schneegestöber wirbelte lautlos herab und hüllte alles in einen weißen beweglichen Schleier. Es wirbelte und flimmerte vor Wallys Augen, und der weiße Schleier wallte ihr kühl ums Haupt, aber auf ihrer fieberheißen Stirn schmolz er und floss ihr als Wasser über Gesicht und Haare, und dann schüttelte sie wieder der Frost. Endlich stand sie vor der Tür des Nikodemus Klotz und griff nach dem eisernen Klopfer; aber wie sie danach griff, ward es ihr so seltsam licht vor den Augen, sie sank mit einem dumpfen Fall gegen die Tür und glitt daran vollends nieder.

Fort und fort wallten die weißen Flocken in das enge Tal herab und schleierten und betteten es ein und häuften sich vor der gut verrammelten Tür des Nikodemus Klotz über dem starren Körper, der da lag, zu einem friedlichen, weißen Hügel auf.

Nikodemus Klotz saß auf der warmen Ofenbank, schmauchte sein Pfeifchen und schaute behaglich dem Schneetreiben vor dem Fenster zu. So zogen ihm in guter Ruhe die Viertelstunden vorüber, indes sein jüngster Bruder Leander, ein stattlicher Jäger, in einem fließpapierenen Wochenblättchen las. »Das legt wieder schön runter«, sagte Nikodemus rauchend.

»Ja«, sagte Leander und schaute auf, wie's vor dem kleinen Fenster wallte und wimmelte. Da plötzlich schlug mitten in dem weißen Wirbel ein dunkler Flügel ans Fenster, und flatterte und krächzte und flog vorbei, dem Dach zu.

»Das war was!« sagte Leander und stand auf. »Was wird's g'wesen sein«, brummte der Ältere, »kannst ja nit vor d' Tür 'naus in dem G'stöber.«

»Ah was!« sagte Leander und nahm den Stutzen von der Wand, der Jäger rührte sich in ihm bei jedem Flügelschlag eines vorbeischwirrenden Vogels. Er musste sehen, was das war. Er ging und öffnete behutsam die Tür, um den Vogel durch kein Geräusch zu verscheuchen. Da fiel ein Haufen Schnee herein, Und er gewahrte den Hügel, der sich auf der Schwelle aufgeschichtet hatte. Er konnte nicht hinaus, er musste eine Schippe holen, um den Wall fortzuschaffen. Ärgerlich stellte er den Stutzen weg und begann zu schaufeln.

»Jesus, was ist das?!« schrie er plötzlich auf, »Nikodem, komm schnell, da is was unterm Schnee, hilf!«

Der Bruder eilte herbei, im Nu war der Hügel aufgegraben, und ein Arm, ein schöner, runder Arm ragte heraus. Und nun zogen sie unter der leichten Schicht einen leblosen Körper hervor.

»O lieber Gott, a Madel – und was für eins!« flüsterte Leander, als der schöne Kopf und die wundervoll gewölbte Brust zum Vorschein kamen.

»Wie mag sich die daher verirrt haben?« sagte Nikodemus kopfschüttelnd und hob nicht ohne Anstrengung den schweren Körper aus dem Schnee.

»Ist sie tot?« fragte Leander und befühlte sie, indessen seine Augen mit einer Mischung von Schreck und Wohlgefallen auf dem bräunlich fahlen Gesicht hafteten.

»Nur gleich abreiben«, befahl Nikodemus, »und nein ins Zimmer!«

Und sie trugen den wuchtigen Körper ins Haus und legten ihn auf Nikodems Bett. »Die liegt schon a guat halbe Stunde da draußen, so lang kann's sein, dass mir's war, als höret i 'n dumpfen Schlag an der Tür, aber i hab g'meint, 's sei a Schneeklumpen vom Dach g'fallen.«

Leander holte einen Kübel voll Schnee und wollte diensteifrig helfen, dem Mädchen den Tschoppen auszuziehen.

»Nix da«, wehrte der bedächtigere ältere Mann, »das schickt sich nit – so a junger Bursch – das Madel müßt sich ja schämen, wenn sie's wüßt! Du gehst 'naus und schaust, dass du drüben von die G'streins eins auftreibst, die Kathrin oder Mariann. Geh!«

Der Leander konnte kein Auge von der leblosen Gestalt abwenden. »So a schön's Madel!« murmelte er noch im Hinausgehen mitleidig.

Mit ruhiger Umsicht entkleidete nun der erfahrene Mann das Mädchen und rieb sie mit Schnee so hart und so lange, bis die Haut sich wieder zu beleben und das Blut zu zirkulieren begann. Dann trocknete er sie gut ab, deckte sie sorgfältig zu und flößte ihr ein paar Tropfen von irgendeiner starken Kräuteressenz ein.

Endlich kam sie zu sich, rührte und streckte sich und schaute sich einmal im Zimmer um. Aber der Blick war verglast und ausdruckslos, und ein paar unverständliche Worte lallend, schloss sie die Augen wieder.

»Sie is krank«, sagte Nikodemus zu Leander, der eben wieder eintrat, und eine derbe Bauernfrau schüttelte sich nur noch vor der Tür den Schnee ab und kam nach.

»Mariann«, sagte Nikodemus – sie war seine verheiratete Schwester – »da mußt jetzt du helfen, i und der Leander, wir zwei Mannsbilder, können doch der Dirn nit abwarten. Der Leander macht eh schon Augen wie a Verzückter an sie hin.«

Er streifte mit einem unzufriedenen Blick den Burschen, der bereits wieder am Kopfende des Bettes stand und das Gesicht der Kranken mit den Augen zu verschlingen schien, sich aber jetzt wie ertappt und errötend abwendete.

Mariann trat an das Bett, und ihre erste Frage war natürlich: »Wer mag die sein?«

»Ja, Gott weiß es! Irgend a Landstreicherin«, meinte Nikodemus.

»Warum nit gar«, brummte Leander, »das sieht ma der doch an, dass dös koa Landstreicherin nit is!«

»Ja, ja«, bemerkte Mariann, »weil sie schön is und dir g'fallt! Woaßt, 's hat schon manche a sauber's G'sicht gehabt und a schmutzige Seel – dadrauf kommt's nit an. A ordentliche Dirn streicht nit um die Jahr'szeit in der Gegend alleinig im Schnee 'rum, bis sie z'sammfallt. Dös hat irgend 'n Haken, und Gott weiß, was man sich da für eine ins Haus zeiselt!«

»No, des is jetzt einerlei«, meinte Nikodemus gutmütig, »in Schnee und Kälten können wir 's nit 'nausjagen, die krank Person, sei sie jetzt, wer sie will.«

»Weg'n meiner«, sagte die Bäuerin, »i will scho 'rüberkomme und sie euch b'sorgen – aber ins Haus nimm i's nit, dass ihr's wißt!«

»Dös is auch gar nit nötig – wir b'halten sie scho selber!« erwiderte Leander gereizt, und da Wally wieder etwas vor sich hinlallte, beugte er sich zärtlich über sie und fragte: »Was willst, was magst?«

Die älteren Geschwister wechselten Blicke. »Du«, sagte Nikodemus, »jetzt will i dir was sag'n. Du bist jetzt so gut und laßt d' Hand von der Butten, ehvor man nit weiß, wer die Person is. – Da hat der Zimmermann 's Loch g'macht, da gehst außi und kommst mir nimmer 'rein, wenn's d' nit willst, dass i die Dirn, so krank wie sie is, davonjag! Verstanden?«

»No, ma wird doch noch a Madel anschau'n dürfen?« brummte Leander, »i woaß gar nit, wie d' mir vorkommst.«

»Mach, dass d' außi kommst, das G'spänzel da herin leid i net, so lang i Herr im Haus und dei Vormund bin.« Damit schob ihn Nikodemus am Arm hinaus und blieb mit der Schwester allein bei der Kranken.

Wally kam nicht mehr zur Besinnung, sie lag im Fieber. Der Hals war geschwollen, die Glieder steif und schmerzend. Die Geschwister sahen bald, dass sich die Fremde furchtbar erkältet und übermüdet haben müsse, und pflegten sie nach besten Kräften. Indessen strich Leander unruhevoll und müßig im Haus herum. So oft eines aus dem Krankenzimmer kam, war er um die Wege und fragte, wie es ginge. Er war voller Verdruss – er hätte das hübsche Mädel gar zu gern gepflegt! Gegen Abend, als es aufhörte zu schneien, nahm er seinen Stutzen und ging hinaus. Doch kaum war er eine Weile fort, da kam er schon wieder und rief Nikodemus aus dem Krankenzimmer heraus: »Du«, sagte er aufgeregt, »auf dem Dach sitzt a Geier, a prachtvoller Lämmergeier, und guckt ein'n ganz ruhig und zutraulich an, als wenn er daher g'höret.«

»Ah«, sagte Nikodemus, »das is kurios!«

»Komm nur 'raus und schau!« rief Leander und zog den Bruder mit vor das Haus. »Da – da sitzt er und rührt sich nit. Der Staatskerl – und nit schieß'n können – 's is zum Teufelholen!«

»Warum kannst d' denn nit schießen?« sagte Nikodemus.

»Ach, i kann doch jetzt nit knallen, wo das kranke Madel da drin liegt!« sagte Leander, mit dem Fuß stampfend.

»Jag'n fort«, riet Nikodemus, »und sieh, dass d' ihm nachgehst und 'n weiter weg schieß'st, wo man's nit so hört.«

»Gsch, gsch!« machte Leander und warf Schneeballen hinauf, um das Tier aufzuscheuchen. Der Geier sträubte die Federn, kreischte und stieg endlich auf. Aber er flog nicht fort, er flatterte eine Weile hoch in der Luft und ließ sich dann wieder ruhig auf das Dach nieder.

»Ah, des is merkwürdig! Der will nit fort. Der is, wie wenn er zahm war!«

Noch ein-, zweimal versuchten sie's, ihn »aufzumachen« – immer dieselbe Geschichte.

»Der is wie verhext!« meinte Leander und schlug das Kreuz gegen den Vogel, aber das focht ihn nicht an – er musste doch wohl nichts mit dem Teufel zu schaffen haben.

»Mir scheint, der is ang'schossen und kann nimmer fliegen. Jedenfalls tut er niemand nix mehr!« erklärte Nikodemus. »Lass'n ruhig sitzen, bis er von selber 'runterfallt, wenn d' das kranke Madel nit mit'm Knallen derschrecken willst.«

»Ja, der is schon halb hin, i mein, den könnt ma mit der Hand fange.« Er holte die Leiter, legte sie an und stieg behutsam hinauf. Der Vogel ließ ihn ruhig herankommen. Leander zog sein Schnupftuch aus der Tasche und wollte es ihm über den Kopf werfen. Doch da schlug und hackte der Vogel so gegen ihn, dass Leander schleunigst den Rückzug antreten musste.

Nikodemus lachte: »Gelt, der hat dir's zeigt, wie ma Geier mit der Hand fangt! Des hätt i dir gleich sag'n könne.«

»I woas nit, was des für a Vogel is«, brummte Leander kopfschüttelnd. »Wart nur«, drohte er hinauf, »wenn i dich wo anders triff!«

»Morgen kannst'n jag'n, wenn er nit krepiert is über Nacht. Wenn er wieder fliegen kann, geht er scho weiter, und gar z'weit kommt der doch nimmer.«

Es begann zu dunkeln, und die Mariann kam heraus und sagte, dass sie jetzt heim müsse und ihrem Mann zur Nacht kochen.

Die Brüder gingen hinein, und Nikodem holte nun auch zum Nachtessen Brot und Käse aus der Vorratskammer.

Während er draußen war, klinkte Leander ganz leise die Tür, die von der Wohnstube in Nikodems Schlafzimmer führte, auf und schielte durch den Spalt nach der Wally. Die lag jetzt ruhig und schlief fest in Nikodems warmem Bett. Sie hatte ja so lange in keinem Bett mehr gelegen, man sah ordentlich, wie's ihr gut tat im Schlaf, so weich, so hingegossen lag sie in die Kissen geschmiegt. »Oh, Gott b'hüt dich, du arm's Ding, Gott b'hüt dich!« flüsterte Leander zu ihr hinein und schloss schnell die Tür wieder, denn er hörte Nikodem kommen. Er saß auch schon wieder ganz unschuldig auf der Ofenbank, als dieser mit dem Essen hereinkam. »Heut nacht macht sich's gut, weil der Benedikt nit da is, heut nacht kann i bei dir drüben in'n Benedikt sein Bett schlafen. Aber morgen, wenn der wieder da is, müssen wir drei uns halt in die zwei Betten teilen.«

»Oh, i brauch koa Bett«, rief Leander eifrig. »Der da drin z'lieb schlaf i auf der Ofenbank oder aufm Heuschober, 's is mir alles eins. Soll einer von uns wegen der Ungemach leiden, so soll's keiner als i!«

»No, wenn dich des freut, so kannst es haben. Aber aufm Heuschober schläfst, nit auf der Ofenbank, die is mir z'nah beim Krankenstüb'l – verstehst mich?«

»Ja, ja, i versteh scho«, sagte Leander und biss in seinen Käs wie in einen sauren Apfel. – Die Schlafkammer der beiden jüngeren Klötze lag der des Nikodem gerade gegenüber, und dieser nahm das Bett des Abwesenden ein. Ein paarmal in der Nacht stand er auf und ging an Wallys Tür, um zu horchen, was sie machte. Sie sprach und phantasierte viel, und einmal verstand Nikodemus ganz deutlich, wie sie etwas von einem Geier sprach.

»Aha«, dachte er, »die wird den Geier au g'sehen haben, wie's daher kommen is. Jetzt geht ihr der Schrocken im Traum nach.«

Am andern Morgen früh, noch vor dem Frühstück, trieb es den ruhelosen Leander schon wieder hinaus.

Erst gegen Mittag kam er heim.

»No, wie steht's da drin'n?« fragte er, als er eintrat.

»'s is immer gleich. Sie kommt halt nit zur B'sinnung. Und dabei hat sie immer Ängsten vor Leut, die sie fange wollen.«

Leander kratzte sich hinter den Ohren: »Da kann i noch alleweil nit schießen! Jetzt denk nur, jetzt sitzt der Geier noch aufm Dach draußt!«

»Warum nit gar!«

»Ja, wie i heut morgen rauskomm, hab i 'n nimmer g'sehn. Da hab i denkt, er sei fortg'flogen, und streif ihm nach drei Stund lang. Wie i heimkomm, sitzt er ganz ruhig wieder aufm Dach.«

»No, da könnt's ein'm wirkli unheimlich werden, wenn ma abergläubisch wär!«

»He ja! Man könnt scho fast an die seligen Fräul'n denken, dass mir eine 'n Schabernack spielen wollt.«

»Grüaß Gott!« erscholl jetzt eine rauhe, tiefe Stimme, und Benedikt, der zweitälteste Bruder, der verreist gewesen, trat ein.

»Ah, grüaß Gott, bist wieder da!« riefen ihm die Brüder entgegen. »Was bringst Neu's mit, was hast ausg'richt?«

»Oh, nit viel, sie haben mich halt wieder vom Pontius zum Pilatus g'schickt aufm Landgericht und mich mit halbe Versprechungen abg'speist. I sag halt, alle Ötztaler, Mensch und Vieh, könne sich noch auf drei G'schlechter 'naus Hals und Bein aufm Weg daher brechen, ehvor wir amal den Saumpfad kriegen.« Der Sprecher warf missmutig den Ranzen ab und setzte sich auf die Ofenbank. »Krieg'n wir bald was z'essen?«

»Glei!« sagte Nikodemus, der selbst den Koch machte, und holte die Suppe herein.

Auch ein Schöppchen Milch brachte er mit und trug es der Kranken hinein. Leanders Blicke folgten ihm neidisch.

Benedikt war hungrig und machte sich, ohne auf des Bruders Tun zu achten, über die Suppe her. Nikodem kam bald zurück, und stumm, wie der Bauer immer die feierliche Handlung des Essens begeht, als fürchte er, aus dem Takt zu kommen, wenn er spräche, löffelten die drei in abgemessener rhythmischer Bewegung, dass keiner zu viel oder zu wenig bekam, die Suppe aus.

Als gegessen war, zündete sich der müdgewanderte Benedikt die Pfeife an und streckte sich behaglich auf die Ofenbank.

»Was gibt's denn sonst Neu's in der Welt? Erzähl doch was!« bat Leander, der des Bruders Sprechfaulheit kannte.

Der hatte die Pfeife schief im Munde und gähnte: »I weiß nix!« Nach einer Weile sagte er aber doch: »Dem reichen Stromminger von der Sonneplatten sei Tochter – weißt, die Geier-Wally – die ist ihrem Vater durchbrennt und lauft jetzt freiledig in der Gegend 'rum und bettelt.«

»Ah! Wie is denn des gang'n?« fragten die Brüder erstaunt.

»Des muß a wahrer Ruach von 'n Madel sein!« fuhr Benedikt fort. »Ihr Vater hat sie schon aufs Hochjoch schicken müss'n, weil sie nit gut 'tan hat – und jetzt kommt sie 'runter und 's erste is, dass sie den Gellner halb tot schlagt und ihrem Vater 's Haus anzünd't.«

»Jesus Maria!«

»Nachher is sie natürli davong'laufen und in die Ortschaften 'rum g'irrt. Gestern war sie in Vent und hat von Tür zu Tür um 'n Dienst gefragt – aber wer will denn so eine im Haus hab'n? Zu allem Überfluß schleppt sie auch noch den großen Geier mit 'rum, den sie amal g'fangen hat, und den sollen die Leut auch mit aufnehme. Natürli bedankt sich da jeder!«

Nikodemus sah Leander an – und Leander wurde dunkelrot.

»No i dank!« sagte Nikodem – »jetzt woaß i, wer drin liegt! – Der Geier, der nit vom Dach weggeht – und sie hat heut nacht immer von 'n Geier g'fantesiert – des is nit übel – wir hab'n die Geier-Wally im Haus!«

Benedikt sprang auf: »Was?«

»Schrei doch nit so«, sagte Leander, »muß das arme kranke Madel alles hören?«

Nikodem erzählte nun, wie Leander sie draußen halbtot im Schnee gefunden, und wie man nun nicht anders könne, als sie wenigstens so lange im Hause behalten, bis sie wieder gehen könne. Aber Benedikt war ein rauher Mann und meinte, die Krankheit sei wohl nur Verstellung, und die Brüder wären zu schwach gewesen und hätten sich anführen lassen. Er wolle schon mit ihr fertig werden. »Für Mordbrenner haben wir kei Freistatt«, rief er, und seine stechenden Augen blitzten zornig unter den buschigen Brauen hervor.

»Wenn du das Madel g'sehn hätt'st, du hätt'st sie au aufg'nommen«, sagte Leander, »das müßt koa Mensch sein, der den armen Tropf 'nausjag'n tät in Wind und Wetter!«

»So? und auf die Art kriegen wir z'letzt alle Räuber und Mörder von der ganzen Gegend ins Asyl – dass es hieß, die Rofener Höf seien a Unterschlupf für alles G'sindel! Das wär so a Fressen für die aufm Landg'richt! Wenn ihr euch anschmieren laßt von einer abgefeimten Bübin, so muß i wenigstens Brauch und Ordnung auf die Rofener Höf aufrecht halten.«

Er näherte sich der Tür. Nikodemus stellte sich davor und sprach ruhig, aber fest: »Benedikt, i bin der Älteste und bin Herr auf Rofen, so gut wie du, und weiß so gut wie du, was wir Rofener uns schuldig sind! I geb dir mei Wort, dass i das Madel selber kei Stund länger im Haus b'halt, als Menschen- und Christenpflicht will, aber jetzt is sie krank, und jetzt duld i nit, dass sie mißhandelt wird. So lang i auf Rofen sitz, soll unter dem Dach kein'm Menschen Unrecht g'scheh'n.«

Da unterbrach ihn Leander: »Du!« sagte er zuversichtlich mit glänzenden Augen, »laß 'n nur 'neingehen, wann er sie g'sehen hat – schickt er sie nimmer fort!«

»Hast recht, du Gelbschnabel!« lächelte Nikodem und öffnete leise die Tür.

Benedikt trat rasch und geräuschvoll ein. Diesmal durfte Leander auch »mitdurchschlupfen«, und Nikodem hatte nichts dagegen, dass er ihm half, den barschen Benedikt zu bewachen und von einer Roheit abzuhalten. Die Mariann saß am Bett und strickte neue Kniehöseln für die Kranke, weil sie gar so abgelumpt war, dass sie nichts gehabt hätte, wenn sie wieder aufstehen durfte. Sie machte ein Zeichen, stille zu sein, bei Benedikts lautem Eintreten. Aber kaum hatte dieser die Kranke erblickt, da mäßigte er von selbst seinen Schritt und trat langsam auf das Bett zu. Das Mädchen schlief fest. Sie lag auf dem Rücken und hatte den schöngerundeten Arm über dem Kopfe gebogen. Die vollen dunkeln Haare fielen aufgelöst auf die schneeweiße Brust, die unter der dichten Bauernjacke von keinem Sonnenstrahl gebräunt worden war, und die das weite Leinenhemd jetzt ein wenig freigab. Die Schlafende hatte wie lächelnd den Mund halb geöffnet, und zwei Reihen glänzender Perlmutterzähne blitzten zwischen den gewölbten Lippen hervor – auf der schlummernden Stirn aber lag, mehr als Worte sagen können, ein stummberedter Ausdruck von Hoheit und Reinheit. – Benedikt war still geworden – ganz still. Er schaute das berückende und doch so keusche Bild lange wie staunend an. Sein gebräuntes Gesicht begann sich allmählich höher zu färben, gleich dem Leanders, das wie in Glut getaucht war. Dann biss er die Zähne übereinander und wandte sich um. »Die is freili krank!« sagte er in einem Tone, als wie: »Da ist nichts zu machen« – und ging auf den Zehen hinaus.

9. In der Einöde

Wieder wehten Frühlingslüfte über die Erde. In rauschenden Bergwassern floss der schmelzende Schnee ab, schüchtern, fast misstrauisch lugten die ersten Alpenpflanzen nach der Sonne aus, ob's ihr wohl ernst sei mit ihrem Scheinen und man sich weiter herauswagen dürfe? Hier und da lagen noch einzelne Schneeflecke herum wie beim Abbetten vergessene Leintücher. In dem immergrünen Zirben- und Fichtenhain lüfteten die Vögel ihre Flügel, hielten zwitschernde Beratungen und stimmten die kleinen Kehlen zum allgemeinen Jubelgesang.

Von den Fernern donnerten die Lawinen in die Täler nieder, und unter den furchtbaren, beweglich gewordenen Massen knirschten Mauer- und Balkenwerk, Baum und Strauch zusammen. Es war ein Drängen und Ringen, ein Donnern und Säuseln – ein Drohen und Locken, ein Bangen und Hoffen in Höhen und Tiefen, und der ewig wagende vorwitzige Mensch machte sich auch auf aus der langen Winterruhe, streckte die Fühler aus und begann mit dem Alpstock die Berge auszutasten, wo in den lockeren Schnee der Fuß zu setzen sei.

Nur Rofen lag noch in die Schatten seiner engen, himmelhohen Wände gehüllt wie ein Langschläfer unter der weißen Decke. Vor der

Tür des Rofener Hofs stand Leander und fütterte Hansel mit einer großen Maus, die er für ihn gefangen. Hansel war Leanders Liebling geworden von der Stunde an, wo es herauskam, dass er Wally gehörte, und es ging dem Tier gar gut bei den Rofenern.

Da kam Benedikt mit dem Bergstock nach Hause. Er hatte den Weg auf Murzoll ausgekundschaftet und mehrmals zwischen Leben und Tod geschwebt. Sein Blick war unstet, sein ganzes Wesen aufgeregt und finster.

»Nun?« fragte Leander mit ängstlicher Spannung – »wie ist's?«

»Der Weg ist zur Not gehbar; wenn ich sie führ, kann sie's riskieren.«

»Geh, Benedikt, tu das nit, laß sie nit da 'nauf – i bitt dich drum.«

»Was die will – das will sie!« sagte Benedikt finster.

»Sag ihr, der Berg sei nit gehbar, dann laßt sie's von selber bleiben.«

»Zu was die Lügerei! Sie ändert ihren Sinn doch nit, wenn sie noch so lang hierbleibt, und du hast so nix zu hoffen, sie hat dir's oft g'nug g'sagt. So a Gelbschnabel taugt nit für so a Madel wie die Wally! Jetzt gib dich z'frieden.« Er ging ins Haus. Dem Leander traten die Tränen in die Augen vor Schmerz.

Wally kam mit der Heugabel aus dem Stall Benedikt entgegen.

»Wally«, sagte der, »wenn's sein muß, so will i dich 'naufführen, i hab den Weg ausg'funden, aber g'fährlich is's noch immer.«

»I dank schön, Benedikt«, sagte Wally, »so woll'n wir morgen gehn.« Sie hängte die Heugabel auf und ging in die Küche. Benedikt stampfte mit dem Fuß und stellte den Alpstock in die Ecke. Eine Weile besann er sich, dann ließ es ihn nicht ruhen – er folgte ihr.

Wally hatte den Rock aufgeschürzt und wollte die Küche scheuern.

»Wally – laß des gehn, i möcht mit dir reden.«

»I kann nit, Benedikt, schau, i muß die Kuchel putzen. Wann i morgen fortgeh, muß 's ganze Haus sauber sein. I will kei Schlamperei z'rucklassen.«

»Du hast ja mehr g'arbeit't bei uns als 'gessen und 'trunken. Laß es jetzt gut sein, 's Haus is doch sauber – und wann du fort bist – ist alles eins.« Er kaute an einem Stück Holz und spuckte dann die abgebissenen Splitter aus. Wally sah die furchtbare Aufregung, in der er war. Sie hielt mit der Arbeit inne, um ihn anzuhören.

»Wally«, sagte er, »überleg dir's doch noch amal, ob d' nit ein'n von uns nehme willst. Schau, du hätt'st 's doch nit nötig, dass d' so stolz bist, du bist so im Verschrei, dass scho a große Lieb dazu g'hört, bis einer dich nimmt.«

Wally nickte vollkommen einverstanden mit dem Kopf.

»No, siehst, wir Rofener, wir sind Leut, die überall anklopfen dürfen, wo jed's Madel froh is, wenn's so ein kriegt. Du hast die Wahl zwischen zwei von uns Brüdern – und schlägst so ein Glück aus! Schau, Wally, das könnt dich doch amal reuen!«

»Benedikt, du meinst's gut, und i hab dich und den Leander so gern, wie ma nur einen Menschen gern haben kann, aber nit zum Heiraten. Und i heirat halt kein', den i nit als Mann gern haben könnt, und dass du's nur weißt, i hab amol ein' g'sehn, den bring i nit aus 'm Kopf, und solang i den im Kopf hab, kann i kein' andern nehme.«

Benedikt wurde bleich.

»Schau, i sag dir des, damit d' endlich Ruah kriegst und dich nit weiter plagst mit Gedanken an mich. Glaub's nur, Benedikt, i woaß, was d' für mich 'tan hast, du und ihr alle. Ihr habt mich vom Tod errettet, habt mich g'schützt, wie mich der Vater mit G'walt hat holen lassen wolln, und 's war gar schön, wie du mich und dei Hausrecht verteidigt hast. I wär ja a glückliches Madel, wenn i dich liebhab'n und den andern vergessen könnt – i bin dir g'wiß dankbar, und wann's dir was helfen könnt, ließ i's Leben für dich – aber sag's selber, was hätt'st an 'ner Frau, die 'n andern gern hat? Des war wahrhaftig a schlechter Dank für 'n Mann, wie du bist!«

»Ja!« sagte Benedikt heiser und wischte sich die Stirn.

»Gelt, jetzt siehst ein, dass i weg muaß, dass es so nit fortgehen kann?«

»Ja!« sagte er wieder und ging aus der Küche.

Wally sah ihm nach, wie er so bewegt dahinschritt, der brave, stolze Mann, der ihr alles geboten, was – wie er in seiner ungeschlachten Art selbst gesagt – jedes andere Mädel glücklich gemacht hätte. Und sie begriff sich selbst nicht, dass sie den Mann, der so viel für sie getan, nicht lieber haben konnte als den Fremden, der nicht einmal an sie dachte. Aber es war nun doch einmal so! Gegen den Joseph kam eben doch keiner auf an Kraft und Herrlichkeit! Und sie sah ihn immer vor sich, wie er das blutige Fell des Bären von der Schulter warf und erzählte, wie er mit dem Untier gerungen, und wie sie ihn alle umstanden und bewunderten, ihn, den Einzigen, den Schönen, den Gewaltigen. Und wie er ihren Vater bezwungen, den starken Mann, der ihr bis dahin immer so unbezwinglich und schrecklich erschienen war. Und wie er dann so gut, so lieb mit ihm geredet, trotz des Vaters Feindseligkeit. Nein, gegen den Joseph kam keiner auf. Sie ging wieder an ihre Arbeit. »Wenn's der Joseph wüßt, was i alles für ihn hingeb!« dachte sie und schaute zu, wie der Benedikt draußen vor dem Fenster mit rotem Kopf in den Leander hineinredete und wie Leander weinte.

Der alte Stromminger hatte anfangs getobt und geflucht gegen sein aufrührerisches Kind, und selbst dem guten Kurat von Heiligkreuz war es nicht gelungen, ihn zu besänftigen. Als es endlich ruchbar ward, dass sich Wally auf Rofen verborgen halte, schickte er Leute, sie zu holen. Aber die »Klötze von Rofen« schob keiner so leicht auf ihrem eigenen Grund und Boden vom Fleck, und sie verteidigten ritterlich den altgeheiligten Burgfrieden der Rofener Höfe.

Als aber Wally sah, dass die Brüder eine Leidenschaft für sie fassten, da vertraute sie sich dem ruhigen, besonnenen Nikodemus an, und der sah ein, was hier not tat. Er ging zum Stromminger, und seiner klugen Beredsamkeit gelang es, ihn so weit zu bringen, dass er endlich den Gedanken, Wally einzusperren, aufgab und sich damit begnügte, sie für immer zu verbannen.

Im Sommer sollte sie wieder auf Murzoll das Vieh hüten, »weil das doch das einzige sei, wozu man sie brauchen könne«. Im Winter möge sie sich einen Dienst suchen, wo sie nur wolle, nur dürfe sie nicht in die Heimat zurück.

Als Nikodem mit diesem Bescheid zurückkam, bestand sie darauf, augenblicklich zu gehen und auf dem Ferner die Herde zu erwarten, und nur der Machtspruch Nikodems brachte sie dahin, dass sie wenigstens wartete, bis Benedikt zuvor untersucht, ob der Berg schon gehbar sei.

So kam die Stunde, wo Wally abermals vor den Frühlingslüften herfliehen musste auf die Berge, in die Einöde. Es war ein schwerer Abschied, den sie von den Brüdern und der guten Mariann nahm. Sie waren ihr lieb geworden, die soviel an ihr getan.

Benedikt ging mit ihr hinauf, das ließ er sich nicht nehmen. »Du warst uns solang anvertraut – wir wollen dich wenigstens mit heiler Haut wieder abliefern. Was dann mit dir g'schieht, dös könne wir leider Gottes nit hindern!«

Es war ein Schreckensweg, den sie mitten durch die Frühlingsumwälzung zu machen hatten, und Benedikt, weit und breit als der kühnste und sicherste Führer bekannt, sagte selbst, so schlimm sei noch keine Bergfahrt gewesen. Sie sprachen wenig, denn sie waren in einem beständigen atemlosen Ringen ums Leben und konnten nicht rechts noch links schauen. Es war schwere Arbeit. Endlich, nachdem sie einen halben Tag mit Schnee und Eis und Geklüft gekämpft, waren sie oben.

Da stand sie noch, die alte Hütte, etwas zerfallener als vorher, und Lasten von Schnee lagen auf dem Dach und rings um sie her.

»Da willst d' also hausen – da! Lieber als bei uns unten im sichern Heimwesen als Rofenbäuerin a recht's Leben z'führen und a ang'sehene Frau z' wern?!«

»I kann nit anders, Benedikt!« sagte Wally leise und blickte schwermütig auf die verschneite unwirtliche Hütte hin. »I glaub, die Berggeister haben mich in Bann 'tan, dass i immer wieder zu ihnen z'ruck muß und im Tal nimmer heimisch werden kann!«

»Man könnt's fast glauben! 's is was Eigen's mit dir. D' bist ganz anders als andere Madeln, und ma muß dich auch ganz anders liebhabn, viel, viel lieber, und doch is 's, als g'hörtest nit zu uns, und als trieb' dich a böser Geist um!«

Er warf den Packen mit Lebensmitteln, die er für Wally mit hatte, hin und begann ihr den Schnee von der Tür zu schaffen, dass sie in die Hütte konnte.

»Benedikt«, sagte Wally leise, als könnten sie's hören, »glaubst d' an die seligen Fräul'n?«

Benedikt schaute nachdenklich vor sich nieder und zuckte die Achseln. »Was kann ma da sagen! I hab noch keine g'sehn – aber 's gibt Leut, die lassen sich drauf totschlagen!«

»I hab au nie dran glaubt – aber wie i vorig's Jahr da aufi komme bin, da hab i 'n Traum g'habt, so lebendig, dass ma fast meine könnt, 's wär gar kei Traum g'west – und seitdem muß i immer bei allem, was mir g'schiecht, an die seligen Fräul'n denken.«

»Was war denn dös für a Traum?«

»Weißt, der, den i gern hab, is au a Gamsjager, und wegen ihm hat mich ja der Vater da aufi g'schickt vorig's Jahr, und in der ersten Stund, wo i oben war, traumt's mir, die seligen Fräul'n und der Murzoll täten mir drohen, wann i von dem Bursch nit ließ, so stürzten's mich in'n Abgrund!« Und sie erzählte Benedikt ausführlich den ganzen Traum. Der schüttelte den Kopf und wurde ganz schwermütig: »Wally, an deiner Stell hätt i Angst!«

Wally warf den Kopf zurück: »Ach was, du schießt ja au Gemsen, trotz der seligen Fräul'n. Ma muß sich nur nit schrecken lassen. I bin seitdem scho über viel Abgründ wegg'sprunge, i habs wohl g'spürt, dass mich was 'nunterreißen will, aber i hab mich festg'halten und bin Meister geblieben.«

Sie hob ihre starken braunen Arme herausfordernd empor: »Solang i die zwei Arm hab, brauch i mich vor nix z'fürchten!«

Dem Benedikt gefiel das nicht. Er hatte auf seinen einsamen Wanderungen über den furchtbaren Similaun und Wildspitzgletscher einen Hang zum Grübeln angenommen und dachte manchem tiefer nach als andere Menschen: »Gib acht, Wally! Wer zu hoch 'naus will, der stoßt leicht mit 'm Kopf oben an, und das leiden die da droben nit und stoßen ihn 'runter!«

Sie schwieg.

»'s is z'frua, dass du da 'rauf gehst –« begann er wieder, »das haltet ja kei Mensch aus!«

»Oh, wie i abi bin vorigen Herbst, war's noch ärger«, meinte Wally.

Sie traten in die Hütte.

»Wem nit z'raten is, dem is nit z'helfen. Aber wenn dir's *der* amal nit lohnt, was du alles für ihn durchmachst, dann verdient er, dass ma ihm 'n Kragen umdreht!«

»Wenn er's wüßt, er tät's mir g'wiß lohne!« sagte Wally und blickte errötend vor sich nieder.

»Er weiß es nit amal?« fragte Benedikt erstaunt.

»Nein, er kennt mich kaum!«

»No, nachher verzeih dir's Gott, dass du dein Herz so an'n fremden Menschen hängst – und die, die dich liebhaben und dich g'hegt und pflegt haben, von dir stoßt! Weißt, des kann kei' Lieb sein, des is Eigensinn!«

Wally schwieg. Auch Benedikt sagte nichts mehr. Er tat, wie das Jahr zuvor der alte Klettenmaier getan hatte. Er richtete Wally, so gut es ging, die Hütte ein und trug ihr Holz im Vorrat. Dann reichte er ihr die Hand zum Abschied: »B'hüat dich Gott da droben! Und wann i dir noch was sagen dürft, so wär's dös: wach über dich und bet, dass d' nit böse Mächt verfällst!«

Wally zog es das Herz zusammen, als sein Auge so tieftraurig auf ihr ruhte. Ihr war wirklich, als fühlte sie die bösen Mächte um sich herwallen, und fast unbewusst hielt sie den Beschützer, der bisher so treu über sie gewacht, bei der Hand und geleitete ihn ein Stück Weges, als fürchte sie sich, allein zu bleiben.

»Kehr jetzt um! Da wird der Weg schlecht; i dank dir fürs G'leit!« sagte Benedikt und trennte sich von ihr.

»So leb wohl und komm guat hoam!« rief ihm Wally nach.

Er sah sich nicht mehr um. Sie kehrte nach der Hütte zurück und war wieder allein mit ihrem Geier und ihren Berggeistern. – Aber die Geister schienen versöhnt. Freundlich lächelte Murzoll im Frühlingssonnenglanz dem wiedergekehrten Kind entgegen. Und Wally fand sich in der gewaltigen Umgebung nicht mehr fremd wie früher. Jede Falte auf der Stirn Murzolls war ihr vertraut. Sie kannte jetzt sein Lächeln und sein Grollen, es schreckte sie nicht mehr, wenn düstere Wolken seine Stirn umlagerten, oder wenn er im Zorn Lawinen in die Tiefe hinabwälzte, sie fühlte sich geborgen an seiner rauhen Brust, und sein Sturmesatem wehte ihr die Last vom Herzen, die sie wieder aus der Tiefe mit heraufgebracht. Denn im Sturm liegt eine heilende Kraft, er kühlt das Blut, er trägt die Seele auf seinen rauschenden Schwingen weit fort über alle die Steine und Dornen, zwischen denen sie sich ängstlich flatternd verfangen. Wenn ein Kind sich weh getan und weint, so blasen wir ihm die schlimme Stelle, sprechen das »Heile, heile« dazu, und das Kind lächelt uns wieder an. So blies Vater Murzoll dem wiedergekehrten Kinde den dumpfen Schmerz weg, der es bedrückte, und sie blickte leuchtenden Auges und gehobenen Herzens in die weite Welt hinaus und – hoffte und harrte.

So vergingen wieder Wochen und Monate. Die Julisonne brannte bereits mit solcher Kraft, dass der Berg völlig ausgeapert, das heißt, der leichtere Winterschnee abgeschmolzen war bis zu den Grenzen des ewigen Schnees, wo Wally hauste. Dann und wann kam einer der Rofener Brüder herauf und fragte, ob sie ihren Sinn noch nicht geändert. Doch kam dies nur selten vor und störte Wallys Einsamkeit nur auf wenige Viertelstunden.

Eines Tages stachen die Sonnenstrahlen so ungewöhnlich scharf herab, dass es Wally war, als ginge sie zwischen glühenden Nadeln hin. Wenn die Sonne »sticht«, näht sie Wolken zusammen, und bald, etwa um Mittagszeit, hatte sich auch ein dichtes Wolkenzelt um sie her zusammengezogen, hinter dem sie selbst verschwand, und eine bleierne Dämmerung legte sich schwer über die Erde. Eine seltsame Unruhe ergriff die kleine Herde, dann und wann zuckte es leuchtend auf in dem grauen Luftchaos, wie wenn ein Schlafender mit den Wimpern zuckt – und riesige schwarze Trauerschleier umwallten das Haupt Murzolls. Hin und wieder zerrissen sie und gaben noch einen schwachen Durchblick in die Ferne frei, aber emsig woben sich an der dünnen Stelle neue Schleier, bis alles zu war, als gäbe es zwischen Erde und Himmel keinen leeren Raum mehr.

Wally wusste wohl, was das zu bedeuten hatte; sie hatte schon manches schwere Wetter hier oben erlebt. Sie trieb die Herde zusammen unter einen Felsvorsprung, den sie selbst im Laufe der Zeit als Notpferch hergerichtet hatte. Aber eine junge Geiß hatte sich verstiegen, Wally musste gehen, sie zu suchen. Noch kein Wetter war mit solcher

Schnelligkeit herangekommen. Schon begann es rund um den Berg dumpf zu murren. Brausend fegte die Windsbraut heran und warf einzelne schwere Hagelkörner nieder. Jetzt handelte es sich noch um Minuten, und das Zicklein war nirgends zu sehen. Wally löschte ihr Herdfeuer und trat hinaus in den Kampf der Elemente wie eine heldenmütige Königin unter die Scharen ihrer aufrührerischen Untertanen. Und königlich sah sie aus, ohne es zu wissen und zu wollen. Sie hatte ein kleines kupfernes Milchkesselchen gegen den Hagel wie einen Helm auf den Kopf gestülpt, und wie ein Mantel hing eine dicke Pferdedecke von ihren Schultern nieder. So, den Krummstab statt der Lanze in der Hand, warf sie sich dem Sturm entgegen und kämpfte sich durch bis auf eine Felszacke, wo sie nach dem verlorenen Tier ausschauen konnte. Aber es war unmöglich, in dem Nebel etwas zu erkennen. Wally stieg weiter und weiter bis auf den Weg, der vom Hochjoch hinüber ins Schnalsertal führt. Und da tief unten in der Schlucht hing das Zicklein am jähen Abhang und zitterte vor Angst und krümmte sich unter den Schlägen der schweren Eiskörner. Und das hilflose Tier dauerte sie – sie musste sich seiner erbarmen. Immer dichter prasselte der Hagel auf sie herab und peitschte ihr Sturm und Regen ins Gesicht, immer näher schwoll es heran, wie das Wogendonnern einer nahenden Sintflut – aber es focht sie nicht an; das stumme Hilfeflehen des geängstigten Tieres übertönte das Tosen, und ohne sich zu besinnen, klomm sie hinab in die neblige Tiefe. Mit unsäglicher Mühe erreichte sie auf dem schlüpfrigen Pfad das Tier soweit, dass sie es mit ihrem Krummstab fassen und zu sich heranziehen konnte, dann warf sie es über die Schulter und stieg wieder, mit Händen und Füßen kletternd, empor. Da war es, als schösse ein Feuerstrom vom Zenit in die Schlucht hernieder, krachend splitterte unter ihr in der Tiefe eine Fichte und, als brüllten Himmel und Erde zugleich, ein Knattern von oben, ein Brausen, ein Donnern stürzender Bäche und Blöcke von unten, dass der einsamen Pilgerin, die da an dem dröhnenden Felsen hing, war, als drehe sich die Welt in wilder Auflösung um sie her. Wie betäubt schwang sie sich endlich auf den sichern Rand des Saumpfades empor, sie musste einen Augenblick Atem schöpfen und die Nässe aus den Augen wischen, denn sie konnte fast nichts mehr sehen, und dazu zappelte das Zicklein auf ihrer Schulter, dass sie's binden musste, um es weiter tragen zu können. Schlag auf Schlag krachte indessen über ihr, unter ihr, und als sei der Himmel ein leckes Gefäß voll Feuer, so troffen die Blitze in feurigen Güssen nieder. Da – was war das – eine Menschenstimme! Ein Hilferuf klang ganz deutlich durch das Getöse. Wally, die nicht gezittert hatte vor der Wut des Orkans und des Donners – jetzt – erbebte sie. Eine Menschenstimme – jetzt – hier oben bei ihr in dem furchtbaren Aufruhr der Natur, im Chaos! Das erschreckte sie mehr als das Toben der Elemente. Sie lauschte mit gespanntem Atem, woher der Ruf komme, und ob sie sich nicht getäuscht. Da rief es wieder, und zwar ganz dicht hinter ihr: »He, du dort – hilf mir doch!« Und aus dem Nebel und Regen tauchte eine Gestalt auf, die eine zweite Gestalt zu schleppen schien. Wally stand wie erstarrt; was war das für ein Gesicht? Die brennenden Augen, der schwarze Schnurrbart, die feingebogene Nase, sie schaute und schaute und war unfähig, ein Glied zu rühren vor seligem Schreck – das war ja der Sankt Georg – der Bärenjoseph.

Aber auch er war über Wally erschrocken, als sie sich umwandte, nur aus einem andern Grund, als sie über ihn. »Jesus Maria – 's is a Madel!« sagte er fast scheu – und betrachtete Wally voll Staunen. Als er sie von rückwärts gesehen, hatte er wegen ihrer Größe geglaubt, es sei ein Hirt – jetzt hatte er ein Mädchen vor sich. Und wie sie vor ihm stand, den langen Mantel in starren Falten um sich geworfen, das Haupt kriegerisch gegen den Hagel behelmt, die dunkeln Haare aufgelöst und triefend um das Gesicht hängend, den Krummstab in der Hand und auf der breiten Schulter das Zicklein, die großen Augen flammend auf ihn geheftet, da ward ihm einen Augenblick unheimlich, als habe er etwas Überirdisches vor sich. In seinem ganzen Leben hatte er noch kein so gewaltiges Frauenbild gesehen, und er brauchte eine Weile, bis er sich mit ihr zurechtfand.

»Ach«, sagte er, endlich begreifend, »du bist am End die Geier-Wally vom Stromminger?!«

»Ja, die bin i!« erwiderte das Mädchen atemlos.

»Ah so, ja, da sollt i eigentlich nix mit dir z'schaffen habn!«

»Warum nit?« fragte Wally erbleichend, und ein Blitz zuckte gerade auf sie nieder, dass ihr kupferner Helm rot aufleuchtete.

Joseph musste innehalten, so schmetternd war der Schlag, der ihm folgte, und mit neuer Wut prasselte ein Hagelschauer herab. Joseph schaute verlegen auf das Mädchen, sie stand unbeweglich, indes die Eisstücke Beulen in das leichte Kesselchen auf ihrem Kopf schlugen. Joseph beugte sich über die leblose Gestalt, die er trug.

»Weißt, i bin halt seit der G'schicht in Sölden mit dei'm Vater in Verschmach, und d' Leut sagen, mit dir sei's au nit zum auskomme. Aber das arme Madel kann halt nimmer weiter, 's is a Blitz neben ihr eing'schlagen und hat's umg'worfe, und sie is ganz von sich. Geh, führ uns in dei Hütt'n, dass die Dirn ausruhen kann, bis 's Unwetter vorbei is – nachher gehn wir glei wieder – und 's soll au g'wiß nimmer vorkomme!«

Wally sah ihn auf diese Reden seltsam an – halb trotzig, halb schmerzlich. Ihre Lippen zuckten, als wolle sie heftig etwas erwidern, aber sie bezwang sich, und nach einem kurzen stillen Kampfe sagte sie nur: »Komm!« und schritt voran. Nach einer Weile blieb sie stehen und fragte: »Wer is denn die?«

»'s is a Magd aus 'm Vintschgau und kommt ins ›Lamm‹ nach Zwieselstein. Mei Mutter is g'storben, und da hab' i 'nüber müssen ins Vintschgau, wo sie z'Haus war, wegen der Erbschaft, und weil wir g'rad *einen* Weg g'habt haben – hab i's Madel mit 'rüber g'nomme!« antwortete Joseph ausweichend.

»Dei Mutter is g'storben? O du armer Joseph –« rief Wally teilnehmend.

»Ja – das war ein harter Schlag!« sagte Joseph tief traurig, »das guate Müaterl!«

Wally sah, dass es ihm weh tat, davon zu reden, und schwieg. Sie sprachen nichts mehr, bis sie die Hütte erreichten.

»Des is a bös's Loch!« sagte Joseph, als er sich beim Eintreten trotz des Bückens die Stirn anstieß: »Da g'hört scho was dazu, sei Kind in so'n Hundsstall z'stecken! No, du hast's ihm freili danach g'macht.«

»So – weißt du des?« fuhr Wally bitter auf, während sie ihr Zicklein losband und in einer Ecke absetzte. Dann schüttelte sie ihr Lager zurecht und half Joseph die Fremde darauflegen. Ihre Hände zitterten dabei.

»No«, fuhr Joseph harmlos fort, »des woaß jeder, dass d' so wild bist wie dei' Vater, und dass d'Gellner-Vinzenz beinah totg'schlag'n hätt'st und dei'm Vatern d' Scheuer an'zünd't im Zorn! I moan halt, wenn's d' jetzt scho so anfängst, kannst's noch weit bringe!«

»Weißt d', *warum* i den Vinzenz g'schlagen hab und d' Scheuer an'zündt?« fragte Wally mit bebender Stimme: »*Weißt, warum* i da heroben bin in dem Hundsstall, wie du's g'heißen hast? *Weißt's*?« Und sie zerbrach mit den Händen einen starken Ast über dem Knie, dass das Holz krachend splitterte, und Joseph unwillkürlich ihre Kraft bewunderte.

»Na«, sagte er, »woher soll i's wissen?«

»No, wenn's du's nit weißt, so red auch nit!« grollte sie leise und machte Feuer, um für die Kranke Milch zu wärmen.

»So sag mir's, wenn's d'meinst, i tu dir Unrecht!«

Da schlug Wally plötzlich wieder jene gellende bittere Lache auf, die ihr eigen war, wenn ihr heimlich das Herz blutete. »Dir – *dir* soll i's sagen?!« rief sie. »Ja – du wärst mir g'rad der Rechte, dem i's saget!« Und sie spülte mit fieberhaftem Eifer ein Kesselchen, goss die Milch hinein und hängte es über das prasselnde Feuer.

Joseph fühlte nicht den Schmerz heraus, der in diesem Hohn lag – er fühlte nur den Hohn und wandte sich verdrossen von ihr ab: »Mit dir is nit z'reden, da hab'n die Leut scho recht!« Von nun an beschäftigte er sich nur noch mit der Kranken.

Auch Wally schwieg und blickte nur dann und wann, während sie herumhantierte, verstohlen auf Joseph, der übergossen von dem roten Feuerschein auf einem Schemel unweit des Lagers saß. Wie ein paar Kohlen glühten seine Augen im Widerschein der Flammen, die bald schwächer, bald heller aufleuchteten und das schöne, strenge Gesicht des Jägers wunderbar wechselnd verklärten, dass es bald düster, bald freundlich erschien.

Da fiel Wally plötzlich der Traum der ersten Nacht hier oben ein. »Wenn ihn die seligen Fräulein so sehen könnten, sie müßten an ihm vergehen wie Schnee am Feuer!« so etwas mochte sie wohl denken, und ihr war, als könnte sie, wie man vom Herzen sagt, auch den Blick nur blutend von ihm losreißen, und es fielen ihr wirklich ein paar heiße Tropfen vom Auge, als sie sich abwandte, zwar keine Blutstropfen, aber sie taten nicht minder weh.

Die Fremde kam jetzt zur Besinnung und fragte erstaunt: »Was ist denn?«

»Sei nur ruhig, Afra«, sagte Joseph, »woaßt, der Blitz hat di fast derschlagen, und da hat uns die Stromminger-Wally in ihr Hütt'n g'führt.«

»Jesus Maria! Bei der Geier-Wally sind wir?« sagte das Mädchen erschrocken.

»Sei staad«, tröstete sie Joseph, »sobald d' dich erholt hast, geh'n wir wieder!«

»Also bis ins Vintschgau 'nüber hast scho von mir g'hört? Da trink eins auf den Schreck«, sagte Wally ruhig mit einem Anflug gutmütigen Spottes und reichte ihr die warme Milch mit etwas Branntwein gemischt. Joseph war aufgestanden, um Wally mit dem Getränk an das Bett zu lassen. Afra versuchte sich aufzusetzen, aber es ging nicht, und Wally griff rasch zu und richtete sie auf, sie hielt sie im Arm wie ein Kind und gab ihr mit der andern Hand zu trinken. Afra tat einen durstigen Zug aus der Holzschale, aber sie war so schwach, dass ihr Kopf auf Wallys Schulter sank, nachdem sie getrunken. Wally winkte Joseph, ihr die Schale abzunehmen, und blieb so geduldig sitzen, um die Kranke nicht zu stören.

Joseph betrachtete sie nachdenklich, wie sie so auf dem Bettrand saß, das Mädchen im Arm: »A schön's Dirn'l bist« – sagte er ehrlich – »nur schad, dass d' so schiech bist!«

Eine leise Röte überflog Wallys Gesicht bei diesen Worten.

»Aber dir schlagt amol dei Herz!« sagte Afra, »i spür's an deiner Achsel.« Und sie hob jetzt etwas kräftiger den Kopf und sah ihr in das düstere, luftgebräunte Gesicht und die großen Augen. Wally betrachtete jetzt auch die Fremde aufmerksamer. Sie mochte wohl schon fünf- bis sechsundzwanzig Jahre alt sein, aber sie hatte liebliche Züge, seelenvolle blaue Augen und blondes Haar, wie von Seide gesponnen. Wally fand, dass sie schön sei, und ein eigentümlich banges, widerwilliges Gefühl beschlich sie dabei. Sie sah auf Joseph, stand auf und fing wieder an herumzuhantieren.

»Ist denn des auch g'wiß die Geier-Wally?« fragte jetzt Afra ihren Führer, als könne sie es nicht begreifen, dass die verschriene Geier-Wally so gut sein sollte.

»Man sollt's nit meine, aber sie sagt ja selber, sie sei's!« erwiderte Joseph halblaut.

»Und i will dir's glei beweisen, dass i's bin«, rief Wally mit aufwallendem Stolz, öffnete die Tür und rief hinaus: »Hansl – Hansl, wo bist?« Ein geller Schrei antwortete ihr, und sogleich kam Hansl vom Dach herabgebraust und zur Tür herein.

»Jesus, was is des?« schrie Afra, sich bekreuzigend, aber Joseph stellte sich vor sie, um sie zu beschützen.

»Des is der Geier, den i als Kind aus'm Nest g'nommen hab – drüben an der Burgsteinwand. Von dem hab i ja mein Namen – die Geier-Wally!« Und ihr Auge hing so stolz an dem Vogel, wie das eines Soldaten an der eroberten Fahne: »Da schau, so hab i mir'n zähmt, dass i 'n frei 'rumfliegen lassen kann, und er fliegt mir doch nit davon!« Sie setzte sich ihn auf die Schulter und entfaltete seine Schwingen, damit Joseph sähe, dass sie nicht beschnitten waren.

»Das is a Staatskerl«, sagte Joseph; und sein Jägerauge hing feindlich lüstern an der stattlichen Beute, die kein Jäger dem andern, geschweige denn einem Mädel gönnt! Es musste etwas in diesem Blick liegen, das den Geier reizte, denn er stieß ein eigentümliches Pfeifen aus, bog den Hals vor und sträubte die Federn gegen Joseph.

Wally fühlte die ungewohnte Bewegung auf ihrer Schulter und suchte den Geier mit Streicheln zu beschwichtigen. »No, Hansl, was fallt dir denn ein, bist doch sonst nit so!«

»Aha, Kerl – gelt, merkst 'n Jaga«, lachte Joseph herausfordernd und griff übermütig nach dem Vogel, als wolle er ihn von Wallys Schulter reißen. Da entfaltete das gereizte Tier plötzlich seine Kraft, breitete die Schwingen aus, rauschte zur Decke auf und stieß mit seiner ganzen Macht auf den Feind nieder. Ein Schrei des Entsetzens entrang sich Wallys Lippen, Afra flüchtete sich in eine Ecke, die enge Hütte war fast ausgefüllt von dem brausenden Ungetüm, das auf keinen Ruf seiner Herrin mehr hörte, mit dem furchtbaren Schnabel immer wieder auf Joseph eindrang und ihm die Fänge in die Hüfte zu schlagen versuchte. Es war nichts mehr als ein Knäuel von kämpfenden Fäusten und Fittichen, dass die Federn stoben und die Wände rot wurden, wo Josephs blutige Hände sie berührten. »Mei Messer, wann i nur mei Messer 'rausbringe könnt«, schrie Joseph.

Wally riss die Tür auf: »Naus, Joseph, ins Freie – in dem engen Loch kannst ihm ja nit auskomme.«

Aber der »Bärenjoseph« lief nicht vor einem Geier davon. »Der Deifel soll mich holen, wann i vom Fleck geh!« stöhnte er. Noch einen Augenblick schwankte der Kampf. Da bekam Joseph, das Gesicht an die Wand gedrückt, mit den eisernen Fäusten den Geier bei den Fängen zu packen und zwang nun das sträubende Tier mit Riesenkraft wie in einer Falle nieder, während es ihm mit dem Schnabel Hände und Arme zerhackte. »Jetzt mei Messer, zieg mir's Messer 'raus – i hab ja kei Hand frei«, rief er Wally zu.

Aber Wally nützte den Augenblick anders, sprang bei und warf dem Geier ein dickes Tuch über den Kopf. Nun war es ihr auch ein leichtes, ihm mit einem Strick die Füße zusammenzubinden, und so war er unschädlich gemacht. Joseph warf ihn zur Erde. Ohnmächtig zuckend zerarbeitete sich das stolze Tier in dem Tuche am Boden, und Joseph ging hin und lud seine Flinte.

»Was machst d' da?« fragte Wally erstaunt.

»I lad mei Bixen«, sagte er und biss die Zähne zusammen vor Schmerz an seinen zerhackten Händen. Als er geladen, nahm er den gefesselten Vogel vom Boden auf und warf ihn vor die Hütte, hinaus ins Freie, dann stellte er sich unweit davon auf, legte an und sagte leise, gebieterisch zu Wally: »Jetzt bind ihn los.«

»*Was* soll i?« fragte Wally, die nicht recht zu hören glaubte.

»Fliegen sollst d' lassen!«

»Zu was?«

»Daß i 'n schießen kann – weißt nit, dass a rechter Jaga kei Wild anders als im Sprung oder im Flug schießt?«

»Ja, um Gottes willen!« schrie Wally, »du wirst mir doch mein Hansel nit derschießen woll'n!«

Joseph sah sie nun seinerseits verwundert an: »Soll i den bissigen Ruach etwa leben lassen?«

»Joseph –« rief Wally und trat entschlossen vor ihn hin, »laß mir mein Hansl ung'schoren! I hab den Vogel seine Alten ab'kämpft mit Lebensg'fahr, hab'n vom Nest aufzogen, kei Mensch mag mich als des Viech – 's is mei einzig's, was i hab auf der Welt – dem Hansl darfst nix tun!«

»So«, sagte Joseph scharf und bitter, »der Satan hat mir beinah d' Augen ausg'hackt, und i soll'm nix tun?«

»Er hat dich halt nit kennt! Was kann denn der Vogel dafür, dass er nit g'scheiter is – du wirst dich doch nit rächen woll'n an so 'n unvernünftigen Tier?«

Joseph stampfte mit dem Fuß. »Jetzt bind'n auf, dass er fliegen kann, oder i schieß'n so z'samme.« Er legte die Büchse an.

Da stieg Wally das heiße Blut zu Kopf, und sie vergaß alles um ihren Schützling. »Des woll'n wir doch sehn«, rief sie in flammendem Zorn, »ob du dich vergreifen wirst an mei'm Eigentum. Tu die Bixen weg, der Vogel g'hört mir! Hörst's? Mir g'hört er! Und i laß ihm nix g'schehen, s' mag kommen, was will. Weg mit der Bixen – oder du sollst mich kenne lerne!« Und sie schlug ihm mit einem raschen Griff die Flinte aus der Hand, dass der Schuss sich krachend gegen die Felswand entlud.

Es lag etwas in ihrer Haltung, was den gewaltigen Burschen, den Bärenjäger, bezwang, dass er scheinbar ruhig den Stutzen aufnahm und mit bitterem Hohn sagte: »Meinetwegen! I will dir dein krummschnabelten Schatz lassen – 's is vielleicht doch der einzige, den d' kriegst in dei'm Leben –! Du – du bist halt die *Geier-Wally*!«

Und ohne sie weiter eines Blickes zu würdigen, riss er sein Taschentuch in Streifen und versuchte sich die zerfleischten Hände damit zu verbinden. Wally sprang herbei und wollte ihm helfen, jetzt erst sah sie, wie schlimm die Wunden waren, und ihr war, als blute ihr eigenes Herz bei dem Anblick! »O Jesus, Bua, was hast für Händ«, schrie sie auf, »komm, i will dir's abwaschen und richten.«

Aber Joseph schob sie beiseite: »Laß –! Die Afra kann's machen!«

Er trat in die Hütte. Wally überkam eine tödliche Angst. Sie fühlte plötzlich, dass sie sich ihn zum Feind gemacht, vielleicht für immer, und ihr war, als müsse sie sterben bei diesem Gedanken. Wie gebrochen ging sie ihm nach, und ihre Augen verfolgten mit einer Art von eifersüchtigem Haß die Fremde, während diese Joseph sorgfältig verband.

»Joseph«, sagte Wally mit erstickter Stimme, »du mußt nit meine, i machet mir nix aus deine Wunden, weil i dich den Hansl nit hab derschießen lass'n. Schau, wär'n s' da dervon heil word'n – so hätt'st wegen meiner 'n Hansel und mich dazu derschießen könne – aber so hätt's ja doch nix g'holfen.«

»'s is scho gut, d'brauchst dich nit z' entschuldige«, sagte Joseph abwehrend. »Afra«, fragte er das Mädchen, »kannst jetzt weiter?«

»Ja«, sagte diese.

»So mach dich fertig, wir woll'n gehn!«

Wally verfärbte sich. »Joseph – magst nit noch a wenig ausruhen – i hab dir ja noch kein Imbiss 'geb'n! I will dir noch g'schwind was koch'n – oder magst 'n Schluck Milli?«

»I dank dir für alles – i will jetzt mach'n, dass i z'Haus kumm vor Nacht, 's regnet ja nimmer, und die Afra kann wieder lauf'n.«

Damit half er der Dirn sich fertig machen, hängte die Büchse über die Schulter und nahm den Bergstock zur Hand.

Da hob Wally eine der Federn auf, die Hansel im Kampfe verloren, und steckte sie Joseph auf den Hut: »Die Feder mußt tragen, Joseph; du darfst sie tragen, denn du hast ja den Geier 'zwunge, und er wär ja dei Jagdbeut, wenn's d'n mir nit g'schenkt hätt'st.«

Aber Joseph nahm die Feder vom Hut: »Du magst's gut meine – aber die Feder trag i nit – i bin nit g'wohnt, mei Beut mit Mädeln z'teilen!«

»So nimm den Geier ganz mit, i schenk ihn dir, aber i bitt dich nur, lass'n leben!« stieß Wally atemlos heraus.

Joseph sah sie verwundert an. »Was fallt dir denn ein! I werd dir nix nehme, wodran dir dei Herz so hangt. Vielleicht fang i amal 'n lebendigen Bären, den bring i dir noch dazu, dass die G'sellschaft vollständig wird. Aber bis dahin siechst mi nimmer, 's könnt mir doch amoi passieren, dass i den Vogel derschießet, wann i'n wo treffet – da will i's Revier lieber meiden! B'hüat Gott und Dank fürs Obdach!«

Damit schritt er stolz und ruhig aus der Hütte.

Da bückte sich Afra und hob die von Joseph weggeworfene Feder auf. »Schenk mir die Feder«, sagte sie. »I will's in mei Betbüchel legen und so oft i's sieh, a Vaterunser für dich beten!«

»Wegen meiner!« sagte Wally dumpf; sie hatte kaum gehört, was Afra sprach. Es pochte und hämmerte in ihrer Brust und sauste in ihren Ohren, als tose noch das Unwetter um sie her. Sie ging den Dahinschreitenden nach vor die Hütte. Das Unwetter hatte sich verzogen, die schwarzen Wolkenschleier hingen zerfetzt herab, und durch die Risse schimmerte die feucht verschwommene Ferne. Nur dumpf grollte der abziehende Donnergott nach, und verrauschend stürzte das Wasser in den Runsen zur Tiefe, sonst aber war alles still und ruhig ringsumher, und ein weißes Leichentuch von Schnee und Eiskörnern hatte sich über den Berg gebreitet.

Wally stand regungslos, die Hände auf die Brust gepresst. »Er kann sich's ja nicht denken, wie arm eins sein muß, wenn's sei Herz an so'n Vogel hängt!« sagte sie zu sich selbst. Dann kniete sie nieder und band das halberstarrte Tier los, das schwankend auf ihren Arm klomm und sie verständig anschaute, als wolle es sie um Verzeihung bitten, »Ja, schau mich nur an«, schluchzte sie, »o Hansl, Hansl – was hast mir 'tan!«

Sie setzte sich auf die Stufen ihrer Hütte, ließ Hansl zur Erde und weinte so recht aus Herzensgrund, bis sie's satt bekam, sich selbst schluchzen zu hören. Sie blickte hinauf, wo eine hohe Schneewand senkrecht hinter ihr emporstieg, hinunter, wo rechts und links in den überschneiten Mulden der Tod sein kaltes Nest bereitet hatte, hinaus in die graue Ferne, wo lange Regenstreifen vom Himmel zur Erde niederhingen, und plötzlich fühlte sie es wieder, ganz schwer, wie am ersten Tag, dass sie in der Einöde war – und blieb!

10. Die Höchstbäuerin

Wieder war ein Jahr vergangen, ein schweres Jahr für Wally, denn als der einsame Sommer in der Wildnis vorüber war und Stromminger die Herde holen ließ, stieg Wally auf der andern Seite des Ferners hinab in das Schnalsertal, wo sie ganz fremd war, und suchte sich da einen Dienst. Zu den Rofenern wollte sie nicht wieder zurück, da sie ihr Werben abweisen musste. Es wurde ihr hier ebenso schwer, mit dem Geier ein Unterkommen zu finden, wie drüben im Ötztal, und sie verzichtete endlich auf jeden Lohn, nur damit Hansel mit aufgenommen wurde. Natürlich war ihr Los ein trauriges; sie wurde um dieser »Narrheit« – wie sie's nannten – willen herumgestoßen und verächtlich behandelt von den Frauen und musste sich oft mit Gewalt gegen die gemeine Zudringlichkeit der Männer wehren, die hier wie überall Gefallen an der schönen Dirne fanden. Dennoch ertrug sie das alles standhaft, denn sie war zu stolz, um unter einer Last zu ächzen und zu wehklagen, die sie freiwillig auf sich genommen hatte.

Aber sie wurde hart und immer härter dabei, gerade das, wovor der gute Kurat sie gewarnt. Die Geister aller gemordeten Freuden ihres jungen Lebens gingen in ihr um und schrien nach Rache. In dem kurzen Mai des Lebens sind drei verlorene Jahre viel. Andere junge Mädchen weinen und klagen um einen verlorenen Tanz! Wally trauerte nicht um alle die versäumten Tänze, um all die tausenderlei Vergnügungen ihres Alters, sie trauerte nur um die versäumte Liebe, und das Gemüt, das kein Sonnenstrahl des Glücks beschienen, wurde herb und hart wie die Frucht, die nur im Schatten gereift ist.

So stieg sie wieder zur Frühjahrszeit auf den Ferner. Es war ein rauhes Frühjahr und ein stürmischer Sommer, wo Regen, Schnee und Hagel miteinander abwechselten, dass Wallys Kleider oft tagelang nicht mehr trocken wurden und sie ganze Wochen hindurch in einem undurchdringlichen Chaos nasser Wolken atmete, in dem es nimmer Licht werden wollte, wie vor dem ersten Schöpfungstag.

In Wallys Brust malte sich das große Chaos im kleinen, grau in grau. Die ganze Welt war nur noch ein trüber, finsterer Traum, wie dies Nebeltreiben um sie her – und der Gott kam nicht, der da sprach: »Es werde Licht!«

Eines Tages aber, nach endlosen Wochen der Finsternis, sprach er dennoch sein mächtiges Schöpfungswort, und der erste Lichtstrahl schoss wieder durch die Wolken und zerteilte sie, und allmählich schied sich aus dem Chaos eine schöne geordnete Welt aus, mit Bergen und Tälern, Feldern, Wäldern und Seen, und das alles lag plötzlich fertig vor Wally da, und ihr war, als wäre auch sie erst neu zum Leben erweckt, wie einst die Stammutter der Menschheit, dass sie sich dieser Welt erfreue, die Gott so schön geschaffen, dass er sie sich nicht allein gönnte, sondern sich noch Wesen dazu schuf, sie mitzugenießen.

Sollte es denn wirklich auf dieser schönen Welt kein Glück geben? Und warum hatte Gott sie, die arme Eva, da heraufgesetzt in die Einöde, dass der, für den sie geboren war, sie nicht finden mochte? »Oh, hinunter, hinunter, 's is genug hier oben!« schrie es plötzlich in ihr auf, und wild brach mit einem Male die Lust zu leben, zu lieben, zu genießen in ihr hervor, dass sie die Arme sehnsüchtig ausbreitete nach der sonnigen, lachenden Welt da unten.

»Wally, du sollst abi kumme glei – der Vater is g'storben.« Der Hirtenbub stand vor ihr.

Wally starrte ihn wie träumend an.

War es ein Spuk ihres eigenen Herzens, das eben erst so aufrührerisch nach Glück geschrien? Sie fasste den Buben bei den Schultern, als wollte sie fühlen, ob es wirklich etwas Wirkliches, kein Trug sei.

Er wiederholte die Botschaft. »Das Übel an sei'm Fuaß is immer schlimmer wor'n. Der Brand is derzukomme, und heut morgen war er tot! Jetzt bist du Herr aufm Höchsthof, und der Klettenmaier lässt dich grüßen.«

So war es wahr, wirklich! Der Erlöser, der Friedens- und Freiheitsbringer stand leibhaftig vor ihr! Darum hatte Gott ihr die Welt so schön gezeigt, als wollte er ihr vorhersagen: »Sieh, das ist jetzt dein! Komm herab und nimm, was ich dir beschert!«

Und sie ging still nach ihrer Hütte und schloss sich ein. Dort kniete sie nieder, dankte und betete – betete seit langer Zeit zum erstenmal wieder inbrünstig aus tiefster Seele, und heiße Tränen um den Vater, der nun dahingegangen, ohne dass sie ihn je kindlich lieben gedurft und gekonnt, quollen aus dem erlösten, versöhnten Herzen hervor!

Dann stieg sie nieder in die Heimat, die ihr nun endlich wieder Heimat war, wo ihr Fuß wieder auf eignen Grund und Boden trat. Der Klettenmaier stand vor dem Tore und schwenkte jauchzend die Mütze, als sie ankam. Die Magd, die vor zwei Jahren so grob gegen Wally gewesen, brachte ihr heulend und unterwürfig die Schlüssel, und unter der Zimmertür empfing sie Vinzenz.

»Wally«, begann er, »du hast mich zwar schlecht behandelt, aber –«

Wally unterbrach ihn ruhig, aber streng: »Vinzenz, hab i dir Unrecht 'tan, so mag mich Gott dafür strafen, wie's ihm g'fallt. I kann's nit bereuen und nit gut machen, und i verlang auch nit von dir, dass du's mir verzeihst. Jetzt kennst mei Meinung, und jetzt bitt i, laß mich allein!«

Und ohne ihn weiter eines Blickes zu würdigen, ging sie zur Leiche ihres Vaters hinein und schloss die Tür. Tränenlos stand sie da. Sie hatte weinen gekonnt um den verklärten Vater, der die irdische Hülle abgestreift hatte; aber vor der irdischen Hülle, die mit plumper Faust sie selbst und ihr Leben verpfuscht, die sie geschlagen und getreten hatte, vergoss sie keine Träne, da war sie wie von Stein.

Sie betete ruhig ein Vaterunser, sie kniete nicht dabei nieder. Wie sie vor dem lebenden Vater gestanden, regungslos, in sich zusammengefasst, so stand sie auch vor dem Toten, nur jetzt ohne Groll, versöhnt durch den Tod.

Dann ging sie in die Küche, um alles für den Imbiss zu rüsten, wenn »z'Nacht« die Nachbarn zum Beten und zur Totenwacht kamen. Da gab es alle Hände voll zu tun, und als es Mitternacht war, füllte sich die Stube so mit Betern, dass Wally kaum genug zu essen und zu trinken herbeischaffen konnte, denn je reicher ein Bauer ist, desto mehr Nachbarn finden sich zum Wachen ein.

Wally sah das alles mit stillem Widerwillen mit an. Da lag ein toter Mann – und sie aßen und tranken wie die Fliegen dabei. Das dumpfe Summen und Treiben um sie her war ihr so ungewohnt auf die erhabene Stille ihrer Berge und kam ihr so klein und elend vor, dass sie sich unwillkürlich wieder hinwegwünschte auf ihre Höhen.

Stumm und kalt schritt sie zwischen den heulenden, essenden und trinkenden Leuten hindurch, und man fand, sie sähe ihrem toten Vater recht ähnlich. Am dritten Tage war das Begräbnis. Von allen Ortschaften nah und fern kamen die Leute herbei, teils um dem gefürchteten und angesehenen Höchstbauern die letzte Ehre zu erweisen, teils um sich bei der bösen Geier-Wally, die nun doch Herrin der großen Strommingerschen Besitzungen geworden, »wohl dran zu machen«. Denn war sie auch bisher eine »Mordbrennerin« und ein »Tunitgut« gewesen – jetzt war sie die reichste Bäuerin im Gebirg, und das änderte alles.

Wally fühlte diesen Umschlag wohl und wusste auch, woher er kam. Als nach dem Begräbnis dieselben Leute, die sie vor einem Jahr, da sie hungernd und frierend um einen Dienst bat, mit Schimpf und Schande von der Tür gewiesen, jetzt mit krummem Buckel und grinsend vor ihr standen – da wandte sie sich mit Ekel ab, und von der Stunde an verachtete sie die Menschen.

Auch der Kurat von Heiligkreuz und die Rofener waren gekommen. Jetzt war der Augenblick da, wo sie ihnen wenigstens äußerlich vergelten konnte, was sie ihr Gutes getan, da sie arm und verlassen gewesen, und sie tat ihnen vor allen andern Ehre an und hielt sich allein mit ihnen.

Als der Leichenschmaus vorüber war und die Leute sich endlich zerstreut hatten, da blieb der Kurat von Heiligkreuz noch ein wenig bei ihr und sprach manches gute Wort. »Du bist jetzt eine Herrin über vieles Gesind«, sagte er, »aber bedenke, daß, wer sich nicht selbst zu beherrschen weiß, auch niemand andern beherrschen wird! Es ist ein uralt Wort: ›Wer nicht gehorchen kann, der kann nicht befehlen.‹ Lerne gehorchen, mein Kind, damit du befehlen kannst!«

»Aber, Hochwürdig Gnaden, wem soll i denn g'horchen, 's is ja niemand mehr da, der mir was z'sagen hätt?«

»Gott!« – Wally schwieg.

»Da«, sagte der Kurat, und zog etwas aus der Tasche seines weiten Rockes, »schau, das hab ich schon lang für dich bestimmt, seit du damals bei mir warst, aber auf deinen Wanderungen hättest du's doch nicht mit dir nehmen können.« Er nahm aus einer Schachtel ein sauber geschnitztes Heiligenfigürchen mit einem Postamentchen von Holz.

»Schau, das ist deine Schutzpatronin, die heilige Walburga. Weißt du noch, was ich dir sagte vom harten und weichen Holz, und vom lieben Gott, der aus einem knorrigen Stock eine Heilige schnitzen kann?«

»Ja, ja«, sagte Wally.

»Nun, siehst du, damit du's nicht vergissest, hab ich dir von Sölden so ein Figürchen kommen lassen, das häng über deinem Bette auf und bete fleißig davor, das wird dir gut tun.«

»I dank schön, Hochwürden«, sagte Wally sichtlich erfreut und nahm das zerbrechliche Dingelchen behutsam in die harten Hände. »I will g'wiß immer dran denken, wenn i's anschau, was Ös ihm für eine sinnvolle Auslegung 'geben habts! Also so hat die Walburga ausg'schaut: – Oh, das muß ein gar lieb's, schön's Mensch g'wesen sein! Ja, wer so fromm und brav wäre wie die!«

Und als der Klettenmaier über den Hof auf sie zukam, hielt sie ihm das Figürchen entgegen und rief: »Schau, Klettenmaier, was i kriegt hab: die heilige Walburga, mei Schutzpatronin! Dafür schick'n wir aber 'm Herrn Kurat das erste schöne Lamperl, das wir aufziehen, zum G'schenk.«

Der gute Pfarrer legte zwar lebhafte Verwahrung ein gegen diese Art von Gegengabe, aber Wally ließ es sich in ihrer Freude nicht nehmen.

Als der Kurat fort war, ging Wally in ihre Kammer und nagelte die Schnitzerei zu den Heiligenbildern über ihrem Bett auf und rings darumher, wie einen Kranz, die Kartenblättchen der alten Luckard. – Dann ging sie, zu sehen, was es in Haus und Hof etwa zu tun gäbe.

»Hansel«, rief sie im Vorbeigehen dem Geier zu, der auf dem Holzschuppen saß, »jetzt sind *wir* da Meister!« Und das Gefühl der Herrschaft durchdrang sie nach der langen Knechtung, wie berauschender Wein, in durstigen Zügen getrunken, dem Verschmachtenden die Adern schwellt.

Auf dem Hofe hatte sich das durch Vinzenz gedungene Gesind versammelt, und Vinzenz selbst war mitten darunter. Er war hager und gelblich-blass geworden, und am Hinterkopf hatte er in dem dichten schwarzen Haar eine kahle Stelle wie eine Tonsur. Die funkelnden Augen lagen tief in ihren Höhlen, wie Wolfsaugen, die aus einem Felsspalt heraus auf Beute lauern.

»Was gibt's?« fragte Wally und blieb stehen.

Die einst so grobe Oberdirn näherte sich ihr in scheuer Unterwürfigkeit. »Wir hab'n dich nur frag'n woll'n, ob d' uns jetzt fortschickst – weil wir so bös gegen dich war'n, wie der Stromminger noch g'lebt hat? Weißt, wir hab'n halt tun müss'n, wie er's g'wollt hat.«

»Ös habt's euer Schuldigkeit 'tan«, sagte Wally ruhig. »I schick kein fort, eh vor i nit g'funden hab, dass er unehrlich oder im Dienst schlecht ist, und wenn ös kein so krummen Buckel vor mir machtet's – tätet 's mir besser g'fallen! Geht's an euer Arbeit, dass i siech, was ös schafft's – des is g'scheiter als die Faxen!«

Die Leute entfernten sich. Vinzenz blieb stehen, und seine Augen hafteten glühend an Wally. Sie drehte sich nach ihm um und streckte die Hand gegen ihn aus. – »Nur ein'n verbann i von mei'm Grund und Boden, dich, Vinzenz!« sagte sie.

»Wally!« schrie Vinzenz auf, »des – des für alles, was i für dein Vater 'tan hab?«

»Was du mei'm Vater als Verwalter g'holfen hast, solang er lahm war, sollst ersetzt kriegen – i schenk dir die Matten, die an dein'n Hof stoßen und dei Gut rund machen, i denk, damit is dei Müh und Zeit bezahlt – und wann's nit is, so sag's, i will dir nix schuldig bleiben – verlang, was d' magst – aber geh mir aus den Augen!«

»I will nix, i mag nix als dich, Wally, ohne dich is mir alles eins. Du hast mich beinah umbracht, du hast mich g'mißhandelt, so oft d' mich g'sehen hast – und – der Deifel soll's holen – i kann nit von dir lassen! Schau, für dich tät i alles. Für dich könnt i 'n Mord begehen – für dich verkaufet i meiner Seelen Seligkeit – und du willst mich mit a paar Matten abspeisen! Meinst, du wirst mich los? Biet mir alles, was d' hast, dei ganzes Eigentum und das ganze Ötztal derzu – i spuck dir drauf, wenn d' mir dich nit gibst – schau mich an: 's zehrt mir's Mark aus – i woaß nit, was des is, aber für'n einzigen Kuß von dir schenk i dir all mei Hab und Gut und will mei Lebtag hungern! Jetzt schick mir den Rechenmeister und laß mir noch a mal vorrechnen, mit wieviel Batzen und Graseln d' mich abfinden willst!« Und mit einem Blick wilden, bittersten Hohnes ließ er die erstaunte Wally stehen und verließ den Hof.

Ihr graute vor ihm. So hatte sie ihn nie gesehen – sie hatte einen Blick in die Tiefe einer unberechenbaren Leidenschaft getan, und sie schwankte zwischen Abscheu und Mitleid.

»Was hab i denn an mir«, dachte Wally, »daß die Buabn alle so närrisch mit mir sind?« Ach, und nur der eine kam nicht; – der einzige, den sie haben wollte, verschmähte sie. Und wie – wenn er sich gar am

Ende verheiratete unter der Zeit? Der Atem stockte ihr bei dem Gedanken. Sie dachte wieder an jene Fremde, die er damals mit über das Hochjoch gebracht. Doch nein – das war ja eine *Magd*!

Aber es musste bald etwas geschehen. Sie war jetzt reich und angesehen, sie durfte ihm jetzt schon eher einen Schritt entgegentun! Dennoch sträubte sich ihr jungfräulicher Stolz gegen den Gedanken, und »Zuwarten – immer Zuwarten!« war alles, was ihr übrigblieb.

Ruhelos trieb es sie in Haus und Feld um. Woche um Woche verstrich, und sie konnte sich nicht eingewöhnen. Es zeigte sich bald, dass sie für das Dorfleben verdorben war. Sie war und blieb ein Kind Murzolls, die wilde Wally. Sie verhöhnte unbarmherzig, was ihr kleinlich und albern erschien, sie band sich an keine Tagesordnung, an keinen Brauch, kein Herkommen. Sie scheute niemanden. Was Furcht sei, das hatte sie verlernt droben auf dem Ferner; die eiserne Stirn, die sie dort oben den Schrecken der Elemente geboten, trug sie auch dem kleinen Leben hier unten entgegen. Gewaltig an Leib und Seele stand sie da mitten unter den Dörflern, wie eine Gestalt aus einer andern Welt. Ein Fremdling geworden in dem bäuerlichen Treiben, wie alles Fremdartige feindselig angestaunt von den Bauern, die es aber doch nicht wagten, der großen Höchstbäuerin zu nahe zu treten. Aber das Mädchen fühlte die Feindseligkeit wohl heraus und auch die Feigheit, die sie hinterrücks anfeindete und ihr ins Gesicht freundlich tat. »I hab nach niemand nix z'fragen«, wurde ihr trotziger Wahlspruch, und so tat sie, wozu das wilde Herz sie trieb. War es ihr drum, so arbeitete sie tagelang wie ein Knecht, um das lässige Gesinde anzufeuern, kam einer mit etwas nicht zu Streich, so riss sie ihm es ungeduldig aus der Hand und machte es selbst. – Dann träumte sie tagelang melancholisch hin, oder sie streifte in den Bergen umher, dass die Leute meinten, es sei nicht recht geheuer mit ihr. Währenddessen taten die Knechte und Mägde, was sie wollten, und die Bauern raunten sich schon schadenfroh zu, sie werde auf diese Art das ganze Anwesen zugrunde gehen lassen.

Und während sie so gegen Brauch und Ordnung verstieß, war sie auf der andern Seite streng bis zur Härte in Dingen, mit denen es die Bauern gar nicht so genau nahmen. Erwischte sie einen Knecht auf Unehrlichkeit oder falschem Spiel, so zeigte sie ihn beim Landgericht in Imst an. Misshandelte einer ein Tier, so packte sie ihn, außer sich vor Wut, am Kragen und schüttelte ihn. Kam einer abends betrunken nach Haus, so ließ sie ihn zu Schimpf und Schande vor die Tür sperren und die Nacht draußen zubringen, es mochte regnen oder schneien. Erwischte sie eine Dirn auf Liederlichkeit, so jagte sie sie noch in derselben Stunde aus dem Haus. Denn ihr Sinn war rein und keusch geblieben, wie der Gletscher, auf dem sie so lange einsam gehaust. All das Geliebel und Geflüster und Einandernachschleichen und »Fensterln« um sie her erfüllte sie mit Abscheu.

Das alles brachte sie in den Ruf schonungsloser Härte und machte sie so gefürchtet, wie es einst ihr Vater war.

Trotzdem war's, als habe gerade sie's den Buben angetan. Nicht nur ihren Reichtum, nein sie, sie selbst in ihrer ganzen Seltsamkeit begehrten die Burschen. Wenn sie so vor ihnen stand, so groß, als stünde sie auf einer Erhöhung, so schlank und doch so fest und stolz gebaut, dass die hochgewölbte Brust fast das knappe Mieder sprengte, wenn sie den nervigen Arm, so nervig wie der Arm eines Jünglings, drohend gegen sie aufhob und ein Blitz des Spottes herausfordernd aus den mächtigen schwarzen Augen flammte, dann ergriff die Burschen eine Liebes- und Kampfeswut, dass sie auf Leben und Tod mit ihr rangen, um einen einzigen Kuß zu erlangen. Dann aber, weh ihnen! Denn sie waren nicht stark genug, dies Weib zu zwingen, mit Spott und Schande zogen sie ab, und der musste erst kommen, der es mit ihr aufnehmen konnte – ob er je kam? Genug, sie wartete auf ihn!

»Wer mir nachsagen kann, dass i ihm a Buß'l 'geben hab, den heirat i – wer aber nit amol so stark is, dass er mir das Buß'l mit G'walt abnimmt, für den is die Höchstbäuerin nit g'wachsen« – sagte sie eines Tages im Übermut, und bald war das Wort in der ganzen Gegend herum, und die Burschen von nah und fern zogen herbei, ihr Glück zu versuchen und sie beim Wort zu nehmen. Es wurde förmlich zur Ehrensache, um die wilde Wally zu werben, wie jedes Wagestück eine Ehrensache für den wehrhaften Mann ist.

Bald war kein heiratsfähiger Sohn im ganzen Ötz- und Gurgler- und Schnalsertal, der nicht versucht hätte, Wally zu erobern und ihr den Kuß abzuringen, den noch keiner gewonnen. Und sie freute sich des wilden Spiels und ihrer gewaltigen Kraft, sie wusste, dass von ihr gesprochen wurde weit und breit, und dass der Joseph immer von ihr hören würde, und sie meinte, nun müsse er es doch endlich der Mühe wert finden, zu kommen und den Preis davonzutragen, und wär's auch nur, um seine Macht zu erproben. Wenn er nur da war, dachte sie – warum sollte er sie nicht liebgewinnen, wie alle andern, wenn sie noch dazu recht gut und »g'schmach« mit ihm war? Aber er kam nicht. Statt seiner kam eines Tages der Söldener Bot herüber in den »Hirsch«, der dicht an den Strommingerschen Gemüsegarten stieß. Wally, die eben darin jätete, hörte Josephs Namen nennen und horchte hinter dem Zaun auf des Boten Erzählung.

Der Joseph Hagenbacher kehre, seit seine Mutter gestorben sei, öfters im »Lamm« in Zwieselstein ein, berichtete der Bote, und man munkle etwas von einer Liebschaft mit der hübschen Afra, der Schenkdirn im »Lamm«. Gestern sei er denn auch wieder dort gewesen und habe mit der Afra allein am Wirtstisch gesessen, während die Wirtin in der Küche war. Da sei plötzlich der Stier ausgebrochen und wie eine Windsbraut durchs Dorf gerast. Es habe sich ihm eine Hornis ins Ohr gesetzt gehabt. Alles flüchtet in die Häuser und schließt die Türen, auch der Lammwirt will eben zumachen, da sieht er, dass sein Jüngstes, ein fünfjähriges Dirndl, auf der Gasse liegt. Es kann nicht auf, denn die Kinder haben Post gespielt, und das Kleine war an einen schweren Schubkarren angespannt, als der Schreckensschrei vor dem Stier her ertönt; die andern Kinder laufen fort, aber das Lieserl kann nicht mit dem schweren Karren so schnell vom Fleck, es fällt und verwickelt sich in die Stricke – so liegt's mitten auf dem Weg, und das Untier schnaubt mit gesenkten Hörnern heran. Da ist keine Zeit mehr, das Kind loszumachen oder mitsamt dem Karren wegzuschleppen, der Stier ist da – der Lammwirt und die Afra schreien, dass man's durchs ganze Dorf hört – aber da – da ist auch schon der Joseph und stößt der Bestie eine Heugabel in die Seite. Der Stier brüllt auf und wirft sich auf den Joseph – jetzt schreit alles zu den Fenstern hinaus um Hilfe – aber keiner hilft ihm. Joseph packt den Stier bei den Hörnern und drängt ihn mit Riesenkraft ein, zwei Schritte zurück. Der Stier ringt mit ihm. Indessen hat der Lammwirt Zeit gehabt, das Kind zu holen, aber nun handelt sich's um den Joseph, den alle im Stich lassen. Die Afra ringt die Hände und schreit um Hilfe, der Stier drückt den Joseph mit den Hörnern zu Boden und will ihn zermalmen, aber der stößt ihm von unten das Messer in den Hals, dass das Blut über ihn wegspritzt. Jetzt bäumt sich das Tier und hebt ihn mit auf, der Stier rast eine Strecke mit ihm fort, ihn halb in der Luft, halb auf der Erde mitschleifend. Joseph lässt nicht los, er will ihn wieder zum Stehen bringen. Der Stier blutet aus fünf Wunden, er wird allmählich schwächer; Joseph fasst ein paarmal Fuß, aber immer gewinnt der Stier wieder die Übermacht und reißt ihn in verzweifelten Sätzen mit sich fort. Jetzt haben sich auch die Bauern ermannt, Joseph zu helfen, und kommen nach, der Lammwirt voran, mit Heugabeln und Äxten. Aber wie der Stier den Lärm hinter sich hört, senkt er die Hörner wieder und wirft sich mit Joseph gegen ein geschlossenes Scheunentor, dass man meint, Joseph müsse zerquetscht sein; das Tor weicht und springt auf unter dem Stoß, der Stier stürzt in die Scheune und wühlt sich in der Todesangst zwischen Leitern, Wagen und Pflügen ein, dass alles übereinanderfällt. Aber Joseph hat sich am Gebälk darüber weg in die Höhe geschwungen und schlägt die Tür zu, damit das wütende Tier nicht noch einmal hinauskommt, man hört ihn von innen die Tür verrammeln. Er ist mit dem Untier eingeschlossen in dem engen Raum, und die draußen stehen da und können nicht helfen. Das ist ein Stampfen und Stürzen, ein Stöhnen und Brüllen da drin, dass es den Leuten graust beim Anhören. Endlich wird's still. Nach einer bangen Weile wird die Tür aufgemacht, und der Joseph kommt taumelnd heraus, ganz in Blut und Schweiß gebadet. Sie glauben, der Stier sei tot, aber der Joseph meint, es sei doch schad um das schöne Tier, die Wunden könnten wieder heilen, sie gingen nicht ins Leben.

In der Scheuer sieht es wüst aus, alles durcheinander, zertreten und zertrümmert, aber der Stier liegt an allen vieren geschnürt und gefesselt am Boden. Er liegt regungslos auf der Seite und schnauft und lechzt wie ein Kalb auf dem Metzgerwagen. Der Joseph hatte das Tier lebend gebändigt und noch dazu ganz allein! Das machte ihm keiner nach.

Als sie mit Joseph ins »Lamm« zurückkamen, da fiel ihm die Afra vor allen Leuten heulend und schreiend um den Hals, und die Lammwirtin brachte ihm das Lieserl auf dem Arm, und sie wollten ihn traktieren mit dem Besten, was das Haus vermag – aber dem Joseph war's nicht mehr ums Lustigmachen. Er trank einen Schoppen für den ärgsten Durst und ging heim. Das ganze Dorf war voll von dem Joseph, und es war eine große Sauferei ihm zu Ehren bis in die Nacht hinein.

So erzählte der Söldener Bot, und es war wieder ein Lobens und Aufhebens von dem Joseph Hagenbacher, und die Leute wunderten sich, dass er nie nach hier komme. Die Höchstbäuerin habe doch so viele Freier, nur der Joseph scheine nichts von ihr wissen zu wollen.

Wally verließ den Zaun, die Worte trieben ihr die Schamröte in die Stirn: also sogar die Leute sprachen schon davon, dass der Joseph sie verschmähte?! Und der Afra ging er nach? Das war dieselbe, die er voriges Jahr mit über den Ferner gebracht, um die er damals schon so besorgt war!

Sie setzte sich auf einen Stein nieder und verhüllte das Gesicht mit beiden Händen. Ein Sturm tobte in ihrem Innern. Liebe, Bewunderung, Eifersucht! Ihr Herz war wie zerrissen. Sie liebte ihn – liebte ihn wie noch nie, als habe der rasche Atemzug, mit dem sie die Erzählung seiner Tat begleitet, den glimmenden Brand zur hellen Lohe angefacht. Das, das hatte er wieder vollbracht – aber *sie* hatte kein Teil daran – für den

Brotherrn der Afra hatte er's vollbracht – der Afra zuliebe! War es denn möglich? Musste sie einer Magd weichen, sie, die Höchstbäuerin? War sie nicht die reichste und, wie ihr alle Buben sagten, die schönste Dirn im Land: War eine weit und breit, die's mit ihr an Kraft und Rüstigkeit aufnehmen konnte, war sie nicht die einzige seinesgleichen – und sie sollten nicht zusammenkommen? Es gab nur den einen Joseph auf der Welt, und er sollte nicht ihr gehören? An die Afra, an so eine armselige, hergelaufene Dirn sollte er sich wegwerfen? Nein, das konnte nicht sein, das war unmöglich! Warum sollt er auch nicht manchmal im »Lamm« einkehren, ohne dass es um der Afra willen sein musste? Er streifte ja soviel auf der Jagd herum, und das »Lamm« liegt gerade am Zwieselstein, wo alle Wege sich kreuzen! »O Joseph, Joseph – komm!« stöhnte sie laut und warf sich mit dem Gesicht zur Erde, als wolle sie die Glut in den tauigen Krautblättern kühlen. Dann fiel ihr wieder ein, dass der Bot gesagt, die Afra sei Joseph um den Hals gefallen nach seiner Rückkehr. Es schüttelte sie bei dem Gedanken. Und da kam es ihr plötzlich in den Sinn, wie das wäre, wenn *sie* sein Weib wäre und ihn, wenn er müde, zerschunden und blutend von solch einer Tat nach Hause käme, in ihren Armen empfangen und erquicken dürfte mit jeder Labung. Wie sie ihm die heiße Stirn waschen und die Wunden verbinden und ihn an ihrem Herzen ausruhen lassen wollte, bis er einschliefe unter ihren Liebkosungen! Noch nie hatte sie so etwas gedacht, aber wie ihr das alles jetzt so einfiel, da erbebte sie unter einem nie gekannten Gefühl, wie die aufgebrochene Blume erzittert, wenn sie die Knospenhülle sprengt.

In diesem Augenblick war sie zum Weibe gereift; aber wild und ungestüm, wie alles in ihr war, so regte das, was sie zum Weibe machte, alle verborgen schlummernden feindlichen Kräfte in ihr zum Kampf gegen sich auf, und es erhob sich ein furchtbarer Aufruhr in ihrem Innern.

Der Abendwind strich kalt über sie hin, sie fühlte es nicht, es wurde Nacht, und die ewig ruhigen Sterne schauten mit verwunderten Blicken auf die zuckende Gestalt herab, die da im Nachttau auf dem Boden lag und sich das Haar zerwühlte.

»Die Bäuerin is heut nacht wieder amol nit z'Haus g'west«, raunte am andern Morgen die Oberdirn dem übrigen Gesinde zu. »Was die nur treibt in der Nacht?« Und sie steckten alle die Köpfe zusammen und flüsterten untereinander.

Aber wie Spreu im Winde stoben sie auseinander, denn Wally kam vom Gemüsegarten her auf den Hof zu. Sie war blass und sah stolz und herrisch drein wie noch nie. Und so blieb es auch. Von dem Tag an war sie wie verwandelt, ungerecht, launenhaft, reizbar, dass keiner sich mehr mit ihr zu reden traute als der Klettenmaier, der noch immer mehr bei ihr galt als die andern. Und dabei schlug ihr die Hoffart überall zum Dach hinaus, denn ihr drittes Wort war: *»die Höchstbäuerin!«* Für die »Höchstbäuerin« war nichts gut genug – die »Höchstbäuerin« brauchte sich das und jenes nicht gefallen zu lassen, »die Höchstbäuerin« durfte sich erlauben, was kein anderer durfte – und dergleichen Ärgernis mehr! Es war, als räche sie sich dafür, dass der Joseph ihr solch eine hergelaufene Dirn vorzog, indem sie sich so recht als die große vornehme Bäuerin zeigte. Wenn er sie so sah in ihrer großen Pracht und Herrlichkeit – musste ihm dann nicht die Afra recht armselig und gering dagegen vorkommen? Alle Tage zog sie sich an, als wär's Sonntag, und ließ sich neue Kleider machen, ja sogar ein ganzes silbernes »G'schnür« ließ sie sich von Imst kommen mit allerlei Gehäng in Filigranarbeit, so schwer und kostbar, wie noch keins im Ötztal gesehen worden. Und zu der Fronleichnamsprozession in Sölden legte sie die Trauer um den Vater ab und strotzte so von Silber und Samt und Seide, dass die Leute gar nicht beten konnten, sondern sie immer anschauen mussten. Es war das erstemal, dass sie eine Prozession mitmachte, denn was sie eigentlich für eine Christin sei, wusste überhaupt kein Mensch, und es war klar, dass sie nur mitging, um ihre neuen Kleider und ihr G'schnür zu zeigen, weil da die meisten Leute von den Ortschaften hinauf und hinunter zusammenkamen.

Das rauschte und klingelte, wenn sie niederkniete, vor lauter Steifigkeit und Falten und silbernem Gebimmel und prahlte: »Seht, das kann nur die Höchstbäuerin!«

Da, als das letzte Evangelium gelesen wurde, kam eine kleine Unordnung in den Zug, und es traf sich, dass Leute, die hinter ihr gewesen, nun vor ihr gingen. Es war die Lammwirtin von Zwieselstein und neben ihr die hübsche, schlanke Afra. Sie sah sich nach Wally um und nickte ihr zu. Dann blickte sie nach Joseph, der weiter hinten bei den Mannsen ging, so schien es wenigstens Wally. Die Afra sah lieblich aus in dem Augenblick, dass Wally vor Eifersucht ganz vergaß, ihren Gruß zu erwidern. Jetzt hörte sie, wie die Afra zu ihrer Nachbarin sagte: »Schaut's Lammwirtin, die da hinter uns, dös is die Geier-Wally, die den Joseph von ihrem Geier so verhacken hat lassen. Jetzt nimmt die mir nit amol d'Zeit ab – und i hab doch so viel Vaterunser für sie bet't!«

»Die Müh hätt'st dir sparen könne«, fiel jetzt Wally in das Gespräch ein, »für mich braucht niemand z' beten – des kann i scho selber!«

»Aber mir scheint – du tust's nit!« gab Afra zurück.

»I hab's au nit so nötig wie andre Leut! I hab mein Sach und brauch'n lieben Gott nit um so viel z'bitten wie a arme Magd, die um jeden Schuachbändel, den sie braucht, a Vaterunser beten muß.«

Jetzt stieg auch der Afra die Zornesröte ins Gesicht. »Oh, a Schuachbändel, um den ma bet't hat, kann ei'm mehr Glück bringe – als a silbern's G'schnür, das ma gottlos tragt!«

»Ja, ja«, mischte sich die Lammwirtin ins Gespräch – »da hat die Afra ganz recht!«

»Sticht Euch mei silbern's G'schnür in d' Augen, so geht's hinter mir, nachher braucht Ihr's nit zu sehen – s' schickt sich eh nit, dass die Höchstbäuerin hinter einer Magd herlauft.«

»'s könnt dir gar nix schaden, wenn du in der Afra ihre Fußstapfen treten tätst, dass du's nur weißt!« warf die Lammwirtin zurück.

»Schamts Euch, Lammwirtin, dass ihr Euch so g'mein macht mit Eurer Magd!« rief Wally mit blitzenden Augen, »wer nit auf sich halt – auf den halten andere au nix!«

»Oh, oh – a Magd ist doch au noch a Mensch!« sagte Afra, am ganzen Leibe zitternd. »Der seidene Rock wirds wohl vorm lieben Gott nit ausmachen, der siecht doch, was d'runter ist – a guats oder a schlecht's Herz!«

»Ja freili!« rief Wally mit ausbrechendem Hass, »so a guat's Herz, wie du, kann nit a jeder hab'n – b'sonders für die Buaben. Pfui Deifel!«

»Wally!« schrie Afra auf, und Tränen stürzten ihr aus den Augen. Aber sie musste schweigen, denn in dem Augenblick war die Kirche wieder erreicht, der letzte Segen wurde erteilt, und der Zug löste sich auf. Da schoss Wally an der Afra vorbei wie eine Königin, dass die sich an der Lammwirtin halten musste, sie hätte sie fast umgerannt, und alle sahen ihr nach. Die Mannsen meinten, ein schöneres Mensch geb's in Tirol nicht, aber die Weibsen vergingen vor Neid.

»Die schaut jetzt anders aus, als droben aufm Hochjoch, wo sie in dere Hundshütten g'haust hat, nit 'kammbelt und nit zöpft, wie a Wilde!« sagte der Joseph, der zu weit davon stand, um etwas zu verstehen – und sah ihr mit großen Augen nach. Dann winkte er der Afra Adjes zu und trat aus dem Zug aus: er musste noch vor Mittag mit einem Fremden fort und ging heim, sich zu rüsten.

Die Afra aber eilte Wally nach. Ihre hübschen blauen Augen sprühten unter Tränen, wie wenn man Wasser ins Feuer schüttet, sie war ganz außer sich und die Lammwirtin mit ihr. Sie erreichten Wally am Wirtshaus. Auch Wally war in der furchtbarsten Aufregung. Sie hatte den liebevollen, vertraulichen Gruß gesehen, den Joseph der Afra zugenickt und ihr – ihr hatte er, wie sie glaubte, keinen Blick gegönnt – und jetzt war er fort, und alle ihre Hoffnungen, die sie auf den heutigen Tag gesetzt, betrogen. Diese Afra! Auf sie hatte sich ihr ganzer Zorn geworfen, sie hätte sie zertreten mögen. Und nun stand die Afra vor ihr und hemmte ihren Schritt und redete sie zornig herausfordernd an – sie – die niedere Dirn!

»Höchstbäuerin«, stieß Afra atemlos heraus, »du hast da was g'sagt, des kann i nit auf mir sitzen lassen, denn des geht mir an die Ehr – was soll des heißen von den guaten Herzen für die Buaben? Des will i wissen, was da dahintersteckt!«

»Willst mit der Höchstbäuerin anbinden?« rief Wally laut, und ihr funkelnder Blick traf das Mädchen so recht von oben herunter. »Moanst, i laß mich mit so einer auf Streit ein, wie du bist?«

»Mit so einer?« schrie das Mädchen, »was für eine bin i denn? I bin a arm's Madel und hab niemand g'habt, der für mich g'sorgt hat – aber i hab doch niemand nix z' Leid 'tan und niemand kei Haus anzünd't– i brauch mir von dir nix g'fallen z'lassen, weißt!«

Wally bäumte sich auf, wie von einer Schlange gestochen. »A Dirn bist – a schamlose Dirn, die sich die Buaben vor alle Leut an'n Hals wirft!« schrie sie, sich und alles vergessend, dass die Leute sich um sie versammelten.

»Was – wem – hätt i mich an'n Hals g'worfen?« stammelte das Mädchen erbleichend.

»Soll i dir's sagen? Soll i?«

»Ja, sag's nur, i hab mei guat's G'wissen, und die Lammwirtin kann bezeugen, daß's nit wahr is!«

»So! Is's nit wahr, dass du dich dem Joseph vor zwei Jahr, wo d' ihn kaum 'kennt hast, an Hals g'hängt hast, dass er dich hat übers Hochjoch mitschleppen und dich 'n halben Weg hat tragen g'müßt, weil d' dich g'stellt hast, als könnt'st nit weiter? Is's nit wahr, dass d' seitdem den Joseph nimmer loslaßt, dass er scho gar ins G'schrei mit dir kommen is? Is's nit wahr, dass du dem Joseph andere Dirndln willst wegnehme, die a besser's Recht auf ihn hätten und bessere Frauen für ihn wären, als so a herg'laufene Magd? Is's nit wahr, dass d' neulich bei der G'schicht mit dem Stier dem Joseph vorm ganzen Dorf um'n Hals g'fallen bist, als wärst sei verlobte Braut? Is's etwa nit wahr?«

Afra schlug die Hände vors Gesicht und weinte laut auf: »O Joseph, Joseph, dass i mer des g'fallen lassen muß!«

»Sei ruhig, Afra«, tröstete sie die gutmütige Lammwirtin; »sie hat sich selber verraten. Des is nur die Wut, dass der Joseph ihr nit nachlauft und sich nit bei ihr d' Finger verbrenne will, wie alle andern Mannsleut. Oh, wär nur der Joseph da – der tät's ihr anders sagen!«

»Ja, des glaub i scho, dass der sein liebe Schatz nit im Stich ließ« – und Wally lachte auf, so schneidend, so furchtbar grell, dass es von den Bergen widerhallte wie Wehgeschrei: »So a Schatz, der sich ei'm glei an 'n Hals wirft, is freili bequemer, als einer, den ma sich erst erobern muaß, und bei dem's ei'm passieren könnt, dass ma mit Schand und Spott abziehen müßt! Mit so einer bind't sogar der stolze Bärenjoseph lieber an, als mit der Geier-Wally!«

Jetzt trat der Lammwirt heran: »Hör du!« sagte er, »jetzt hab i's g'nua! Das Madel da is a brav's Madel, mei Frau und i, wir stehen für sie ein – und wir lassen ihr nix g'schehn. Du nimmst z'ruck, was d' da g'sagt hast, i befehl dir's, verstehst mich?«

Wieder lachte Wally auf. »Lammwirt – hast d' scho in dei'm Leben g'hört, dass der Geier sich vom Lamm kommandieren laßt?«

Alles lachte über das Wortspiel, denn der Lammwirt war sprichwörtlich ein »Lamperl«, weil er ein schwacher gutmütiger Mann war, der sich alles gefallen ließ.

»Ja, du verdienst dein Namen, du Geier-Wally – du!«

»Platz da«, rief jetzt Wally – »i hab's g'nua, mit euch das leere Stroh z'dreschen. Laßt mich 'nein!« Und sie wollte Afra unter der Tür zur Seite schieben.

Aber die Lammwirtin hielt Afra am Arm.

»Nein, du brauchst der kein Platz z'machen, geh du nur voran, du bist nit schlechter wie die!« Und sie wollte sich mit Afra vor Wally zur Tür hineindrängen.

Da fasste Wally das Mädchen beim Mieder, hob es auf und warf es vor die Tür, den Nächststehenden in die Arme: »Z'erst kommen die Bäuerinnen, nacher die Mägd!« Dann trat sie allen voran ins Zimmer und setzte sich zuoberst an den Tisch.

Alles wieherte und klatschte in die Hände vor Vergnügen über den prächtigen Spaß. Die Afra weinte und schämte sich so, dass sie nicht mehr hineinwollte, und Lammwirts gingen mit ihr nach Hause.

»Wart nur, Afra – i schick ihr den Joseph, der soll ihr derfür tun!« tröstete sie die Lammwirtin auf dem Heimweg; aber Afra schüttelte den Kopf und meinte, das könne ihr alles nichts helfen, beschimpft sei und bleibe sie doch.

»Ja, warum hast aber auch mit der bösen Strommingerin anbunden, der geht ja jeder aus'm Weg, wann er kann«, schalt gutmütig der Lammwirt.

Indessen saß Wally drinnen und schaute durch das Fenster zu, wie die Afra mit Lammwirts fortging. Das Herz schlug ihr so, dass das silberne Behäng an ihrem Busen leise klirrte.

Wally wurde aufgefordert zu essen, die Nudelsuppe werde kalt; aber sie fand die Suppe schlecht und die Hammelrippen so zäh wie Leder, warf einen Gulden auf den Tisch, ließ sich nicht herausgeben und rauschte an den erstaunten Bauern vorüber zur Tür hinaus.

Wie vor fünf Jahren nach der Firmelung riss sie sich, als sie heimkam, in ihrer Kammer die schönen Kleider vom Leibe und warf sie in die Truhe. Das silberne G'schnür mit der Filigranarbeit zertrat sie zu einem Klumpen. Was hatte ihr der Staat geholfen?! Dem hatte sie ja doch nicht darin gefallen, dem sie gefallen wollte! Dann warf sie sich wie damals auf ihr Bett und haderte mit allen Heiligen. Ein schneidendes Weh wühlte wie mit Messern in ihrem Innern. Da fiel ihr Auge auf die geschnitzte Walburga über ihr, und da dachte sie, dass der Schmerz, den sie empfand, wohl das Messer des lieben Gottes sein könne, der nun an ihr herumschnitze, um die Heilige aus ihr zu machen, von der der Kurat gesagt. Aber warum sollte sie denn eine Heilige werden? – Sie wäre lieber eine glückliche Frau gewesen! Und das wäre so leicht gegangen, und dazu hätte der liebe Gott auch gar nichts an ihr zu schnitzeln gebraucht – dazu wäre sie schon recht gewesen, wie sie war! So grollte sie und bäumte sich auf gegen das Messer Gottes.

11. Endlich

Seit jenem Tage war es gar nicht mehr mit Wally auszuhalten. Ganze Nächte trieb sie sich im Freien herum. Bei Tage war sie dann von einer Heftigkeit ohne Maß und Grenzen, arbeitete ruhelos von früh bis spät und verlangte, dass alle andern es ihr nachtaten, was für die meisten eine Unmöglichkeit war. Der Gellner-Vinzenz durfte jetzt öfter einmal vorsprechen, er wusste immer, was es Neues gab im Tal – und Wally war auf einmal so auf Neuigkeiten erpicht. Wie das der Vinzenz merkte, machte er es sich förmlich zur Aufgabe, landauf und -ab alles auszukundschaften, um immer neuen Stoff für Wally zu haben. So gewöhnte sie sich allmählich dran, ihn wieder täglich zu sehen. Und er merkte bald, dass ihre Neugier immer mehr nach Sölden und Zwieselstein zuging, als wo anders, und klug wie er war, begriff er leicht den

Zusammenhang. Er brachte allerhand Nachrichten von dem fortdauernden Verkehr zwischen Joseph und der Afra, die Wally sichtlich in die furchtbarste Aufregung versetzten. Aber er tat, als merke er nichts, und redete jetzt auch vorsichtigerweise nichts mehr von Liebe – das machte sie sicher und zutraulich. Aber ihn verzehrte die Eifersucht auf Joseph. Dieser Hagenbach war der Fluch seines Lebens. Da war kein Ruhm, den er nicht vorwegnahm, kein Heldenstück, in dem er ihm nicht zuvorkam, kein Preiskegeln oder -schießen, in dem er nicht den Preis gewann – und nun nahm er ihm auch noch das Herz Wallys weg, das sich seinem hartnäckigen Werben doch vielleicht zugewendet hätte, wenn der Joseph nicht wäre! Warum schüttet unser Herrgott alles auf einen aus, während er andere so karg hält? murrte Vinzenz und quälte sich innerlich ab, wie die Wally. Hätten beide ihren Schmerz und Groll zusammengetan – man hätte das ganze Ötztal damit verheeren können.

Eines Abends, es war Heuernte, half Wally einen großen Heuwagen aufladen. Die Fuhre war fertig, und nun sollte der schwere Querbaum hinaufgezogen werden, aber das Heu war so hoch gepackt, dass ihn die Knechte nicht hinaufbrachten. Wenn sie ihn halb oben hatten, ließen sie ihn wieder rutschen und lachten und machten dummes Zeug. Da riss der Wally die Geduld, »'runter, ihr Tröpf!« befahl sie, stieg auf den Wagen und stieß die Knechte rechts und links zur Seite. Dann zog sie den Strick an, wand den Baum auf, fasste ihn mit ihren beiden runden Armen beim Kopf und lüpfte ihn mit einem Ruck auf den Wagen. Ein Schrei der Verwunderung brach aus aller Mund. Die Mägde lachten die Knechte aus, dass sie nicht gekonnt hatten, was ein Weibsbild konnte, und die Knechte kratzten sich hinter den Ohren und meinten, das gehe doch nicht mit rechten Dingen zu bei der Höchstbäuerin, und da müsse irgendwo der Teufel seine Hand drin haben.

Wally stand auf dem Wagen. Ein stolz-gesättigter Ausdruck lag in ihren Mienen. Sie ward es sich wieder in dem Augenblick so recht bewusst, dass sie ihresgleichen nicht habe, und im Gefühl ihrer Kraft hätte sie die ganze Welt herausfordern mögen.

Da kam Vinzenz und rief ihr zu: »Wally, du schaust aus wie die Königin Potiphar aufm Elefanten. Wenn der Joseph die Potiphar so g'sehen hätt, war er g'wiß nit so spröd g'wesen!«

Wally wurde dunkelrot bei diesen anzüglichen Worten und sprang vom Wagen: »Solche Späß verbitt i mir«, sagte sie, als sie unten war.

»No, no«, entschuldigte sich Vinzenz, »'s war nit bös g'meint – du bist so schön da droben g'standen – da is mir des so rausg'fahren; 's soll aber nimmer g'schehen!«

Sie gingen still nebeneinander her.

»Was gibt's Neues in der Welt?« fragte endlich Wally ihrer Gewohnheit gemäß.

»Nit viel!« sagte Vinzenz, »als dass es heißt, der Hagenbacher woll am Peter und Paul mit der Magd, der Afra, zum Tanz gehen in Sölden. I weiß es vom Bot, der hat der Afra a Paar neue Schuh aus Imst bringe müssen und a seidens Halstüchel, und der Joseph hat's 'zahlt!« Wally biss die Lippen zusammen und sprach kein Wort, aber Vinzenz sah wohl, was in ihr vorging.

»Weißt was?« sagte Vinzenz, »bei uns geht's ja auch hoch her am Peter und Paul, und wenn die Höchstbäuerin dazu käme, das gäb a Fest, dass ma weit und breit davon hören sollt – geh amol mit mir zum Tanz.«

Wally warf den Kopf in den Nacken: »Mir wär's g'rad ums Tanzen!«

»Geh, Wally«, drang Vinzenz in sie, »tu's doch amol, und wär's nur wegen die Leut!«

»Nach dene frag i viel!« lachte Wally verächtlich.

»Aber bedenk, die Leut munkeln« – er stockte. – Wally blieb stehen und schaute Vinzenz durchbohrend an: »Was munkeln's?«

Vinzenz erschrak über den Ausdruck in ihrem Gesicht. »I moan nur, sie munkeln, du hätt'st'n g'heim'n Kummer. Die Oberdirn behauptet, du wärst ganze Nächt nit derhoam und gingst 'rum wie a krank's Händel. Und da moane d' Leut, du hätt'st ja, was 's Herz begehrt, und Freier wie Sand am Meer – wenn's d' also noch nit z'frieden wärst, so müßt's a Liebeskummer sein – und seit der G'schicht bei der Fronleichnamsprozession –«

»No? Weiter?!« sprach Wally tonlos.

»Seit der G'schicht reimen sich halt die Leut z'sammen, dass der Joseph der oanzige Bua im Ötztal is, den d' möchst – und der nit anbeiß'n will!«

Ein Blitz fuhr aus seinen Augen über Wally hin, als er das Wort aussprach; Wally war getroffen bis ins Mark. Sie musste stehenbleiben und die Stirn an einen Baumstamm lehnen, so pochte das Blut in den Schläfen. »Wenn des wahr is – wenn ma mir des nachsagt –« stöhnte sie, aber sie vollendete nicht, wie mit Nebelschleiern umwölkte sich ihr Denken.

Vinzenz ließ ihr Zeit, zu Atem zu kommen; er wusste wohl, was das für sie war, denn er kannte ihren Stolz. Nach einer Weile sagte er: »Schau, deswegen moan i halt, du sollst mit mir zum Tanz gehen, das wär's beste Mittel, die Leut die Mäuler z' stopfen.«

Wally richtete sich auf. »I geh mit kei'm Buaben zum Tanz, den i nit heiraten will – des weißt!«

»I moan halt, wenn i du wär, i tät doch lieber den Gellner-Vinzenz heiraten, als dem Hagenbacher z' lieb an'n alte Jungfer werden!« stachelte Vinzenz weiter.

Wally sah ihn mit neu erwachtem Widerwillen an. »Daß du's nit müd wirst, wo du doch weißt, 's hilft dir nix!«

»Wally, i frag dich jetzt zum letztenmal – kannst dich gar nit an den Gedanken g'wöhne, dass d' mich zum Mann nimmst?«

»Nie – nie – eher sterben!« sagte Wally.

Vinzenz' gelbes Gesicht bekam weiße Flecke auf den scharf hervortretenden Backenknochen, er sah fast dem Geier ähnlich, als er so seitlich auf Wally blickte wie auf eine wehrlose Beute: »s' tut mir leid, Wally – aber i muß dir was sagen, was i dir lieber erspart hätt. Du zwingst mich derzu! I hab dir a Jahr Zeit g'lassen – jetzt muß es sein!« Er zog ein geschriebenes Blatt aus der Tasche: »Es wird in diese Tag a Jahr, dass dei Vater g'storben is – und wenn d' mich nit heirat'st, so is mit dem Jahr dei Recht aufm Höchsthof abg'laufen.«

Wally sah ihn groß an.

Er entfaltete das Papier. »Das ist das Testament von dei'm Vater, dadrin bestimmt er, daß, wenn d' mich a Jahr nach seinem Tod nit nimmst, so g'hört der Höchsthof mit allem, was drum und dran is, mein, und du bist auf's Pflichtteil g'setzt. Mit der stolzen Höchstbäuerin hat's dann a End! Bis jetzt weiß noch niemand drum. Du kannst's dir jetzt noch einmal überlegen – und i denk, du gibst am End doch lieber nach, als dass d' mich aufs Landg'richt gehen und das Testament vollstrecken laßt!«

Wally blieb stehen und maß Vinzenz von oben herab mit einem einzigen kalten, verächtlichen Blick, dann sagte sie vollkommen ruhig: »O du armseliger Tropf – also in dem Netz, hast g'moant, fängst die Geier-Wally? 's siecht euch scho ähnlich, dir und 'm Vater, aber ihr habt mich alle zwei nit kennt! Was liegt mir an Geld und Gut – des, was i möcht, kann i mir doch nit dafür kaufen, und so frag i nix danach. Am Montag pack i mei Sach z'samm und geh wieder fort, denn dei Gast will i nit sein – kei Stund. – Wenn mir's auch weh tut um 'n Höchsthof, wo i auf d' Welt kommen bin – i war als Höchstbäuerin au nit glücklicher, als wo i's Viech g'hütet hab – und fremd war i doch hier wie dort. So is's das beste, i zieh fort aus der Gegend, so weit i kann!«

Sie wandte sich ruhig dem Haus zu. Da fasste den Vinzenz ein wilder Schmerz. Er stürzte vor ihr nieder und umschlang ihre Knie: »So hab i's nit g'meint – fortgehen sollst nit, um Gotteswillen tu mir des nit an, was will i denn den Höchsthof – i hab ja nur denkt – ach, mei Gott – ma probiert halt alles!« Er hielt mit der einen Hand Wally fest, mit der andern führte er das Papier zum Mund und zerriss es mit den Zähnen: »Da, da, schau, da hast den Wisch – i will den Höchsthof nit, wenn du nit drauf bleibst – da – da«, er streute die Fetzen in den Wind. »I will nix, gar nix – nur tu mir des nit an, dass d' fortgehst!«

Wally sah ihn erstaunt an. »Du dauerst mich, Vinzenz – aber i kann dir doch nit helfen – so wenig – wie mir g'holfen wird! Behalt du den Höchsthof und alles, was dazu g'hört, der Vater hat ihn dir vermacht – des bleibt so, wenn du auch 's Testament zerrissen hast – i will von dir nix g'schenkt! – Mir is's so scho verleidet hier – auf was soll i noch warten! Die Menschen taugen nit für mich und i nit für die Menschen. I pack mein Hansel auf und geh wieder auf die Berg – da g'hör i hin. Aber wenn i dich um etwas bitten darf – verschweig's, bis i fort bin, dass der Höchsthof nimmer mir g'hört – denn schau – nix kann i weniger vertragen, als wenn sich d' Leut über mich lustig machen. Des – des macht mich rasend! Denk an die Schadenfreud und das G'spött, wenn die stolze Stromminger-Wally von ihrem Erb und Eigentum abziehen müßt, wie a Magd – des könnt i nit überleben. I will wenigstens noch als Höchstbäuerin fortgehen.«

»Wally«, schrie Vinzenz, »wenn du mir das wirklich antust – so zieh i mit wie dei Schatten! Des kannst mir nit wehren, dass i hingeh, wo du hingehst – die Landstraßen sind frei – da kann drauf laufen, wer will!«

Wally sah ihn entsetzt an, wie er so vor ihr stand und fieberte, und ihr graute, als habe sich ein böser Geist an ihre Fersen geheftet: »Was soll da draus werden?« murmelte sie ratlos vor sich hin.

In dem Augenblick kam der Söldner Bot vom Haus her über die Matten gerade auf die Wally zu mit einem großen Buschen am Hütel und im Sonntagsrock wie ein Hochzeitbitter.

»Der lad't dich zur Hochzeit vom Joseph und der Afra«, lachte Vinzenz wild auf.

Wallys Fuß strauchelte über irgend etwas, sie griff nach Vinzenz, und der fasste sie rasch um den Leib und hielt sie. Indes kam der Bot heran und schwenkte den Hut vor Wally: »Grüß Gott, Höchstbäuerin! Der Joseph Hagenbach schickt mich und laßt dich freundlich zum Tanz aufbieten am Peter- und Paulstag. Wenn's dir recht wär, wollt er um

Mittag kommen und dich abholen 'nüber in'n ›Hirschen‹. Du sollst mir Antwort sagen!«

Wenn sich in dem Augenblick für Wally der Himmel – für Vinzenz die Hölle aufgetan hätte – es wäre nicht anders gewesen!

Also war das alles mit der Afra nicht wahr, er kam zu Wally – er kam nach fünf Jahren des Leids und der Qual – endlich, endlich! Das Wort war gesprochen – die Winde trugen es jauchzend weiter, die Lüfte hallten es wider, die weißen Firnen lächelten dazu im Abendsonnenschein: der Bärenjoseph bot die Geier-Wally zum Tanz auf! – Die Leute auf dem Felde jauchzten, die Heuwagen schwankten, der Geier auf dem Dach schlug mit den Flügeln vor Freude, dass endlich zusammenkam, was zusammen gehörte – Freude über alle Menschen: Das Geschlecht der Riesen ersteht wieder in dem einen Paar!

Und gnadenreich lächelnd wie eine Königsbraut unter der Myrtenkrone neigte Wally das schöne Haupt und sagte dem Boten fast schüchtern, dass sie Joseph erwarte.

Und Vinzenz lehnte seitab an einem Baum, verzerrt, erbleicht, stumm – ein Gespenst der Vergangenheit.

Wally streifte ihn mit einem mitleidigen Blick, jetzt war er ihr nicht mehr furchtbar – sie war gefeit, niemand konnte ihr etwas mehr anhaben. Sie eilte nach Hause, und die Leute schauten ihr verwundert nach, so selig war ihr Ausdruck. Aber es litt sie nicht zu Haus, sie nahm Geld mit und ging durchs Dorf wie eine glückspendende Fee. Sie trat in jede arme Hütte, sie teilte aus mit vollen Händen von dem, was sie mit Fug und Recht als ihr Pflichtteil betrachten konnte, denn den Höchsthof hatte sie unwiderruflich für Vinzenz bestimmt – sie war doch noch reich genug, um dem Joseph und allen um sie her ein herrliches Leben zu bereiten, ein Pflichtteil vom Strommingerschen Erbe war noch immer ein Vermögen. Sie musste allen Gutes tun – sie konnte es ja nicht allein tragen, das niegekannte unermessliche Glück.

Die zwei Tage bis zu Peter und Paul waren ein Märchen für das ganze Dorf.

Wer kannte die Geier-Wally wieder, die finstere, herbe, in der glückverklärten Jungfrau, die einherging, wie getragen von unsichtbaren Flügeln. Dieses einen Sonnenstrahls nur hatte es bedurft, und die Blüte, die hagelzerschlagene, frostgetötete, trieb wieder. Es war eine unerschöpfliche Kraft in dem unterdrückten Herzen – eine Kraft der Liebe wie des Hasses, der Freude wie des Schmerzes, der Hingebung wie des Trotzes. Ihre ganze Umgebung atmete auf, es war, als sei ein Bann von ihnen genommen, seit der finstere, grollende Geist von Wally gewichen war, der alle wie eine Wetterwolke bedrückt hatte.

»Wo a Mensch so glücklich is, wie i's bin, da soll sich jeder mitfreuen könne«, sagte sie, und es war bald offenkundig, dass die Wally so verwandelt war, weil sie der Joseph zum Tanz aufbot – was ja soviel war wie eine Werbung. Warum sollte sie's auch leugnen, da es ja nun doch in wenig Tagen so weit war! Warum sollte sie verleugnen, dass sie ihn liebte, herzlich, über alles, er verdiente es ja, und er liebte sie ja wieder, sonst käme er nicht, sie zum Tanz zu holen. Es war ihr eine Wohltat, dass sie zeigen durfte, wie ihr zumute war. Und wo ihr ein Kind begegnete, da nahm sie's auf den Arm und erzählte ihm, am Peter und Paul, da komme der Bärenjoseph, der den großen Bären umgebracht und Lammwirts Liesl vom wilden Stier errettet habe, und da sollten sie einmal die Augen auf tun, wie schön und groß der wäre – so einen Menschen hätten sie noch gar nie gesehen, und so einen gab' es auch auf der weiten Welt nicht mehr! Und die Kinder waren ganz aufgeregt und spielten Bär und Bärenjoseph den ganzen Tag. Und dann scherzte sie mit Hansel und drohte ihm: »Daß d' mir brav bist, wenn der Joseph kommt, des sag i dir, sonst gibt's was!« Und der Klettenmaier und die besten vom Gesind bekamen neue Festanzüge, die Leute wussten wohl warum, und Wally litt es, dass sie darauf herumredeten, und wurde nicht böse.

Und dann saß sie wieder still in ihrer Kammer und tat stundenlang nichts als darüber nachdenken, wie das nur gekommen sei, dass der Joseph so plötzlich seinen Sinn geändert, und wie sie auch dachte und dachte, sie konnte es nicht ausdenken, das unverhoffte Glück, das so plötzlich, so reich, so voll über sie gekommen, und sie blickte jetzt nicht mehr feindselig, sondern freundlich zu ihren Heiligen auf und dankte ihnen, dass sie es nun doch noch so gut mit ihr gemacht hatten. Und wenn sie die Karten ansah, die über dem Bett aufgenagelt waren, dann lachte sie wohl: »No, was sagt ihr denn jetzt? Gelt, ihr habt halt doch nix g'wußt!« – und wie gebannte Geister, die kein befreiender Zauberspruch mehr ans Licht zieht, starrten die Geheimnisse der Zukunft sie unverständlich aus den stummen Zeichen an. Wäre die Luckard noch dagewesen, die hätte sehen können, was die Karten Wally antworteten – so aber waren sie ihr verstummt, wie eine Ziffernsprache, zu der sie den Schlüssel verloren. Wenn das die Luckard noch erlebt hätte, wie hätte die sich gefreut! Wally hätte sich hinlegen mögen und fortschlafen bis an Peter und Paul, damit ihr die Zeit nicht so lang wurde. Aber davon war keine Rede, sie konnte weder bei Tag noch bei Nacht ein

Auge schließen vor Ungeduld, sie musste immer rechnen: »Jetzt noch soviel Stunden, jetzt noch soviel!«

Endlich war der Tag da. Nach dem Essen ging Wally auf ihre Kammer zum Anziehen und wusch und kämmte sich ohne Ende. Wieder war sie Weib – Mädchen! Wieder stand sie vor dem Spiegel und schmückte sich und schaute, ob sie schön sei, ob sie dem Joseph gefallen werde. Und wieder hatte sie sich ein neues G'schnür kommen lassen, noch reicher als das erste, und Kopfnadeln von Filigran dazu, und die Schachtel stand vor ihr auf dem Tisch, und sie nahm das »G'schmuck« heraus und nestelte sich's ans Mieder, und das feine Silber war so weiß wie ihre blendend weißen, gefältelten Hemdsärmel und klingelte wie lauter Hochzeitsglöckchen. Und durch die rosenroten Perlvorhängchen fiel ein gedämpfter rosiger Schimmer herein und übergoss die prangende Gestalt mit einem zarten Hauch bräutlichen Erglühens. Und als sie fertig war, da nahm sie aus der Schachtel eine schwer mit Silber beschlagene Meerschaumpfeife, wie kein Bauer weit und breit eine hatte – ein wahres Prachtstück, aber sie wog es lange prüfend in der Hand, ob es wohl gut genug für Joseph sei. Und noch etwas zog sie hervor, langsam, fast schüchtern, und sah nach der Tür, ob sie auch gut verriegelt sei: es war ein kleines, rundes Schächtelchen und darin lag – ein Ring! Es durchschauerte sie, als sie ihn herausnahm, und eine Träne unaussprechlicher Freude und Dankbarkeit trat ihr ins Auge. Sie schloss den Ring in die gefalteten Hände, und zum erstenmal seit langer Zeit beugten sich ihre Knie, und es zog sie nieder, über dem Ring zu beten, der den geliebten Mann an sie ketten sollte für ewig. Und sie hörte nicht mehr das stolze Rauschen des seidenen Rocks und das Geklingel der silbernen Anhängsel, sie betete heiß, inbrünstig aufgelöst – sie drängte sich an das Herz Gottes mit dem Ungestüm eines dankbaren Kindes, dem der Vater eben seinen glühendsten Wunsch erfüllt hat.

»Die Bäuerin wird heut nit fertig mit Anputzen«, sagten draußen die Mägde, als Wally gar nicht zum Vorschein kam.

Schon zogen die Bauern dem »Hirschen« zu. Was Füße hatte und einen Sonntagskittel, das lief heute mit, denn das ganze Dorf war gespannt auf das große Ereignis, wenn die Höchstbäuerin mit dem Hagenbacher zum Tanze ging. Die Straße wimmelte von Menschen, und der Hirschwirt hatte diesmal was drangewendet und Musikanten von Imst kommen lassen.

Die Großmagd stand oben am Gaupenfenster und schaute aus auf den Weg, von wo der Joseph kommen musste.

Wally stand fertig angetan in der Kammer, das Herz schlug ihr wie mit Hämmern, ihre Wangen glühten, ihre Hände waren eiskalt, sie presste das weiße Sacktüchel, das sie säuberlich zusammengelegt in der Hand hielt, aufs Herz, es war das Brauttuch ihrer Mutter.

In der Tasche verborgen hatte sie die Pfeife und den Ring für Joseph. So wartete sie regungslos die Minuten ab, und dies stille Warten, bei dem ihr fast der Atem ausging vor Ungeduld, war wohl die schwerste Aufgabe ihres Lebens.

»Sie kimme – sie kimme!« schrie jetzt die Oberdirn herunter! »Der Joseph und a Mass' andre Buab'n, Zwieselsteiner und Söldner genga mit und der Lammwirt von Zwieselstein – 's is a ganzer Zug!«

Alles auf dem Hof lief zusammen, man hörte schon den Lärm der Nahenden in Wallys Kammer. Jetzt trat Wally heraus, und alles stieß ein Ah! der Bewunderung aus bei ihrem Anblick.

In demselben Moment erschien der Zug unter dem Hoftor, Joseph an der Spitze.

Sie ging ihm entgegen, sittig und doch mit der ganzen strahlenden Hoheit einer Braut, die stolz ist auf ihren Bräutigam – stolz, von einem solchen Mann erwählt zu sein.

»Joseph – bist da?!« sagte sie, und ihr Stimme klang so weich und lieblich, wie sie nie gesprochen. – Und Joseph sah sie an mit einem seltsamen, fast scheuen Blick und schlug dann die Augen nieder. –

Wally stutzte – war es Absicht oder Zufall? Joseph hatte den Spielhahn verkehrt aufgesetzt, wie es die Burschen machen, wenn sie Händel suchen. Heute war das aber gewiss nur aus Versehen geschehen.

Alles stand um sie her und beobachtete sie – ihr ward so beklommen, sie konnte nichts mehr sagen – und er schwieg auch. Sie schaute ihn an mit Augen voll feuchter Innigkeit, aber die seinen wichen ihr aus: er war wohl in Verlegenheit, wie sie auch!

»Komm«, sagte er endlich und bot ihr die Hand. Sie legte die ihre hinein, und sie schritten still dem »Hirschen« zu. Die Fremden und das ganze Gesind schlossen sich im Zug mit an.

Wie es uns, wenn wir in die Sonne geschaut, oft im vollen Tageslicht ganz dunkel vor den Augen wird, so ward es jetzt plötzlich der Wally mitten in allem Glück ganz dunkel in der Seele – sie wusste gar nicht, was das war, sie war verwirrt und kannte sich nicht mehr aus. Es war alles so ganz anders, als sie gedacht.

Als sie in den »Hirsch« eintraten, empfing sie ein schmetternder Ländler, und Wally hörte, wo sie mit Joseph durch die Reihen schritt, hinter sich sagen, »kein schöneres Paar Menschen gäb's auf der ganzen Welt nicht.«

Sie sah erst jetzt, wieviel Fremde mit Joseph gekommen waren, und alle abgewiesenen Freier aus der Gegend waren dabei. Wally verglich sie im stillen noch einmal mit Joseph, und sie konnte sich mit Fug und Recht sagen, dass auch nicht einer darunter war, der sich an Gestalt und Schönheit mit Joseph messen durfte – er war ein König unter den Bauern, ein Mensch ganz andern Schlags, als die Menschen natürlicher Größe, die da herumstanden. Und sie ließ einen Blick stillen Entzückens an der hohen Gestalt niedergleiten von der breiten Brust an bis hinab zu den schlanken nervigen Knien und Knöcheln. Wer ihn so sah, musste doch begreifen, dass sie nur ihn und keinen andern wollte.

Als sie aufschaute, begegnete ihr Blick zwei stechenden schwarzen Augen, die wie Dolche auf Joseph gerichtet waren, es war Vinzenz, der unter der Menge eingekeilt stand – und nicht weit davon ein anderes trauriges Gesicht – Benedikt Klotz, der sie nachdenklich betrachtete. Als sie an ihm vorüberstrich, hielt sie Benedikt ein wenig am Ärmel zurück und flüsterte ihr zu: »Nimm dich in acht, Wally – sie führen was gegen dich im Schild – i weiß nit was, aber mir schwant nix Gut's!«

Wally zuckte leichthin die Achseln, wer konnte ihr was anhaben, wenn Joseph bei ihr war?

Die Reihen stellten sich zum Tanz auf, Wally und Joseph sollten vortanzen, man wollte sie miteinander tanzen sehen. Kein Paar war noch je mit so neidischen Augen betrachtet worden, wie diese zwei schmucken, auserlesenen Gestalten.

Da aber ließ Joseph Wally los und trat fast feierlich vor sie: »Wally« – hub er ganz laut an, und die Musik schwieg auf einen Wink des Lammwirtes, der hinter ihnen stand: »I hoff doch, dass du mir, ehvor wir tanzen, den Kuß geben wirst, den noch keiner von deine Freier erobert hat?!«

Wally errötete und sagte leise: »Aber doch nit da, Joseph, vor alle Leut!«

»G'rad da *vor alle Leut*!« sagte Joseph nachdrücklich.

Einen Augenblick kämpfte Wally zwischen Verlangen und holder Verlegenheit. Einen Mann zu küssen vor allen Leuten, das war für ihren keuschgewöhnten, spröden Sinn eine schwere Überwindung. Aber da stand er vor ihr, der herzliebe Mann, der Augenblick – für den sie Jahre ihres Lebens, ja ihr Leben selbst freudig hingegeben – war da – und sie sollte ihn zurückweisen um der paar Zuschauer willen, die ja nichts aushaben konnten, wenn sie ihren Bräutigam küsste. Sie hob das schöne Antlitz zu ihm auf, und seine Augen hafteten eine Sekunde auf den blühenden, schwellenden Lippen, die sich den seinen näherten, dann schob er sie mit einer unwillkürlichen Bewegung sanft von sich weg und sagte leise: »Nein, so nit! 's schießt kei rechter Jaga a Wild anders als im Sprung oder im Flug, des hab i dir schon amal g'sagt. *Abkämpfen* will i dir den Kuß, g'schenkt will i ihn nit – und wenn i a Madel wär wie du – tät i mich au nit so wohlfeil hergeben. Wehr dich, Wally, und mach mir's nit leichter, als du's die andern g'macht hast, sonst is für mich kei Ehr dabei!«

Eine flammende Röte der Scham hatte sich über Wallys Gesicht ergossen. Sie hätte in die Erde sinken mögen! Hatte sie denn so ganz vergessen, was sie sich schuldig war, dass der Freier sie daran erinnern musste? Es wurde ihr förmlich rot vor den Augen – es war, als schlüge ihr eine Blutwelle über dem Kopf zusammen. Und sich in ihrer ganzen Größe aufrichtend, maß sie sich mit ihm flammenden Blicks: »'s is recht«, rief sie, »du sollst's haben. – Du mußt au wissen, wer die Geier-Wally is. Jetzt schau, ob du den Kuß kriegst!«

Ihr war zum Ersticken. Sie riss sich das Halstuch ab und stand da in ihrem silbergenestelten Samtmieder und dem weißen Linnenhemd, dass Josephs Augen mit Staunen auf dem wundervollen entblößten Hals hafteten: »Schön bist – so schön, als d' bös bist«, murmelte er, und jetzt sprang er auf sie zu wie der Jäger auf ein Wild, dem er den G'nickfang geben will, und schlang den starken Arm um ihren Nacken. Aber er kannte die Geier-Wally nicht. Mit einem gewaltigen Ruck war sie frei, und ein schadenfrohes Gelächter von allen, denen es einst auch nicht besser ergangen war, erscholl, das Joseph wütend machte. Jetzt packte er das Mädchen mit Armen von Eisen um den Leib, aber sie gab ihm einen Stoß auf die Herzgrube, dass er aufschrie und zurückfuhr. Neues Gelächter! Mit diesem Stoß, dessen Wirkung sie kannte, hatte sie sich immer gegen Zudringlichkeiten gewehrt, denn diesen Stoß hielt keiner aus. Joseph aber verbiss den Schmerz, und mit verdoppeltem Grimm warf er sich nun auf das Mädchen, fasste sie mit beiden Händen bei den Armen und suchte so seinen Mund dem ihren zu nähern, aber im Nu bog sie sich seitwärts ab, und nun entstand ein atemloses Ringen hin und her, auf und ab, eine schwüle Stille, nur zuweilen von einem Fluch Josephs unterbrochen. Wie eine Schlange bog und wand sich das Mädchen in seinen Armen herüber und hinüber, dass er nie den Mund erreichen konnte. Es sah nicht mehr einem Liebeskampf, – es sah einem Kampf auf Leben und Tod ähnlich. Dreimal hatte er sie zu Boden gedrückt, dreimal war sie wieder aufgeschnellt, er hob sie in seinen Armen empor, aber sie drehte sich immer so, dass er die Lippen nicht erreichte. Das feine Linnenhemd hing in Fetzen herab, das silberne G'schnür war in Stücke gerissen. Plötzlich kam sie los und floh dem Ausgang zu, er holte sie ein und riss sie wie im Sturm an sich. Es war eine zornglühende Umarmung. Wie heißer Dampf umwallte sie sein Atem. Sie lag an seiner Brust, sie fühlte sein Herz gegen das ihre schlagen, da verließ sie ihre Kraft, sie brach in die Knie vor ihm und sagte wie vergehend vor Schmerz und Scham und Liebe: »Da hast d' mich!«

»Ah!« ein schwerer Seufzer brach aus Josephs Brust. »Ihr habt's alle g'sehen?« fragte er laut – beugte sich nieder und drückte seinen Mund auf ihre heißen, zitternden Lippen. Ein Hurra erscholl jetzt von allen Seiten. Dann hob er sie auf, und fast besinnungslos sank sie ihm an die Brust.

»Halt!« sagte er streng und trat einen Schritt zurück; »mehr braucht's nit, 's is g'nug an dem *einen* Kuß. D' hast's jetzt g'sehn, dass i dich zwingen kann – und weiter will i nix!«

Wally starrte ihn an, als begriffe sie ihn nicht – sie wurde ganz erdfahl: »Joseph«, stammelte sie, »warum bist denn kommen?«

»Hast d' dir einbild't, i sei kommen, um dich z' freien?« sagte er; »du hast neulich auf der Prozession vor alle Leut g'sagt, die Afra wär mei Schatz, weil sie so leicht z'haben war – und der Bären Joseph hätt nit's Kurasch, dass er mit der Geier-Wally anbind't. Hast d' wirklich g'moant, dass a Kerl, der Ehr im Leib hat, so was auf sich und 'n braven Madel sitzen laßt? I hab dir nur zeigen wollen, dass i's so gut mit dir aufnimm wie mit 'n Bären oder sonst 'n Untier, und den Kuß, den i dir abg'nommen hab, den bring i der Afra als Sühnungskuß für das Unrecht, das d' ihr an'tan hast! Jetzt merk dir's für 'n andersmal, wann dich der Übermut wieder sticht! Ich hoff, du laßt dir's jetzt vergehen, arme, brave Mädeln öffentlich Spott und Schand anz'tun – denn du hast's jetzt amol selber g'spürt, wie's tut, wann ma ausg'lacht wird!«

Ein schallendes Gelächter beschloss von allen Seiten Josephs Rede. Der aber wehrte missmutig den Beifall ab: »Ihr habt's g'sehen, dass i Wort g'halten hab. Jetzt will i noch nach Zwieselstein, die Afra beruhigen, denn das gute G'schöpfl hat's nit g'wollt und g'moant, dass i der Höchstbäuerin 'n Schabernack antun will. B'hüt Gott mitsammen!«

Er ging, aber alles lief mit ihm, denn der Spaß war zu schön gewesen. Der Bärenjoseph, das war einer! Der hatte der stolzen Höchstbäuerin einmal den Meister gezeigt!

»Des war ihr g'sund, der Stolzen!«

»Des g'schiecht ihr recht!«

»Joseph, des is dei best's Stück'l!«

»Wenn des 'rumkommt, will sie koaner mehr.«

So lachten die abgewiesenen Freier im Chor um Joseph her, und alles drängte lustig plaudernd nach.

Der Tanzboden war leer – nur zwei waren bei Wally zurückgeblieben: Vinzenz und Benedikt. Wally stand noch immer an derselben Stelle und regte sich nicht. Es war, als lebe sie nicht.

Vinzenz beobachtete sie mit untergeschlagenen Armen. Benedikt trat zu ihr hin und fasste sie leise am Arm: »Wally – nimm dir's nit so zu Herzen – wir sind auch noch da und wollen dir G'nugtuung verschaffen. Wally! red doch – was soll'n wir tun – wir sind ja zu allem bereit, sag nur, was d' willst!« Da regte sie sich, und ihre großen Augen leuchteten geisterhaft in dem leichenfarbenen Gesicht auf. Sie öffnete und schloss ein paarmal die Lippen, ein Wort wollte sich daraus hervorringen, aber es war, als fehle ihr der Atem dazu. Endlich, als stieße sie es aus ihrem tiefsten Leben heraus, mehr ein Schrei als ein Wort: »Tot will i'n haben!«

Benedikt fuhr zurück: »Wally – Gott bewahr dich!«

Vinzenz aber trat mit funkelnden Augen auf sie zu: »Wally, is des dei Ernst?«

»Mei blutiger Ernst!« Sie hob die Hand zum Schwur auf, die Hand war ganz starr, und die Nägel bläulich wie abgestorben. »Wer den seiner Afra tot vor die Fuß legt – den heirat i, so wahr i die Walburga Strommingerin bin!«

12. In der Nacht

Durch das stille, schlafende Haus des Höchsthofs ging ein seltsames, gleichmäßiges Dröhnen unaufhörlich die ganze Nacht hindurch. Die Mägde fuhren wohl zuweilen aus dem Schlaf auf und wussten nicht, was sie hörten, schliefen aber wieder drüber ein. Die Dielen krachten, und die Balken waren in einem beständigen leisen Schwanken.

Es war Wally, die ohne Unterbrechung mit schwerem Schritt auf und nieder ging und mit sich, mit dem Schicksal, mit der Vorsehung rang im Todeskampf ihres sterbenden Herzens. Zerrissen – die Kleider um sie her, zerschmettert auf dem Boden die holzgeschnitzte heilige Walburga, der Christus mit dem Kreuz, die Heiligenbilder – alles in Trümmer zerschlagen – in ohnmächtiger Wut.

Sie war halb entkleidet, und das aufgelöste Haar hing ihr zerzaust auf die nackten Schultern nieder.

In dem Lichtstock qualmte ein rotleuchtender Span, und in dem zitternden Schatten verzerrten sich die Züge des zerbrochenen Christuskopfes am Boden und schienen sich zu beleben. Sie blieb im Vorbeischreiten bei den Trümmern stehen: »Ja, grins' nur – du haltst mich nimmer für Narren. Und keiner von euch! Götzenbilder seid's, von Holz und Papier, die kein'm helfen könne! Ös hört's koa Gebet und koa'n Fluch. Und die, die es vorstellt's, stecken Gott weiß wo, und lacheten uns aus, wenn sie's sehen könnten, wie wir vor'me Stück'l Holz knien!« Und sie stieß die Trümmer unter ihr Bett, um nicht im Gehen gehindert zu sein.

Da fiel in der Ferne ein Schuss. Wally blieb stehen und horchte – alles war still. Sie hatte sich wohl getäuscht. Warum nahm ihr das Geräusch den Atem? Sie konnte doch nicht einmal sagen, ob es nur wirklich ein Schuss war? Wie der Blitz fuhr es ihr durch den Kopf: »Wenn in dem Augenblick der Vinzenz den Joseph erschossen hätt!« Doch das war ja Unsinn, der Joseph war ja ruhig daheim – oder vielleicht gar in Zwieselstein bei seiner Afra!

Sie schlug den Kopf an die Wand in namenloser Qual bei dem Gedanken, und Bilder stiegen vor ihrer Seele auf, die sie wahnsinnig machten! Oh, wär er nur tot, tot, dass sie das nicht mehr zu denken brauchte! Sie riss das Fenster auf, um Luft zu schöpfen.

Hansl, der auf einem Spalier vor dem Fenster geschlafen, erwachte und kam schlaftrunken herbeigeflattert. »O du!« rief Wally, streckte ihm die Arme entgegen und presste ihn an die Brust – er war ja ihr alles, ihr letztes auf der Welt.

Da – ein zweiter Schuss und diesmal deutlicher von der Richtung nach Zwieselstein her. Sie ließ den Geier los und fuhr sich mit der Hand nach dem Herzen, als hätte sie der Schuss selbst getroffen. Warum nur dieses Erschrecken? Der unbedeutende Zufall hatte ihr plötzlich die ganze entsetzliche Tat, die sie gestern heraufbeschworen, vor die Seele geführt. Sie musste immer wieder denken, wie es wäre, wenn der Schuss, den sie eben gehört, Josephs Haupt zerschmettert hätte, und eine wilde, wahnsinnige Freude überkam sie. Nun gehörte er ihr, nun konnte er keine andere mehr küssen. Und wie sie so darüber nachdachte, da war es ihr, als wäre es wirklich geschehen, sie sah ihn in seinem Blut am Boden, sie kniete bei ihm nieder, sie nahm sein Haupt auf ihren Schoß und küsste das bleiche Gesicht – das bleiche, schöne Gesicht – sie sah es ganz deutlich vor sich! Aber da – da überkam sie plötzlich ein Mitleid mit dem armen toten Mann – ein heißes, unaussprechliches Mitleid – sie rief ihn an mit allen Namen der Liebe, sie schüttelte, sie rieb ihn – umsonst, er wurde nicht mehr lebendig! Eine unnennbare Angst erfasste sie. Nein, nein, das durfte nicht geschehen – er durfte nicht sterben – lieber sie selbst!

Es war, als hätte vorher ein Krampf ihr ganzes Herz zusammengeschnürt, dass kein menschliches warmes Blut mehr durch ihre Adern floss, und als hätte sich jetzt erst der Krampf gelöst, und die warme Welle strömte wieder dem Herzen zu. Sie musste hinaus, sie musste sehen, ob Vinzenz zu Hause sei – sie musste ihn sprechen, noch vor Tag – musste ihm sagen, dass das Grässliche nicht geschehen dürfe – sie war wie im Fieber, alle Pulse schlugen ihr – sie hatte die Tat gewollt, begehrt – aber schon der Gedanke, dass sie geschehen sei, löschte ihren Zorn, und sie verzieh.

Sie warf ein Tuch über und eilte hinaus über den Hof, durch die Gärten dem Haus des Vinzenz zu. Was würde er, was würden die Leute von ihr denken? Ach, das war ja ganz einerlei – was lag jetzt noch daran!

Sie erreichte das Haus. In Vinzenz' Kammer zu ebener Erde brannte Licht – sie schlich sich heran, sie konnte durch das verschobene Vorhängchen hineinschauen – es nahm ihr fast den Atem – die Stube war leer, der Kienspan tief heruntergebrannt. Sie ging ums Haus, die Tür war nicht verschlossen. Sie öffnete leise und trat ein, alles still – wie ausgestorben. Die Knechte und Mägde schliefen noch fest, sie schlich durchs ganze Haus, nichts rührte sich – Vinzenz war fort! Eiseskälte durchrieselte Wallys Glieder. Sie ging in seine Schlafkammer, das Bett war verlegen, er musste darin gelegen haben, aber bald wieder aufgestanden sein – die Sonntagskleider hingen am Kleiderrechen, aber die Werktagskleider fehlten. Auch kein Hut war da. Sie suchte in der Wohnstube: der Nagel, wo sonst die Büchse hing, war leer.

Wally stand da wie gelähmt. Sie wusste nicht, wie sie wieder zum Haus hinauskam. Vor der Tür musste sie sich auf eine Bank setzen, ihre Füße trugen sie nicht weiter. Sie versuchte sich Trost zuzusprechen; er war eben, unruhig, wie er war, auf irgendein nächtliches Wild gegangen – was sollte er denn dem Joseph tun, der schlief ruhig irgendwo – es schüttelte sie – auf einem weichen Pfühl, und am Tage, wo alles auf war, konnte ihm ja niemand was tun.

Das war das böse Gewissen, das ihr solchen Schrecken einjagte, und sie begrub das Gesicht in den Händen: »Wally, Wally, was ist aus dir 'worden!« Beschimpft, verhöhnt, erniedrigt vor den Menschen – und vor Gott eine Verbrecherin! Wo war Wasser genug, sie zu reinigen? Da unten, da brauste die Ache – die, ja, die konnte alles abwaschen –

wenn sie sich in diese kalte Flut hinabstürzte – dann war alles weggespült – ihr Weh – und ihre Schuld, das ganze unselige Ding, das nur zu Schreck und Kampf geschaffen war – mit eins vernichtet – vorbei! Ja, das war Erlösung – wozu sparte sie sich noch auf? In Stücke das unnütze Gehäus, das die Seele gefangen hielt in Banden der Schuld und des Schmerzes! Sie sprang auf – aber sie konnte nicht weiter; sie sank wieder auf die Bank zurück. Hing denn dies zertretene, erstorbene Herz immer noch mit einem unsichtbaren Faden am Leben? Da – Gott sei gelobt – ein Schritt über den Rasen – da kam Vinzenz! Jetzt konnte sie ja mit ihm reden – jetzt konnte noch alles gut werden.

»Alle Heiligen!« schrie Vinzenz auf, als sie ihm entgegentrat – »da bist du?« Er schaute sie an wie ein Gespenst. Wally sah in der Morgendämmerung, dass er bleich und verstört war; den Stutzen hatte er über der Schulter.

»Vinzenz«, sagte sie leise, »hast was g'schossen?«

»Ja!«

»Was denn?« Sie schaute nach seiner Jagdtasche, sie war leer.

»Hochwild!« flüsterte er.

Wally erbebte. »Wo hast's?«

»In der Ach liegt er!«

Wally fasste ihn am Arm, ihre Augen stierten ihn an wie im Irrsinn. »Wer?«

»Fragst noch?«

»Der Joseph?« schrie Wally auf und schlug taumelnd an die Wand.

»'s war harte Arbeit!« sagte Vinzenz und wischte sich die Stirn; »hab selber nit g'meint, dass er mir so bald vor'n Schuss kommt. Weiß der Deifel, was den in der Nacht noch umetrieben hat. Hab denkt, i wollt mich früh aufmachen, dass i am Morgen glei in Sölden wär, eh er aufstünd – da lauft er mir schon beim ersten Schritt in d' Händ. Aber 's war noch z'finster, die erste Kugel hat'n gefehlt und die zweit hat'n nur g'streift. Schwindlig muß's 'm aber doch wor'n sein, denn aufm Steg hat er g'strauchelt und sich am G'länder g'hoben. Den Augenblick hab i gnutzt, bin von hint auf'n g'sprungen und hab'n übers G'länder 'nunterg'stoßen!«

Aus Wallys Brust drang ein Stöhnen wie das Röcheln einer Sterbenden, und wie ein Geier, der sich auf seine Beute stürzt, warf sie sich plötzlich auf Vinzenz und packte ihn mit beiden Händen am Hals: »Du lügst – Vinzenz, du lügst, 's is nit wahr, 's kann nit sein – sag, daß's nit wahr is – oder i bring dich um.«

»Bei meiner armen Seel'n, 's is wahr! Hast g'meint, der Vinzenz b'sinnt sich lang, wenn's was für dich z'tun gibt?«

»O du Mörder, du feiger boshafter Meuchelmörder«, schluchzte Wally auf, und ihr ganzer Körper bebte: »So hinterrücks, so heimtückisch, so niederträchtig hab i's nit g'wollt! Im ehrlichen Kampf, hab i g'meint, sollt er sterben. Verflucht seist in Zeit und Ewigkeit – verflucht und verworfen diesseits und jenseits! Was tu i dir nur? Mit Nägel und Zahn sollt i dich zerreißen!«

»Also des is mei Dank«, knirschte Vinzenz; »hast du's mich nit g'heißen?«

»Und wenn i's dich so g'heißen hätt – so! – hast du's deswegen tun müssen?« fieberte Wally. »Ma sagt manchmal was im Zorn, was ein' nacher reut – hätt'st nit warten könne, bis i zur B'sinnung komme wär nach dem furchtbaren Schlag? Oh, hätt'st nur a paar Stunden g'wartet. Aber die Bosheit hat dich trieben, und du hast's nit derwarten könne, bis d' sie hast auslassen dürft.«

»So recht, schieb jetzt nur alles auf mich!« murmelte Vinzenz, »und hast doch dei Teil Schuld so gut wie i!«

»Ja«, sagte Wally, »i hab's, und i werd's mit dir büßen. Für uns zwei gibts kei Erbarmen. Da heißt's Blut um Blut« – knirschte sie, fasste Vinzenz am Kragen und riss ihn mit sich fort.

»Wally – laß ab von mir – was willst denn? Herrgott, is des mei Lohn? Erbarmen, Wally, du erwürgst mich – wohin schleppst mich denn?«

»Wo wir zwei hing'hören« – war die dumpfe Antwort, und fort ging es, wie wenn ihn ein Sturmwind gefasst hätte, die Anhöhe hinan bis zum Steg wo's jäh in die Ache hinabgeht – wo die Tat geschehen war. »Da 'nunter«, war das einzige furchtbare Wort, das sie ihm ins Ohr donnerte, »wir zwei – mit'nander!«

»Jesus Maria!« schrie Vinzenz entsetzt auf, »du hast mir g'schworen, dass du mein Weib wirst, wenn i die Tat tu, und jetzt willst mich umbringe?!«

Wally schlug wieder ihre schreckliche Hohnlache auf: »Du Narr, wenn i mich mit dir da 'runterstürz – sind wir zwei dann nit vereint auf ewig? Was? Willst dich noch wehren um dei Wolfsleben?« Und mit Riesenkraft umklammerte sie ihn und drängte ihn an das niedere Geländer, ihn mit sich hinabzureißen in die dämmergraue Tiefe.

»Hilfe!« schrie Vinzenz unwillkürlich auf und – »Hilfe« tönte es schwach – geisterhaft, wie ein Echo, aus der Tiefe!

Wally stand wie versteinert und ließ von Vinzenz ab. Was war das? War es ein Spuk? »Hast du des g'hört?« fragte sie den Vinzenz.

»'s war das Echo!« stammelte der, und die Zähne schlugen ihm zusammen.

»Still! Noch einmal!«

»Hilfe!« klang es wieder wie ein Hauch aus dem Abgrund herauf!

»Alle guten Geister, das is er – er lebt – er hängt wo – er ruft! Ja – i komm, Joseph, wart, Joseph – i komm!« schmetterte sie mit Posaunenton in die Schlucht hinab, und mit Posaunenstimme schrie sie die Schläfer heraus und flog durchs Dorf und schlug an alle Türen. »Zu Hilf! Zu Hilf! – 's is einer verunglückt, rettet – helft, um Gottes Barmherzigkeit willen – 's geht um Leben und Tod!«

Und der Schreckensruf jagte die Leute aus den Betten, die Fenster wurden aufgerissen. »Was is's, was soll's?«

»Der Joseph – der Hagenbach is in 'n Abgrund g'stürzt« – schrie Wally – »Seil – schafft Seil her – schnell, nur schnell, 's kann schon z'spät sein – vielleicht is's z'spät, bis wir dort sind!«

Und wie der Wind flog sie allen voran nach Hause und in die Scheuer und raffte zusammen, was da war an Stricken und knüpfte die Stücke zusammen mit zitternden Händen, aber wie sie auch knüpfte, Schnüre und Stränge und Seile, es waren ja immer nicht genug, in die Untiefe hinabzureichen, in der er lag – Gott weiß wo!

Indessen kamen die Männer gerannt, halb noch ungläubig, halb entsetzt ob der schrecklichen Kunde, und brachten Stricke und Haken geschleppt und Laternen, denn es war, als wollte es heute nicht Tag werden, und es war ein Fragen und Rufen, eine Ratlosigkeit, denn seit Menschengedenken war hier oben niemand verunglückt, und sie waren hier auf der breiten Hochebene nicht vorgesehen mit Rettungswerkzeugen wie an anderen Orten, wo schwindelnde Felspfade und tückische Klüfte und Spalten alljährlich ihr Opfer fordern. So kamen sie zu der Unglücksstelle, und banges Grausen ergriff die Kaltblütigsten, als sie sich über das Geländer beugten und hinabschauten in die grau-verschwommene Kluft, in der nichts zu sehen war als wallende Nebel, die über dem Wasser brauten. Vinzenz war verschwunden – es war öd und totenstill weit und breit in Höhe und Tiefe. Wally schickte einen Juchschrei hinab, dass die Lüfte zitterten – alles lauschte mit gespanntem Atem – keine Antwort.

»Joseph – wo bist?« rief sie nochmals mit einer Stimme, als habe der Angstschrei der ganzen gequälten, verzagenden Menschheit sich zusammengeballt in dem einen Ton – alles blieb still.

»Er antwortet nimmer – er is tot«, schluchzte Wally auf und warf sich verzweifelt zu Boden, »jetzt is alles vorbei!«

»Vielleicht is er nur von sich oder so schwach, dass er nimmer rufen kann«, tröstete der alte Klettenmaier und raunte Wally ins Ohr: »Bäuerin – denk an die Leut!«

Sie erhob sich und wischte sich das zerraufte Haar aus der Stirn. »Bindet die Strick z'sammen, steht's nit so unschlüssig da – auf was wartet ihr denn?« Die Männer sahen sich zweifelhaft an. »Probiert muß es werden, ob er nit z'finden wär«, sagte Klettenmaier.

Die Männer begannen kopfschüttelnd an den Seilen zu nesteln. »Wer soll sich an dem Geknüpf 'nunterlassen?«

»Wer?« sagte Wally, und ihre dunklen Augen leuchteten geisterhaft aus dem bleichen Gesicht: »I werd's tun!«

»Du, Wally – du bist nit g'scheit – das tragt kaum ein'n, noch weniger zwei«, – meinten die Männer und ließen ratlos die Arme sinken; da bleibt nix übrig, als ma schickt in die Dörfer und laßt Seil z'samm'holen –«

»Und derweil stürzt er vollends in die Tiefe, wenn ihn's Bewusstsein verlaßt und 's is zu spät!« schrie Wally in Verzweiflung. »I wart's nit ab, bis die kommen – gebt her – wickelt das Geknüpf auf und zeigt, wie lang es is! Auseinander! Vorwärts! –« Sie schüttelte das Gewirr von Strängen auseinander und prüfte seine Länge und Stärke, und unwillkürlich griffen die Männer wieder zu, sie wickelten das mächtige Knäuel auf, und die Anstalten fingen an, zweckvoll und planmäßig zu werden. Die Männer traten an, die Kette zu bilden. »Langen könnt's am End scho – aber 's tragt keine zwei!« »'s braucht keine zwei z'tragen, i laß'n allein 'naufziehen. Wo er Platz zum Liegen hat, hab i au Platz zum Stehen. Sowie i festen Fuß g'faßt hab, bind i mir den Strick los und ihn dran. Dann ziecht ihr ihn 'nauf und i wart so lang unten, bis 's Seil wieder kommt –«

»Das geht nit, allein kann man ihn nit 'raufbringen, denn wenn er schwach und von sich wär, tat er ja zerschlagen und zerschunden werden, wenn niemand bei ihm ist, der'm hilft und ihn von der Felswand abstemmt!«

Wally stand wie vom Donner gerührt – daran hatte sie nicht gedacht. So sollte es dennoch scheitern – sie sollte ihn nicht erreichen, als vielleicht dort unten im kalten Bett der Ache! Zwei trug das Seil nicht, das sah sie selbst ein. »In Gottes Namen«, sagte sie endlich, und trotz des Fiebers, das sie schüttelte, stand sie jetzt da, würdevoll gefasst und gebietend in ihrem festen Entschluss, gürtete sich das Seil um den Leib und nahm den Alpstock in die Hand. »So laßt mich 'nunter, dass i'n wenigstens such! Wenn i'n find, so bleib i so lang bei ihm und halt ihn, bis ihr noch Strick z'sammbracht habt und sie uns 'runterlaßt. I wart's geduldig ab da drunten und wann i stundenlang zwischen Erd und Himmel hängen müßt, bis das Seil kam!«

Da hielt sie der alte Klettenmaier zitternd am Arm; »Wally – Wally – tu's nit, sie sagen ja alle, dass das Geknüpf nicht sicher sei! Wenn's dann sein muß, so laß mich 'nunter, was liegt an mei'm alten Leben – wann i au nix helfen kann, man sieht wenigstens, ob die Stricke fest sind, und reißen's, so bin's nur i, der abstürzt und nit du!«

»Ja, Wally, hör auf ihn«, sagte ein anderer, »er hat recht, tu's nit! Wart noch, b'sinn dich noch, bis Hilf von die Ortschaften kommt!«

Da hob Wally die Arme auf, dass alles um sie auseinanderwich: »Wie i noch a Kind war, hab i mich nit b'sonne, den *Geier* aus 'm Nest z'holen über'm Abgrund – und i sollt mich jetzt b'sinne, den Joseph z'holen? Sag mir keiner mehr was – i will, i muß zu ihm! Macht – tretet an – wickelt ab – haltet fest!« Und da war sie über das Geländer gesprungen, und die Männer, welche die Kette bildeten, mussten sich mit allen Kräften stemmen, so jäh war der Ruck an dem Seil.

»Gott steh uns bei!« bekreuzigte sich Klettenmaier und rannte fort, als wäre ihm bei Wallys letzten Worten etwas eingefallen. Alles starrte mit Entsetzen ihr nach, wie sie langsam tiefer sank in das Nebelgewog hinein, bis es sie verschlungen hatte und sich über ihr schloss, vielleicht auf Nimmerwiedersehn. Lautlos wie um ein Grab standen die Leute um die Stelle herum, wo sie verschwand. Das straffgespannte Seil allein gab noch Kunde von den Bewegungen der todesmutigen Taucherin in dem Wolkenmeer – und alle Augen hafteten auf ihm, ob es reißt, ob es sie trägt. Und so oft wieder einer der rasch geschürzten Knoten abgewickelt ward, schlug jedes Herz banger: »Wird er halten?«

Und auf den Stirnen der die Kette bildenden Männer perlte der Schweiß, und unwillkürlich prüften die Hände beim Abwickeln noch einmal den Knoten, an dem ein Menschenleben hing. – So schlich bleiern schwer Minute um Minute hin, als wäre auch die Zeit an ein Seil gebunden, das dunkle Mächte nicht losließen. – Immer noch zieht und wuchtet das Seil, noch immer muß sie hängen, hat noch nicht festen Fuß gefasst.

»Es geht zu End«, ruft der letzte von der Kette, »'s wird nit langen.«

»Jesus Maria, steh uns bei!« riefen alle durcheinander, »'s langt nit!«

Nur noch wenige Ellen sind übrig und immer noch kein Zeichen von unten, dass Wally am Ziel. Die Männer drängen sich zusammen, so dicht sie können, an den Abgrund, sie lassen nach von dem Seil, so viel noch möglich. – Wenn's nicht reichte, wenn alles umsonst wäre, und sie müßten die arme Wally wieder heraufziehen, um noch einmal den Todesweg anzutreten!

Da – da lässt das Seil plötzlich nach, es wird schlaff – ein furchtbarer Augenblick! Ist es gerissen oder hat seine Last Boden gefunden?

Die Weiber beten laut – die Kinder schreien. Die Männer fangen an, langsam aufzuwickeln, aber nur ein paar Hände – da widersteht das Seil! Es ist nicht gerissen, es hält – Wally hat Fuß gefasst! Und jetzt – horch! ein verhallender Ruf aus der Tiefe – und aus allen Kehlen bricht noch angstzitternd die Antwort. Wieder wird das Seil schlaff, sie wickeln nach, das wiederholt sich ein paarmal, es scheint, Wally klimmt an der Felswand empor. Mittlerweile ist es Tag geworden, aber ein feiner, kalter Regen rieselt herab, und immer dichter wird das Nebelgemeng dort unten. Jetzt nimmt das Seil plötzlich eine schräge Richtung, es zerrt stark nach rechts, die Männer geben ihm nach und ziehen sich von der linken auf die rechte Seite des Wegs, Wally scheint immer höher zu steigen, sie müssen immer mehr aufwickeln. »Gott sei Dank«, sagen einige, »er muß nit so tief gefallen sein – wenn er noch so weit oben liegt, kann er leben!« »Vielleicht sucht's nur!« meinten andere. Jetzt ein Ruck am Seil, dann ein plötzliches Nachlassen und ein markerschütternder Schrei.

»'s is gerissen!« kreischten die Leute.

Nein, es spannt sich wieder an – vielleicht war's ein Freudenschrei – vielleicht hat sie ihn *gefunden!* Die Weiber liegen auf den Knien, selbst die Männer beten, denn wenn sie auch alle die übermütige »Höchstbäuerin« gehasst hatten – für die opfermutige Dirn, die da drunten im Chaos in Todesnot schwebt, bangt jeder, der ein Menschenherz in der Brust trägt. Wenn nur ein Sonnenstrahl durch den Nebel dringen wollte, nur einen Augenblick! Da stehen sie alle und schauen und können nichts entdecken und müssen es der Zeit, der langsam schleichenden, überlassen, was sich enthüllen wird.

Das Seil steht, aber kein Ton dringt mehr von unten herauf. Ist es gerissen und hängt nur an einer Felszacke, während Wally schon zerschmettert in der Ache liegt? Warum kein Zeichen, kein Juchzer? Und noch Stunden können vergehen, ehe Hilfe von den Ortschaften kommt.

Niemand wagt ein Wort zu sprechen – alles horcht mit gespanntem Atem. Da rennt der Klettenmaier herbei, rufend und winkend.

»Da schaut's, was i bring!« Er trägt ein vollständiges Rettungsseil über der Schulter. »Unserm Herrgott sei Dank! I hab g'hört, dass sie was vom Geier g'sprochen hat, da is mir eing'fallen, dass die Luckard selig das Seil aufg'hoben hat, wodran damals der Stromminger die

Wally zum Geier 'nunterg'laßt hat – und da – da hab i's richtig g'funden aufm Speicher unter allem alten G'rümpel 'raus.«

»Des is a Fund!« »Klettenmaier, dich schickt unser Herrgott!« riefen die Leute durcheinander. »Gott geb's, dass wir's noch brauchen«, sagte der Dorfälteste und sah mutlos auf das Rettungswerkzeug; »sie gibt kei Zeichen mehr!«

»'s zupft am Seil«, schrie der Vorderste von der Kette, und zugleich tönte ein Ruf herauf, so nahe, dass man es verstehen konnte, wenn alles still war: »Noch kei Hilf da?«

»Ja, ja!« schallt es jubelnd aus aller Mund. Ein eiserner Widerhaken wird als Anker an das Tau geknüpft, eine zweite Kette wird gebildet, und nun wird es hinabgesenkt in die undurchdringlich verschleierte Tiefe. Der Dorfälteste kommandiert – denn das Aufziehen der beiden Seile muß streng zusammengehen, damit Wally bei dem Verunglückten bleiben und ihn unterstützen kann. Nicht halb so tief, wie Wally zuerst gesunken war, geht das Seil nieder, da wird es schon von unten gefasst und angehalten.

»Nachlassen«, befiehlt der Älteste, »denn Wally muß ein paar Ellen frei haben, dem Joseph das Seil umzugürten.« »Genug!« schallt das Kommando, und wie Soldaten auf dem Spürgang stehen die Männer und harren des Weiteren. Wieder ein paar Minuten Pause, sie muß die Schlinge sicher und bedacht machen, damit der vielleicht leblose Körper nicht so nah am Ziel wieder in den Abgrund stürzt.

»Knüpf's fest, Wally«, keucht der Klettenmaier vor sich hin.

»Ja, Jesus, wenn sie 'n nur gut anbind't«, wiederholen die Leute.

Ein dreimaliger Ruck an beiden Seilen zugleich. »Aufziehen!« befiehlt der Älteste, und es ist, als zittre ihm die Stimme dabei.

Die Männer beider Ketten stemmen die Füße fest in die Erde, weit hintenübergebogen, an Schenkeln, Armen und Stirnen schwellen die Adern auf, die nervigen Fäuste ziehen auf, und das Aufwinden der wuchtigen Lasten beginnt – eine furchtbare, verantwortungsvolle Arbeit – *ein* Nachlassen, und alles ist verloren.

»Langsam!« mahnt der Älteste: »Aufanand schauen!«

Es ist ein feierlicher Augenblick. Selbst die Kinder wagen nicht, sich zu rühren. Man hört nichts weit und breit, als das Stöhnen der schwer arbeitenden Männer.

Jetzt – jetzt kommt es durch den Nebel – deutlicher, immer deutlicher – Wally taucht auf, mit einem Arm den leblosen Körper unterstützend, der in dem Rettungsseil hängt, und mit dem andern Arm den Alpstock kraftvoll gegen die Felswand stemmend, um sich und ihn vor dem Zerschellen zu schützen. So gleichsam rudernd steigt sie aufwärts durch das Luftmeer. Und jetzt endlich sind sie da, nah am Rand – noch ein Ruck, und sie können gefasst werden.

»Festhalten«, kommandiert der Älteste – jeder Atem stockt – der letzte Augenblick ist der schwerste, wenn noch in diesem Augenblick das Seil risse!

Aber nein, die Vordersten der Kette bücken sich, sie packen sie mit sicherem Griff, die Hintermänner halten fest an den Stricken.

»Auf!« stöhnt's aus dem Munde der Vorderen, sie werden herübergehoben – da sind sie – auf festem Boden – und ein heulendes Freudengeschrei macht den gepressten Herzen Luft. Wally ist stumm über dem leblosen Körper Josephs zusammengesunken. Sie hört nicht, sie sieht nicht, wie alles sich um sie drängt und sie lobt und preist – sie liegt mit dem Angesicht auf seiner Brust – ihre Kraft ist zu Ende.

13. Zum Vater zurück

In Wallys Kammer auf Wallys Bett liegt Joseph bewusstlos ausgestreckt. Es ist ruhig und still um ihn her. Wally hat alles hinausgeschickt, sie kniet vor dem Bett, hat das Gesicht in die gerungenen Hände versteckt und betet: »Herr Gott, mei Gott, erbarm dich, und laß'n leben – nimm mir alles, alles, aber laß'n leben! I will ja nix mehr von ihm, i will ihn ja meiden, i will ihn der Afra lassen – nur sterben soll er nit!« Und dann steht sie wieder auf und macht ihm frische Umschläge auf den Kopf, wo das Blut aus einer klaffenden Wunde rinnt, und auf die Brust, die der Fels zerrissen hat, und wirft sich über ihn hin, als wollte sie mit ihrem Leib die Pforten schließen, aus denen sein Leben entströmt. »O du armer Bua, du armer Bua, so zerschlagen, zerbrochen – o die Sünd, die Sünd! Wally, Wally, was hast da g'macht – hätt'st dir nit lieber selber 's Messer ins Herz g'stoßen – hätt'st 'n nit lieber mit der Afra Hochzeit halten sehen, und wärst still hing'gangen und g'storben, als dass d'n jetzt da liegen hast, und mußt'n verenden sehen, wie a Viech, was der Metzger schlecht 'troffen hat?«

So klagte sie laut hinaus, während sie ihn verband, und wühlte in ihrem Innern mit derselben Härte gegen sich selbst, mit der sie sich sonst an andern gerächt. Hätte sie gekonnt, sie hätte mit ihren eigenen Händen ihr Herz zerfleischt in der wilden, wahnsinnigen Reue, die sie erfasste. Da ging leise die Tür auf. Wally sah sich erstaunt um, denn sie hatte verboten, dass man sie störe. Es war der Pfarrer von Heiligkreuz. Wally stand da wie vor ihrem Richter, bleich, bis ins Innerste erbebend.

»Gott sei gelobt!« rief der alte Herr – »da ist er ja!« Er ging auf das Bett zu und betrachtete und befühlte Joseph. »Du armer Tropf! Du bist übel zugerichtet!«

Wally biss die Zähne zusammen bei diesen Worten, um nicht laut aufzuschreien.

»Wie habt ihr ihn wieder heraufgebracht?« fragte der Pfarrer, aber Wally konnte nicht antworten.

»Nun, dem Herrn sei Dank, dass er das Ärgste verhütete in seiner Gnade«, fuhr der alte Herr fort. »Vielleicht kommt er wieder auf, und du hast dann wenigstens keinen Mord auf dem Gewissen, wenngleich die Absicht vor dem ewigen Richter so schwer wiegt wie die Tat!«

Wally wollte sprechen.

»Ich weiß alles«, sagte er streng, »der Vinzenz war auf seiner Flucht bei mir und hat mir alles gebeichtet, von deiner Lieb und seiner Eifersucht. Ich habe ihm die Absolution verweigert und ihn in die päpstliche Armee geschickt, dort mag er sich durch gute Dienste für den Heiligen Vater die göttliche Verzeihung erwerben oder sein Verbrechen mit dem Tode büßen. »Was aber soll ich mit dir anfangen, Wally?« Er sah sie mit seinen klugen Augen durchdringend und traurig an.

Da schlug Wally beide Hände vors Gesicht und schrie laut auf: »O Hochwürden – i bin so furchtbar g'straft, dass mich kei Mensch mehr ärger strafen kann. Da liegt, was mir 's Liebste war auf der ganzen Welt, und stirbt – und i muß mir sagen, dass i selber schuld dran bin! Kann's denn noch a größer's Elend geben? Braucht's noch mehr?«

Der Geistliche nickte mit dem Kopfe: »So weit hast du's also richtig gebracht – ein rohes Scheit Holz bist geworden, mit dem man die Leute totschlägt! – Wie ich dir's gesagt habe, so ist es gekommen, du hast dem Messer Gottes nicht Macht über dich gelassen, und nun verwirft dich der Herr und lässt das harte Holz im Fegfeuer der Reue brennen!«

»Ja, Hochwürden, so is's – aber i weiß a Wasser, was das Feuer löscht! Wann der Joseph stirbt, dann spring i in die Ach 'nunter. Dann ist alles vorbei.«

»O über die Törin! Meinst, das sei ein Brand, den irdisches Wasser löschen könne? Meinst wirklich, du kannst mit dem irdischen Leib auch die unsterbliche Seele ersäufen! Die würde in Flammenqual ewiger Reue lodern, und wenn alle Meere sich über dich ergössen!«

»Was soll i denn tun?« sagte Wally dumpf; »was kann i denn tun, als sterben?«

»Leben kannst und leiden, das is mehr als sterben!«

Wally schüttelte den Kopf, ihre dunkeln Augen starrten ohne Richtung vor sich hin. »I kann nit, – i spür's – i kann nit leben, die seligen Fräulein stoßen mich 'nunter – 's is ja alles kommen, wie's mir's im Traum an'droht haben: da liegt der Joseph zerschmettert und zerschlagen, und i muß ihm nach, das is so b'schlossen, und des muß sich so begeben, dagegen kann kei Mensch!«

»Wally, Wally!« rief der Pfarrer und schlug entsetzt die Hände zusammen. »Was redest du! Die seligen Fräulein? Was selige Fräulein! Um Himmels willen, leben wir denn in der grauen Heidenzeit, wo die Menschen noch glaubten, böse Geister trieben ihr Spiel mit ihnen? Ich will dir sagen, was die seligen Fräulein sind: deine eigenen wilden Leidenschaften sind es! Hättest du dein maßloses, gewalttätiges Wesen bezähmen lernen, wäre der Joseph nicht in den Abgrund gestürzt worden. Das ist wohlfeil, die eigene Schuld auf den Einfluß feindlicher Mächte schieben. Dafür ist der wahre Gott zu uns gekommen, um uns erkennen zu lehren, dass wir das Böse in uns selbst tragen und es in uns bekämpfen müssen. Bezwingen wir uns selbst, so bezwingen wir auch die geheimnisvollen Mächte, welche selbst die Riesen der Vorzeit zum Untergang trieben, weil diese ihnen bei all ihrer Stärke keine sittliche Kraft entgegenzusetzen hatten. – Und mitsamt deiner Stärke, deiner Härte und deinem Trotz bist du doch nur ein armseliges, schwaches Ding, solange du nicht kannst, was jede schlichte einfältige Magd des Herrn vollbringt, die in strenger Klosterzucht tagtäglich ihres Herzens liebste Wünsche auf Gottes Altar opfert und sich selig preist! Hättest du nur einen Schimmer von solcher Größe in dir, du brauchtest dich vor keinem der ›seligen Fräulein‹ mehr zu fürchten, und nicht deine dummen Träume schrieben dir dein Schicksal vor, sondern dein eigener, klarer, bewußter Wille! Denk einmal drüber nach, ob das nicht vornehmer wäre und größer!«

Wally lehnte am Bettpfosten, es war, als sei sie gehoben von einer neuerwachten großen Erkenntnis. »Ja!« sprach sie kurz und bestimmt und kreuzte die Arme über der hochwogenden Brust – »Ihr habt recht, Hochwürden – i versteh's, wie Ihr's meint, und will's probieren.«

»Ich will's probieren« – wiederholte der alte Herr, »das hast du mir schon einmal gesagt, aber nicht gehalten.«

»Diesmal halt i's, Hochwürden!« sagte Wally, und der Geistliche bewunderte im stillen den Ausdruck, mit dem sie die wenigen Worte sprach.

»Welche Bürgschaft gibst du mir dafür?« fragte er.

Da legte Wally die Hand auf Josephs wunde Brust, und aus ihren Augen quollen zwei große Tränen. – Kein gesprochenes Gelübde konnte mehr sagen. Der weise Priester schwieg jetzt, er wusste, mehr bedurfte es nicht!

Der Verwundete drehte sich im Bett um und murmelte einige unverständliche Worte.

Wally machte ihm einen frischen Umschlag auf den Kopf, er öffnete die Augen halb, schloss sie aber gleich wieder und fiel in seinen todesähnlichen Schlummer zurück. »Wenn doch nur endlich der Physikus käm!« sagte Wally und setzte sich auf einen Schemel neben dem Bett. »Wieviel Uhr mag's denn sein?« Der Pfarrer sah nach der Uhr: »Wann hast du denn nach ihm geschickt?«

»Früh um fünf.«

»Dann kann er noch nicht da sein. Es ist erst zehn Uhr, und bis Sölden sind's doch drei Stunden.«

»Erst zehn Uhr!« wiederholte Wally leise, und den Geistlichen erbarmte es, wie sie so still dasaß, die Hände im Schoß gefaltet, während ihr vor Angst das Herz schlug, dass man es hören konnte.

Er beugte sich über den Kranken und befühlte ihm Kopf und Hände. »Ich meine, du könntest dich beruhigen, Wally, der kommt mir nicht vor wie ein Sterbender.«

Wally saß unbeweglich und starrte vor sich hin: »Wenn der Physikus kommt und saget, er könn am Leben bleiben, dann wünsch i mir auf dera Welt nix weiter.«

»Das ist gut gedacht, Wally, das hör ich gern!« lobte der Pfarrer. »Und nun erzähl mir auch, wie es mit Josephs Rettung gegangen ist – das kürzt uns die Zeit ab, bis der Arzt kommt.«

»Da is nit viel z' erzählen!« erwiderte Wally kurz.

»Nun, es ist immer eine schöne Tat, die den Männern von der Sonneplatte alle Ehre macht!« meinte der Geistliche; »warst du denn nicht dabei?«

»Freili!«

»Nun, so sei doch nicht so einsilbig. Ich habe auf dem Herwege mit niemand gesprochen und weiß ja noch gar nichts. Wer hat ihn denn heraufgeholt?«

»I!«

»Gott sei mir gnädig! Du, Wally, du selbst?« rief der alte Herr und schaute Wally starr vor Staunen an.

»Ja – i!«

»Aber wie hast du das angefangen?«

»Sie haben mich am Seil 'nunterg'laßt, und da hab i'n g'funden zwischen 'n Felsen und 'n Zirbenstamm einklemmt. Wär das Bäumel nit g'wesen, war er in die Ach 'nunterg'stürzt, und kei Mensch hätt'n mehr lebendig 'raufgebracht.«

»Kind, das ist ja eine große Tat!« rief der alte Herr ganz außer sich.

»No ja«, sagte sie ruhig, fast hart. »Wann i'n hab 'nunterschmeißen lassen, muß i'n doch au wieder 'raufholen.«

»Du hast recht, das ist nicht mehr als billig«, sagte der Pfarrer, mit Mühe seine Bewegung unterdrückend. »Aber es ist nichtsdestoweniger eine Tat der Sühne, die einen Teil der Schuld von deiner armen Seele nimmt.«

»Des is alles nix!« sagte Wally kopfschüttelnd. »Wann er stirbt, so hab i'n doch umbracht.«

»Das ist wahr, aber du hast Leben für Leben hingegeben – hast das deine eingesetzt, um das seine zu retten – damit hast du gutgemacht, was du verbrochen, soweit es in deinen Kräften stand – den Ausgang müssen wir Gott überlassen!«

Ein tiefer Seufzer drang aus Wallys Brust, sie konnte den Trost nicht empfinden, der in den Worten des Priesters lag. »Den Ausgang müss'n wir Gott überlassen!« wiederholte sie aus gepresstem Herzen.

Das Auge des Geistlichen ruhte mit Wohlgefallen auf ihr. Diese Seele konnte Gott nicht verwerfen, trotz ihrer schweren Mängel und Fehler. So alt er auch geworden – er hatte nicht ihresgleichen gefunden im Guten wie im Bösen. Er schaute auf den Kranken, der in der Bewusstlosigkeit trotzig die Faust ballte. Er zürnte ihm fast, dass er das Herrlichste verschmähte, was die Erde einem Mann bieten kann: solch eine Liebe, dass er durch seine Sprödigkeit ein Herz verhärtete, das so edel geschaffen, so großartiger Hingebung fähig war. »Du dummer Bauernbub!« brummte er unmutig zwischen den Zähnen.

Wally sah ihn fragend an, sie hatte ihn nicht verstanden.

Da klopfte es an die Tür, und zugleich trat auch der Physikus herein.

Wally zitterte so, dass sie sich am Bettpfosten halten musste. Das war der Mann, an dessen Lippen für sie Erlösung und Verdammnis hing. Eine Menge Leute drängte sich mit herein, um zu hören, was er sagen würde, aber er wies sie kurz zurück. »Hier ist kein Ort für Neugierige, der Kranke muß die äußerste Ruhe haben!« sagte er streng und schloss die Tür. Er sprach überhaupt nicht viel. Als er dem Kranken die Kopfbinde abnahm, brummte er nur zwischen den Zähnen: »Da ist wieder ein Verbrechen im Spiel!«

Wally stand dabei, bleich und starr, wie eine Bildsäule, der Pfarrer sah sie absichtlich nicht an, er fürchtete, sie aus der Fassung zu bringen. Die Untersuchung begann, banges Schweigen herrschte in dem kleinen Zimmer. Wally stand mit abgewandtem Gesicht am Fenster, während der Arzt den zerschundenen Körper untersuchte und die Sonde einführte. Sie hatte etwas vom Boden aufgehoben, hielt es zwischen den krampfhaft verschlungenen Händen und drückte wie zum Kuß die Lippen darauf, es war das dornumwundene Haupt des Erlösers, den sie in der Nacht zertrümmert hatte. »Verzeih – verzeih«, betete sie in zitternder Todesangst. »Erbarm dich meiner – i verdien's nit – aber laß dei Erbarmen größer sein als mei Schuld!«

»Keine der Wunden ist tödlich«, sagte jetzt der Arzt in seiner trockenen Art: »der Kerl muß Knochen haben wie ein Mammut.«

Jetzt verließ Wally ihre Kraft, die zu lange angespannte Sehne riss, und laut aufschluchzend stürzte sie vor dem Bett auf die Knie und begrub das Gesicht in Josephs Kissen. »Oh, Gott sei Dank! – Gott sei Dank!«

»Was hat denn die?« fragte der Arzt. Der Pfarrer gab ihm ein Zeichen, das er verstand.

»Nehmt Euch zusammen, Höchstbäuerin, und helft mir die Verbände anlegen«, sagte er.

Sogleich sprang Wally auf, wischte die Tränen aus den Augen und griff hilfreich zu. Der Geistliche beobachtete sie mit heimlicher Freude, wie sie dem Arzt an die Hand ging, so geschickt und umsichtig wie eine barmherzige Schwester. Sie zitterte nicht, weinte nicht mehr, es war ein ruhiges, stilles Walten, ein rechtes Walten der Liebe. Und eine Verklärung lag dabei auf ihrer Stirn, eine Verklärung im Schmerz – dass der Pfarrer sie kaum wiedererkannte.

»Die *wird* noch – die *wird*!« sagte er glückselig zu sich selbst, wie der Gärtner, der eine aufgegebene Lieblingspflanze plötzlich neue Sprösslinge treiben sieht. Als der Verband fertig war und der Arzt alles Weitere anordnete, ging der Pfarrer mit ihm hinaus, und Wally blieb allein bei Joseph. Sie setzte sich auf den Schemel neben dem Bett und stützte die Arme auf die Knie. Er atmete jetzt ruhig und gleichmäßig, seine Hand lag auf der Decke dicht neben ihr, sie hätte sie küssen können, ohne sich von der Stelle zu rühren. Aber sie tat es nicht, ihr war, als dürfe sie nun keinen Finger mehr von ihm berühren. Hätte er sterbend oder tot dagelegen, sie hätte ihn mit Küssen bedeckt wie vorhin, wo sie ihn verloren glaubte – der Tote hätte ihr gehört – an dem Lebenden aber hatte sie kein Recht. So war er ihr gestorben in dem Augenblick, wo der Arzt sagte, dass er leben würde, und sie begrub ihn mit Todesweh in ihrem Herzen, während sie die Botschaft seiner Auferstehung empfing wie eine Botschaft der Erlösung. So saß sie lange regungslos, und ihr Auge haftete auf Josephs schönem bleichen Antlitz – sie litt, was ein Menschenherz leiden kann, aber sie litt geduldig. Sie seufzte nicht und klagte nicht, sie ballte nicht, wie früher, die Fäuste im Grimm ihres Schmerzes – sie hatte das Schwerste gelernt in dieser Stunde: sie hatte dulden gelernt. Was hätte sie denn noch für ein Recht gehabt, sie, die Schuldbeladene, sich zu beklagen – was verdiente sie denn Besseres? Wie hätte sie ihn denn noch für sie begehren dürfen – sie, die fast seine Mörderin geworden wäre – wie hätte sie noch das Auge zu ihm erheben gedurft? Nein, sie wollte sich nicht mehr beklagen. »Lieber Gott, laß mich's büßen, wie du magst – denn kei Straf ist zu groß für so eine wie i bin!« betete sie und neigte das Antlitz demütig auf die gerungenen Hände nieder.

Da ward die Tür aufgerissen, und mit dem Schrei: »Joseph, mei Joseph!« stürzte ein Mädchen herein, an Wally vorbei, und warf sich weinend über Joseph hin. Es war Afra. Wally war aufgesprungen, als hätte sie eine Schlange berührt – einen Augenblick dauerte der Kampf in ihr – der letzte, schwerste Kampf. Sie umfasste sich gleichsam selbst mit den Armen, als wolle sie sich festhalten, um sich nicht auf das Mädchen zu stürzen und es von dem Bett – von Joseph wegzureißen. So stand sie eine Weile, während Afra heftig auf Josephs Brust schluchzte, dann fielen ihr die Arme wie gelähmt herab, und auf ihrer Stirn perlte kalter Schweiß. Was wollte sie denn? Die Afra war ja in ihrem Recht!

»Afra«, sagte sie leise, »wenn du den Joseph liebhast, so sei still und ruhig und mach kei so G'schrei – der Doktor hat g'sagt, der Joseph müßt Ruh haben!«

»Wer kann da still sein, der a Herz im Leib hat und sieht den Buab'n so daliegen?« wehklagte Afra. »Du hast gut reden, du kannst scho ruhig sein, du hast'n nit so lieb, wie i'n hab. Der Joseph is mei alles – wenn mir der stirbt, dann bin i ganz alleinig auf der Welt: o Joseph, lieber Joseph – wach auf, schau mich an – nur einmal – sag nur a Wört'l –« und sie schüttelte ihn in ihren Armen.

Aus Josephs Mund drang ein leises Stöhnen, und er lallte ein paar unverständliche Worte.

Da trat Wally hinzu und fasste Afra fest, aber ruhig am Arm, in ihrem bleichen Gesicht zuckte kein Muskel.

»Jetzt will i dir was sagen, Afra! Der Joseph ist da unter *meiner* Obhut, und i bin verantwortlich dafür, dass alles so g'schiecht, wie's der Doktor g'sagt hat, und das is *mei* Haus, in dem du da bist, und wenn d' nit tust, was i dir sag, und dem Joseph Ruh laßt, wie's der Doktor will, so brauch i mei Hausrecht und schick dich vor die Tür, bis du soweit zur Vernunft kommen bist, dass du die Pfleg bei dem Joseph übernehmen kannst – nacher«, die Stimme zitterte ihr – »nacher laß i'n dir!«

»Oh, du bös Ding du –« rief Afra leidenschaftlich, »zum Haus willst mich 'nauswerfen, weil i um den Joseph wein? Meinst, 's haben alle Leut so a hart's Herz wie du, und könne bei so'me Elend dastehe wie a Stock? Laß mein Arm loß? I hab a besser's Recht an den Joseph als du, und wenn d' mi nit schreien hören magst, so heb i mein Joseph auf und laß mir'n heimtragen zu mir! Da darf i wenigstens weine, so viel i mag! I bin nur a arme Magd – aber wenn i mei Lebtag dafür umsonst diene müßt, so will i'n lieber selber verpflegen, in mei'm Stübel, als dass i mir von dir die Tür weisen laß – du stolze Höchstbäuerin du!«

Wally ließ Afras Arm los, sie stand vor ihr mit dem bleichen Gesicht und dem Zug von Todesweh um den stummen Mund, dass Afra beschämt die Augen niederschlug, als ahne sie, dass sie ihr Unrecht getan.

»Afra«, sagte Wally, »du brauchst nit so g'hässig gegen mich zu sein, i verdiens nit um dich, denn für dich hab i'n aus'n Abgrund geholt – nit für mich – und für dich wird er leben, nit für mich! Schau, Afra, noch vor einer Stund hätt i dich eher erwürgt, eh i dich an das Bett da gelassen hätt – aber jetzt is mei Trotz 'brochen und mei Stolz und – mei hart's Herz!« hauchte sie vor sich hin. »Und so mach i dir freiwillig Platz, denn dich hat er gern, und von mir will er nix wissen. Du brauchst den kranken Buaben nit forttragen z'lassen. Bleib du ruhig mit ihm da – i geh scho eh! I wär doch 'gange! Ös könnt's da aufm Höchsthof sein, so lang es möcht'st – i werd das mit dem, dem er g'hört, seinerzeit scho ausmachen. Und i werd für euch sorgen in allem, denn ös seid's alle zwei arm und könnt's nit heiraten, wenn ös nix habt's. Vielleicht segnet ihr dann später amol die Geier-Wally.«

»Wally, Wally!« rief Afra; »Jesus, was denkst nur? I bitt dich – o Joseph – Joseph! Wenn i nur reden dürft!«

»Laß's gut sein«, wehrte Wally – »sei still, dem Joseph z'lieb – sei still! Laß mich jetzt ruhig gehen – und plag mich nit. I muß fort – halt mich nit auf! Aber eins bitt i dich: pfleg ihn guat. Gelt, du versprichst mir's, dass i ruhig gehen kann?«

»Wally«, bat Afra, »tu mir das nit an, geh nit! Jesus, was wird der Joseph sagen, wenn er erfahrt, dass wir dich aus dei'm eignen Haus vertrieben hab'n!«

»Spar alle Wort, Afra«, sagte Wally streng, »wenn i amol was g'sagt hab, *bleibt 's* dabei, da könnt kommen, was wollt!«

Sie ging zur Truhe und nahm Kleider und Wäsche heraus, die schnürte sie zusammen in ein Bündel und warf es über die Schulter. Dann nahm sie aus einer Schachtel ein Päckchen Linnen: »Schau, Afra«, sagte sie, »das is alte feine Leinwand, die brauchst zum Verband, und da is gröbere, die nimmst zur Charpie, die braucht der Doktor heut abend, wann er wiederkommt. Schau, da hast die Scher, da mußt so fingerlange Fleckeln schneiden. Mach's pünktlich, hörst? Und alle Viertelstunden mußt ihm'n frischen Umschlag auf'n Kopf machen, daß's d'Hitzen 'rausziegt. Gelt, i kann mich drauf verlassen, dass d' nix versäumst? Denk, wenn i'n 'rauf g'holt hätt aus'm Abgrund – und i müßt's erleben, dass du, du – was versäumt hätt'st in der Pfleg! – Und schaust, er soll alleweil hoch liegen mit'm Kopf, daß's Blut abi lauft – schütt'l ihm immer recht die Kissen auf. – Jetzt wird's wohl alles sein – jetzt weiß i nix mehr. Ach Gott, du wirst'n nit heben und nit legen können wie i – du hast die Kraft nit! Nimm dir den Klettenmaier zu Hilf – der meint's treu. Und so leg i'n denn in deine Hand«, – die Stimme versagte ihr, ihre Knie zitterten, sie vermochte kaum das Bündel zu halten, das sie trug – einen letzten Blick warf sie nach dem Kranken hinüber: »B'hüt Gott!« Dann war sie zur Tür hinaus.

Draußen sprach der Pfarrer mit Klettenmaier.

Wally trat zu ihnen hin.

»Klettenmaier!« rief sie dem Knecht ins Ohr, »geh hinein und hilf der Afra den Joseph pflegen. Die Afra is jetzt da an meiner Statt. Der Joseph bleibt aufm Höchsthof, und i geh fort, ös sollt's alle den Joseph als Höchstbauern betrachten und ihm folgen, als wenn i's wär, bis i wiederkomm, und weh Euch, wenn er was z'klagen hätt! Künd's dem G'sind an!«

Der Klettenmaier hatte verstanden und schüttelte den Kopf, aber zu fragen traute er sich nicht. »Adjes, Bäuerin«, sagte er, »kommt's bald wieder!«

»Nie«, sagte Wally leise.

Klettenmaier ging ins Haus. Wally stand vor dem Pfarrer und hielt seinen prüfenden Blick aus. »Jetzt g'hört nix mehr mir, wodran mir mei Herz hangt, als der Geier«, sagte sie erschöpft – »aber den gib i nit her – der muß mit mir. Komm, Hansel«, lockte sie den Vogel, der aufgedunsen und faul auf dem Spalier saß. Er kam schwerfällig zu ihr herangeflogen. »Jetzt mußt wieder fliegen lerne, Hansel, ’s geht wieder fort.«

»Wally«, sagte der Geistliche bekümmert, »was hast du vor?«

»Hochwürden – i muß fort – die *Afra* is drin! Gelt das seht’s ein, dass i da nit bleiben kann? I will ja alles tun, i will zeitlebens arm und bloß auf der Landstraß wandern und ihm alles lassen, alles – aber nur nit zusehn, wie er die Afra herzt – nur des nit – des *kann* i nit!« Sie biss die Zähne zusammen, um die neuaufquellenden Tränen zurückzuhalten.

»Und du willst ihm wirklich Haus und Hof abtreten? Weißt du auch, was du da tust, mein Kind?«

»Der Höchsthof g’hört nimmer mir, Hochwürden – seit gestern weiß i, dass er ’m Vinzenz g’hört, wenn er ’n Anspruch darauf erhebt. Aber mei Vermögen, was i sonst noch hab – soll dem Joseph g’hören. Wenn der Joseph wegen mir lahm wird und kann sei Brot nit mehr verdienen – i’s mei verfluchte Schuldigkeit, dass i für’n sorg.«

»Ist’s möglich, wie?« rief der Geistliche, »dein Vater hat dich an Haus und Hof enterbt?«

»Was liegt mir noch an Haus und Hof? Das Haus, in das i g’hör, is immer bereit!«

»Kind!« rief der Geistliche beunruhigt, »ich hoffe nicht, dass du dir ein Leid antun wirst?!«

»Nein, Hochwürden – jetzt nimmer! I siech’s jetzt ein, wie recht Ös in allem habt’s, und dass sich unser Herrgott nix abtrotzen laßt. Vielleicht – wann er siecht, dass i ehrlich büß, erbarmt’s ihn doch, und er gönnt meiner armen Seel’ ’n Frieden!«

»Nun, die Stunde sei gesegnet, wie schwer sie auch war, die deinen harten Sinn gebrochen hat! Jetzt, Wally, bist du wahrhaft groß! Aber, wo gehst du hin, mein Kind? Willst du in ein barmherziges Stift, soll ich dich zu den Karmeliterinnen bringen?«

»Nein, Hochwürden, des tut’s der Geier-Wally nit an. I kann mich nit in Mauern und Zellen einsperren lassen – unter Gottes freiem Himmel, wie i g’lebt hab, will i sterben. – I tät meinen, durch so dicke Wänd käm unser Herrgott nit durch. I will büßen und beten wie in der Kirch, aber Felsen und Wolken muß i um mich hab’n, und der Wind muß mir um d’ Ohren sausen, sonst halt i’s nit aus! Gelt, das seht’s ein?«

»Ja, Wally, das seh ich ein, und es wäre Torheit, wollte ich dir Zwang antun, aber wo ziehst du hin?«

»I geh wieder zu mei'm Vater Murzoll z'ruck. – Da is doch mei einzige Heimat!«

»Tu, was du nicht lassen kannst«, sagte der Pfarrer. »In Gottes Namen, mein Kind! Ich sehe dich ruhig scheiden, denn wohin du jetzt auch gehst – du gehst zum *Vater* zurück!«

14. Gnadenbotschaft

Hoch oben auf dem einsamen Ferner, bei dem steinernen Vater, sitzt wieder das ausgestoßene, einsame Menschenkind, als wär es hierher gebannt, wie ein Teil des schwindelnden Felsens, von dem es hinabschaut auf die kleine Welt da unten, die keinen Raum hatte für das große, fremde, in Wildnis und Gletscherstürmen gereifte Herz. Die Menschen haben es verjagt und verstoßen, und es hat sich erfüllt, was der Traum verheißen, dass der Berg es annahm an Kindes Statt. – Den Bergen gehört es; Stein und Eis sind seine Heimat – und dennoch kann es nicht selbst versteinern, und das arme, heiße Menschenherz verblutet sich schweigend hier oben zwischen Stein und Eis!

Zweimal hat die glänzende Mondesscheibe zu- und wieder abgenommen seit dem Tag, da Wally hier die letzte Zuflucht gesucht. Keines Talbewohners Antlitz hat sie gesehen. Nur der Pfarrer hatte den alten, gebrechlichen Leib einmal zu ihr heraufgeschleppt und ihr berichtet, dass Joseph in der Genesung sei. Ferner, dass die Anzeige von Italien gekommen, Vinzenz habe sich bald nach seiner Einkleidung erschossen und ihr sein ganzes Besitztum vermacht. Da hatte sie die Hände über dem Knie gefaltet und leise gesagt: »Dem ist wohl, der hat's kurz g'macht!« – als beneide sie ihn.

»Aber was tust du nun mit dem vielen Geld?« hatte der Geistliche gefragt – »wer soll denn deine unermeßlichen Besitztümer verwalten? Zugrunde darfst du sie doch nicht gehen lassen.«

»Geld und Gut wie Heu – und was hilft's mir – nicht ein glückliches Stündel kann i mir damit kaufen. – Wenn noch a Zeit drüber hingange is, dass i wieder an was denken mag, dann geh i 'nunter nach Imst und mach's g'richtlich, dass mei Sach dem Joseph g'hören soll. I b'halt nur so viel, dass i mir weiter unten am Berg a kloans Haus für'n Winter bauen kann, aber jetzt muß i noch Ruh haben – jetzt kann i für nix sorgen. Verwaltet's mei Hab und Gut, Hochwürden, und sorgt's, dass das G'sind sei Sach recht hat – und gebt die Armen, was sie brauchen; 's soll kei Armer mehr auf der Sonneplatten sein von heut an!«

So hat sie kurz wie am Rande des Jenseits ihre zeitlichen Angelegenheiten geordnet; es blieb ihr nur noch zu harren, bis ihre Stunde komme – die Stunde der Erlösung.

Es war, als habe Gott ihr damals durch den Mund des Pfarrers gesagt: »Du darfst nicht zu mir kommen, als bis ich dich selbst hole.« Und nun wartet sie, bis er sie hole, aber wie lange – wie furchtbar lange konnte das dauern? Sie blickte auf ihren gewaltigen Körper – der war nicht angelegt auf ein frühes Ende, und doch gab es für sie ja keine Hoffnung mehr als den Tod! Sie sah es ein, dass sie ein Leben nicht gewaltsam enden dürfe, das der Buße geweiht sein sollte – aber sie dachte – helfen dürfe sie doch dem lieben Gott, sie aufzulösen, wann es ihm gefalle – und so tat sie alles, was auch den festesten Körper zerstören kann. Das war ja kein Selbstmord, wenn sie nur so viel Nahrung zu sich nahm als nötig, um nicht zu verhungern – Fasten gehört ja zum Büßen –, und wenn sie sich Tag und Nacht dem Sturm und Regen preisgab, wo selbst der Geier sich in eine Felsspalte verkroch, dass allmählich Nässe, Frost und Mangel die gesunde Natur unterwühlten. Es war kein Selbstmord, wenn sie Felsen erklomm, die wohl nie ein menschlicher Fuß bestiegen – nur um dem lieben Gott die Gelegenheit zu geben, dass er sie hinabstürzen könne – wenn er wolle! Und sie sah mit einer Art grausamer Freude nach und nach den schönen Leib zerfallen, sie fühlte ihre Kraft erlahmen – sie sank oft müde zusammen, wenn sie weit umhergeirrt war; und wenn sie kletterte, zitterten ihr die Knie, und das Atmen wurde ihr schwer. So saß sie eines Tages müde da, auf einer der höchsten Spitzen Murzolls. Um sie her ragten weiße Zacken und Blöcke von Eis übereinander empor, es sah aus wie ein Kirchhof im Winter, wo die beschneiten Grabsteine in Reihen nebeneinander stehen, von keinem Reis, keiner Blume mehr umrankt. Unmittelbar ihr zu Füßen das grünschimmernde Eismeer mit seinen erstarrten Wogen, das sich hinabzog bis zum Übergang über das Joch. Tiefste Kirchhofsruhe lag über der regungslos erstarrten Welt hier oben. Traumhaft von mittäglichen Dunstschleiern umwoben lag die Ferne mit ihren unermeßlichen Gebirgszügen. Similaun, das braune Riesenhorn nebenan, ward umschmeichelt von einer kleinen, lichten Wolke, die sich kosend an ihn schmiegte, aufstieg, sich wieder senkte, um endlich an den scharfen Kanten des furchtbaren Felsens zu zerreißen, zu zerfließen.

Wally lag auf den Ellbogen gestützt, und ihr Auge folgte mechanisch dem Treiben der kleinen Wolke. Die Mittagssonne stach herab auf ihren Scheitel, der Geier saß nicht weit von ihr, putzte sich gelangweilt das Gefieder und dehnte faul die Schwingen. Plötzlich ward er unruhig, drehte wie horchend den Kopf, machte einen langen Hals und flog kreischend ein Stück höher hinauf.

Wally erhob sich ein wenig, um zu sehen, was das Tier erschreckte. Da, mitten über das glatte, rissige Eismeer kam eine menschliche Gestalt daher, gerade auf den Felsen zu, wo Wally saß. – Wally erkannte die dunklen Augen, den schwarzen Schnurrbart – sah das freundliche Grüßen und Winken und hörte den Jodler, den er heraufschickte, wie einst vor Jahren, da sie ihn von der Sonneplatten herab mit dem Fremden durch die Schlucht ziehen sah – sie selbst noch ein hoffendes, unschuldsvolles Kind, noch nicht vom Vater verflucht und verstoßen, noch keine Brandstifterin, noch keine Mörderin. – Wie eine ganze Gegend, von einem Blitz erleuchtet, plötzlich mit Höhen und Tiefen aus dem Dunkel tritt – so stand wie mit einem Schlage die Kette des Verhängnisses vor ihrer Seele, und sie übersah mit Schaudern die ganze Tiefe ihres Falles.

Was war sie damals – und was war sie jetzt? Was suchte, der sie damals nicht gesucht, was suchte er jetzt bei der Gerichteten, bei der lebendig Toten?

Sie stierte hinab mit unaussprechlichem Entsetzen: »Herr Gott, er kommt!« – schrie sie ganz laut und klammerte sich in Todesangst an den Felsen an, als wäre es die Hand ihres steinernen Vaters. »Joseph, bleib unten – nit da rauf – um Gottes Barmherzigkeit willen, kehr um – geh fort – i kann dich nit sehen!« Aber Joseph hatte im raschen Anlauf den Felsen genommen und stieg herauf zu ihr. Wally verbarg ihr Gesicht in dem Gestein und streckte abwehrend die Hände gegen den Andringenden aus: »Kann ma denn nirgends allein sein auf dera Welt?« schrie sie, am ganzen Leibe zitternd. – »Hörst denn nit? Du sollst mich lassen. Mit mir kannst nix haben – i bin tot – so gut wie tot! Oh, kann i denn nit amol ruhig sterben?«

»Wally – Wally, bist denn vom Verstand?« rief Joseph und riss sie mit starken Armen vom Felsen los wie ein dran festgewachsenes Moos. »Schau mich an, Wally – um Gottes willen – warum willst mich denn nit sehen? I bin's ja, der Joseph, dem du's Leben g'rettet hast – so was tut ma doch nit für'n Menschen, den ma nit mag?!«

Er hielt sie in den Armen, sie war auf ein Knie gesunken, sie konnte weder vor noch zurück, sie konnte sich nicht wehren – sie war nicht mehr die Wally von einst, sie war matt und entkräftet. Wie ein Opfertier neigte sie das Haupt gebrochenen Blickes, als habe sie der letzte Streich getroffen.

»Jesus, Dirndl, wie schaust aus – als wolltest sterben! Ist des noch die stolze Höchstbäuerin? Wally, – Wally – red doch was – b'sinn dich doch! – Das kommt davon, wenn man lebt wie a Wilde. Da oben könnt ma scho gar 's Reden verlerne.

Du bist ja ganz hinfällig wor'n, komm, stütz dich auf mich, i führ dich 'runter in dei Hütt'n. I bin zwar g'rad au noch kei Held, aber a bissel mehr Kräft hab i doch noch wie du. Komm – da oben wird's ei'm ja schwindlig, und i hab gar viel mit dir z'reden, Wally – gar viel!« Wally ließ sich fast willenlos Schritt für Schritt von ihm hinabführen. Ohne zu sprechen, leitete er ihren unsicheren Tritt über das Eismeer und hinab der Hütte zu. Dort aber war gerade der Hirt, und so hielt er an und ließ das Mädchen auf eine Matte von Berggras niedergleiten. Sie saß da mit gefalteten Händen, still und ergeben. Es war wohl so Gottes Wille, dass er ihr auch diese Prüfung noch schickte, und sie betete nur um Standhaftigkeit.

Joseph lagerte sich neben sie, stützte das Kinn auf die Hand und schaute ihr mit den glühenden Augen in das verhärmte Gesicht. »I hab viel an dir gut z'machen, Wally«, sagte er ernst – »und i wär scho lange komme, wenn mich der Doktor und der Pfarrer g'lassen hätt, aber sie haben g'sagt, 's könnt mich's Leben kosten, wenn i z'früh auf'n Berg aufistieg, und da hab i denkt, 's wär doch schad – denn – jetzt möcht i g'rad erst recht leben, Wally«, – er fasste ihre Hand – »seit du mir's Leben g'rettet hast! – Denn wie i das g'hört hab, da hab i g'wußt, wie's um dich steht – und so steht's um mich au, Wally!« Er streichelte ihr sanft die Hand.

Wally riss ihm im jähen Schreck die Hand weg, es versetzte ihr fast den Atem.

»Joseph, jetzt weiß i, wo du 'naus willst! Du moanst jetzt, weil i dir's Leben g'rettet hab, müßt d' mich aus Dankbarkeit gern haben und am End gar die Afra im Stich lassen? Joseph, des laß dir nit beikommen, denn so wahr Gott im Himmel lebt – elend bin i und schlecht, aber so schlecht doch nit, dass i a Belohnung annehm, die i nit verdient und mir a Herz schenken ließ wie a Trinkgeld – a Herz, was i noch derzu aner andern stehlen müßt. Nein, des tut die Geier-Wally nit – Gottlob, dass es doch noch was Schlechts gibt, zu dem i nit fähig wär!« fügte sie leise wie für sich selbst hinzu. Und ihre ganze Kraft zusammennehmend, stand sie auf und wollte der Hütte zugehen, wo der Hirt saß und sich ein Liedchen pfiff. Aber Joseph hielt sie mit beiden Armen fest: »Wally – hör mich doch erst an!«

»Nein, Joseph«, sagte sie mit bleichen Lippen, »kei Wort mehr! I dank dir für dein guten Willen – aber du hast mich halt doch nit kennt!«

»Wally, i sag dir, dass d' mich anhören mußt – verstehst mich? Du mußt!« Er legte ihr die Hand auf die Schulter, und sein Blick haftete so gebieterisch auf ihr, dass sie wie gebrochen in sich zusammensank.

»So red«, sagte sie erschöpft und setzte sich unweit von ihm auf einen Stein.

»So is's recht – jetzt siech i doch, dass du auch folgen kannst«, sagte er gutmütig lächelnd.

Er streckte die schönen Glieder auf dem Rasen aus, den Tschoppen, den er ausgezogen hatte, legte er sich unter den Ellbogen und stützte sich darauf. Sein warmer Atem streifte Wally beim Sprechen. Sie saß regungslos mit gesenktem Blick, allmählich trieb der innere Kampf ihr eine dunkle Röte in das Gesicht, aber äußerlich blieb sie ruhig, fast starr.

»Schau, Wally – i will dir g'rad alles sagen, wie's is'«, fuhr Joseph fort: »I hab dich nie leiden mög'n, ob i dich scho nit kennt hab. Sie haben so viel von dir erzählt, wie herb und wild d' seist, und da hab i gar a schlechte Meinung von dir g'habt und hab nie nix von dir wissen g'möcht. Daß d' a schöne, g'schmache Dirn bist, des hab i alleweil g'seh'n, aber i habs nit seh'n *wollen*! So bin i dir alleweil aus'm Weg 'gange, bis die G'schicht mit der Afra passiert is – aber des konnt i dir nit so hingehen lass'n! – Schau, was ma der Afra tut, das tut ma mir, und wann der Afra a Leid's g'schiecht, so schneidt's mir ins Herz, denn woaßt – no – jetzt muß es halt doch 'raus, – mei Mutter wird mir's im Grab verzeihen: Die Afra – is mei Schwester!«

Wally zuckte zusammen und schaute ihn an wie im Traum. Er schwieg einen Augenblick und trocknete sich mit dem Hemdsärmel die Stirn: »'s is nit recht, dass i's ausplausch, aber du mußt's doch wissen, und du wirst's au nit weitersag'n. Mei Mutter hat mir's im Sterben anvertraut, dass sie, eh sie mein'n Vater kennt hat, drüben im Vintschgau dös Kind g'habt hat, und i hab's ihr in d' Hand 'ein versprochen, dass i für das Madel als Bruder sorgen will, deswegen hab i's drüben g'holt und ins ›Lamm‹ bracht, damit i's in der Nähe hab. Aber mir G'schwister hab'n uns 's Wort gegeben, dass mir's g'heim halten und unser Mutter nit noch im Grab verunglimpfen lassen. – Gelt, das siechst ein, dass i mei Schwester nit ung'straft kränken lassen kann und für sie einstehen muß, wann ihr eins z'nah tritt?«

Wally saß da wie eine Bildsäule und rang nach Atem. Ihr war, als drehten sich alle Ferner und die ganze Welt um sie her. Jetzt war ihr alles klar – jetzt verstand sie auch, was Afra an Josephs Bett gesprochen! Sie hielt sich mit beiden Händen den Kopf, als könne sie es nicht fassen. Wenn das so war, wie riesengroß wurde dann erst ihre Schuld! Nicht den herzlosen Mann, der sie um einer gemeinen Dirn willen beschimpft – den Bruder hätte sie töten lassen, der nur seine Pflicht gegen die Schwester erfüllte – einer armen Waise hätte sie die letzte Stütze im Leben genommen, um einer Wallung blinder Eifersucht willen? »Herr Gott, wenn das g'schehen wär!« sagte sie zu sich selbst. Ihr schwindelte, sie begrub das Gesicht in den Händen, und ein dumpfes Stöhnen drang aus ihrer Brust.

Joseph, der ihre Bewegung nicht beachtete, fuhr fort: »So is's komme, dass i mich im ›Lamm‹ vor alle Leut verschworen hab, i woll dir dein Hochmut austreiben und dir'n Schimpf antun wie du der Afra, und da hab'n mir den Streich mitanander ausg'heckt, der Afra zum Trotz, die 's nit hat haben woll'n. Und 's is au alles ganz guat gange, aber wie mir mitanand g'runge haben und du an mein'm Herz g'legen hast mit deiner schönen, lieben Brust und i dich küßt hab, da war mir's, als hätt i Feuer im Leib. I hab's nit Wort hab'n woll'n, weil i dir so lang feind war – aber 's is von Stund zu Stund ärger worden, und in der Nacht hab i mei Kopfkissen im Schlaf an mich 'preßt und hab g'meint, du seist's, und wie i dann aufg'wacht bin, da hab i laut 'nausgeschrien nach dir und bin aus'm Bett g'sprunge vor Jast und Hitz.«

»Hör auf, du bringst mich um«, wehrte Wally wie in Flammenglut getaucht. Aber er fuhr leidenschaftlich fort: »Dessentwegen hab i mich noch in der Nacht aufgemacht und bin auf d' Sonneplatte g'wandert. Daß i's nur g'rad sag – i hab dir noch vor Tag woll'n an dei Fensterl klopfen und hab mir's voller Freuden ausdenkt, wie schön's wär, wann'st dei verschlafen's Gsichtl zum Fenster außi stecken tät'st und i tat dich bei'n Kopf nehmen und abbusseln und dich um Verzeihung bitten tausend-, tausendmal! – Und da – da fahrt mir a Kugel am Kopf vorbei und glei d'rauf eine in d' Schulter, und wie i strauchel, springt einer von hint auf mich und stürzt mich übers G'länder. Und i hab scho g'meint, jetzt sei's mit der Lieb und mit allem vorbei. Aber da bist du komme, du Engel von a Madel, und hast dich meiner erbarmt und mich wieder aufi g'holt und für mich g'sorgt – o Wally!« Er warf sich vor Wallys Füße hin und legte ihr die gefalteten Hände in den Schoß: »Wally, i kann dir nit so danken wie i möcht – aber wenn ma alle Lieb von alle Menschen in der ganzen Welt z'samm nähm, so gäb's noch nicht soviel, als i dich liebhab!«

Jetzt brach Wallys mühsam behauptete Kraft – mit einem herzzerreißenden Schrei stieß sie Joseph von sich und warf sich in wilder Verzweiflung mit dem Angesicht zur Erde: »Oh, so glücklich hätt i werden könne – und jetzt is alles hin – alles, alles!«

»Wally – um Gottes Willen – i glaub wirklich, du bist irr! Was soll denn hin sein? Wenn du und i anand gern hab'n, so is ja alles guat!«

»O Joseph, Joseph, du weißt ja nit! Mit uns zwei kann's nie was werd'n, o du weißt nit, i bin verworfen und verurteilt, i darf nie dein Weib sein – tritt mich, schlag mich tot – i war's ja, die dich hat da 'nunterstürzen lassen!«

Joseph fuhr zurück vor dem furchtbaren Wort – er wusste noch immer nicht, ob Wally nicht im Irrsinn sprach. Er war aufgesprungen und blickte entsetzt auf Wally.

»Joseph«, flüsterte Wally und umfasste seine Knie: »I hab dich liebg'habt, seit i dich kenn, und wegen dir hat mich mei Vater aufs Hochjoch g'schickt, wegen dir hab i ihm's Haus anzünd't, wegen dir bin i drei Jahr in der Einöd 'rumg'irrt und hab g'hungert und g'froren und hab lieber sterben wollen, als 'n andern Mann heiraten. Und mit der Afra bin i bloß so umgange aus Eifersucht, weil i g'moant hab, sie sei dei Schatz und nehm dich mir weg! Und endlich kommst zu mir nach lange, lange Jahr, die i auf dich g'wart hab, ziechst mich zum Tanz auf wie a Bräutigam, und i laß mich von dir küssen wie a Braut, und dann – dann verhöhnst mich vor alle Leut – verhöhnst mich für alle Lieb und Treu, für alle Trübsal, die i um dich ausg'standen hab, und da hat sich's halt ins Gegenteil verkehrt, und i hab Vinzenz g'sagt, er soll dich umbringe.«

Joseph schlug sich beide Hände vors Gesicht: »Das is gräßlich«, sagte er leise.

»In der Nacht hab i's dann bereut«, sprach Wally weiter, »und bin hingange und hab's wollen verhindern – aber da war's schon g'scheh'n, und jetzt sag'st mir, dass d' mich lieb g'habt hätt'st, und alles wär gut, wenn i mit reinem Gewissen vor dir stehen könnt. Um des alles hab i mich 'bracht mit meiner blinden Wut! Oh, i hab g'moant, s' gäb kei größer's Leid, als des, was du mir an'tan hätt'st, des is aber alles nix gegen des, was i mir selber an'tan hab, aber 's g'schiecht mir ganz recht – 's g'schiecht mir ganz recht!«

Es war lange still. Wally hatte die feuchte Stirn an Josephs Knie gedrückt, ihr ganzer Körper wand sich in Todesqual. Eine bange Minute schlich über sie hin. Da griff ihr eine Hand unters Kinn und hob ihr sanft das Gesicht in die Höhe, Josephs große Augen schauten sie mit einem wunderbaren Ausdruck an: »Du arme Wally!« sagte er leise.

»Joseph, Joseph, sei nit so guat gegen mich!« bebte Wally auf, »nimm dein Stutzen und schieß mich z'samm – i will dir still halten und nit zucken und dir danken für die Guattat!«

Da hob er sie vom Boden auf in seinen Armen, legte ihren Kopf an seine Brust, streichelte ihr das wirre Haar und küsste sie heiß, inbrünstig. »*Und i hab dich doch lieb!*« rief er laut hinaus, dass es jubelnd von den öden Eiswänden widerhallte.

Und Wally stand da, ihrer Sinne kaum mächtig, still, fast zusammenbrechend unter der Flut von Glück, die über sie hinströmte.

»Joseph – is des möglich – kannst mir verzeihen – kann mir der liebe Gott verzeihen?« flüsterte sie atemlos.

»Wally! Wer das alles anhören und dei vergrämt's G'sichtel anschauen – und dir noch bös sein könnt – der hätt 'n Stein statt 'me Herzen da drin! I bin a harter Kerl, aber i kann's nit!«

»O mei Herrgott«, sagte Wally, und Tränen stürzten ihr aus den Augen: »Wenn i denk, dass i das Herz hab woll'n stillstehen mach'n –!« Sie rang verzweiflungsvoll die Hände: »O du guater Bua – je besser und lieber d' mit mir bist, desto furchtbarer packt mich die Reu! Oh, i find nimmer Ruh auf Erden und im Himmel. Dei Magd will i sein, nit dei Weib, auf deiner Schwell'n will i schlafen, nit an deiner Seit – arbeiten will i für dich und dir diene – und dir tun, was i dir an die Augen abseh'n kann. – Und wann'st d' mich schlagst, will i dir d' Hand küssen, und wann'st d' mich trittst, will i deine Knie umfassen – und wann d' mir nix gönnst als 'n Hauch von dei'm Mund und 'n Blick und a Wort, so will i z'frieden sein – so is's scho mehr, als i verdien!«

»Und meinst, da dermit war i z'frieden?« sagte Joseph glühend, »meinst, i hätt g'nua an 'me Hauch und 'me Blick? Meinst, i hielt's aus, dass du draußen auf der Schwell'n lägst – und i drin? Meinst, i machet nit 's Tür'l auf und holet dich rein? Und meinst etwa – du bliebst draußen, wenn i dich 'reinrufet?«

Wally wollte sich von ihm losmachen, sie verbarg das erglühende Gesicht in den gerungenen Händen.

»Sei ruhig, liebe Seel« – fuhr Joseph mit seiner schönen tiefen Stimme fort und zog sie auf seine Knie: »Sei ruhig, und nimm's freudig hin, wie's unser Herrgott dir schickt – du darfst's, denn du hast ehrlich gebüßt. Plag dich nimmer mit Vorwürf, denn, bei Gott, i hab dir's au dernach g'macht und dich furchtbar g'reizt, hab dir dei lange Lieb und

Treu mit Spott und Verachtung g'lohnt, da is's kei Wunder, dass dir die Geduld g'rissen is – was kannst denn derfür? Du bist halt die Geier-Wally! Aber 's hat dich ja glei g'reut, und du hast mich wieder 'raufg'holt mit Todesverachtung, wo koa Mann 's Kurasch derzu g'habt hätt, und hast mich in dei Stüb'l tragen lassen und in dei Bett'l g'legt und hast mich 'pflegt, bis die dumm Afra kommen is und dich forttrieben hat, weil d' glaubt hast, sie sei d' Meinige. Nacher bist gange und hast dei ganz's Vermögen uns schenken wollen, dass i d' Afra heiraten könnt – hast gemeint! Und bist da 'rauf zog'n in die Einöd mit dei'm schweren Kummer! Oh, du arme Seel, seit d' mich kennst, hast nix als Herzeleid g'habt um mich, und i sollt dich nit liebhaben, und wir sollten nit glücklich sein dürfen? Nein, Wally, und wenn die ganz Welt dich verurteilte – i fraget nix danach, i nehm dich in 'n Arm, und koa Mensch soll dir was anhab'n!«

»So is's wirkli wahr, du willst mich aus meiner Not und Schand an dei Herz nehmen? Du willst dich nit scheuen vor der wilden Geier-Wally, die so viel Unheil an'richt hat?«

»I mich scheuen vor der Geier-Wally – i, der *Bären-Joseph*? Nein, du liebes Kind, und wann'st noch viel wilder wär'st, als d' bist, i fürcht dich nit, i zwing dich doch, des hab i dir scho amol g'sagt – damals im Haß – jetzt aber sag i's in der Lieb! Und wann i dich au nit zwängt, und wann i wüßt, dass d' mich in die nächsten vierzehn Täg umbrächt'st, i ließ doch nit von dir – i könnt nit von dir lassen! I bin hundertmal aner Gams nachg'stiegen, wo i g'wußt hab, dass mich jeder Schritt 's Leben kosten kann, und hab's doch nit g'lass'n und du, du wunderherrliche Dirn, solltest mir nit so viel wert sein wie a Gams? Schau, Wally – für a einzige Stund, in der du so bist, wie heut, und mich so anschaust und dich so an mich schmiegst, will i gern sterben!« Er presste sie an sich, dass ihr der Atem verging: »Heut über vierzehn Tagen bist mei Weib, und dann wirst mi nimmer umbringe – I *weiß* es, denn jetzt kenn i dei Herz!«

Da sprang Wally auf und erhob die Arme zum Himmel: »Oh, du großer, grundgütiger Gott, des is mehr als a irdisches Glück, des is die Gnadenbotschaft, die du mir schickst!«

Es war Abend geworden – ein mildes Antlitz schaute von da oben freundlich auf sie nieder – der volle Mond stand über dem Berg. Auf den Tälern lagen die Abendschatten – heute war es zu spät, noch hinabzusteigen. Sie gingen in die Hütte, zündeten ein Feuer an und setzten sich an den Herd. Es war ein seliges Geplauder nach jahrelangem Schweigen. Auf dem Dach träumte der Geier, er baue sich ein Nest –

der Nachtwind brauste um die Hütte, dass es klang wie Hochzeitsharfen, und durch das kleine Fenster herein blinkte ein Stern.

Am andern Morgen standen Wally und Joseph zur Heimkehr bereit vor der Tür der Hütte.

»B'hüt Gott, Vater Murzoll«, sagte Wally, und der erste Morgenstrahl ließ eine Träne auf ihrer Wange erglänzen: »Jetzt komm i nimmer wieder zu dir, da unten is jetzt mei Glück, aber i dank dir doch, dass d' mir so lang a Heimat 'geben hast, wo i heimatlos war. – Und du alte Hütten, du bleibst jetzt leer stehen, aber wann i da drunt bei mei'm herzlieben Mann im warmen Stübel sitz, so will i darauf denken an dich, wie i da oben die einsamen Nächt unter dei'm Dach g'froren und g'weint hab und will allezeit dankbar und demütig bleiben!«

Sie wandte sich und legte ihren Arm in den Josephs. »So komm, Joseph, dass wir noch vor Mittag bei unserm lieben Pfarrer in Heiligkreuz sind.«

»Ja, komm, i führ dich heim, mei schön's Bräutel! – Da schaut's, ihr seligen Fräulein – da hab i sie, und sie g'hört mir – euch und alle bösen Geister zum Trotz!«

Und er schickte einen Jodler hinaus in die blaue Ferne, der schmetterte wie eine Jubelhymne am Auferstehungstag.

»St, still«, sagte Wally und legte ihm erschrocken die Hand auf den Mund: »Forder sie nit 'raus!« Dann aber lächelte sie mit klarem Blick: »Ach nein! 's gibt ja keine seligen Fräulein und keine bösen Geister mehr – 's gibt nur Gott!« Sie drehte sich noch einmal um. Die schneeigen Gipfel der Ferner erglühten rings im Morgenschein. »Schön war's doch da oben!« sagte sie zögernden Fußes.

»Tut's dir leid, dass d' mit mir 'runter mußt?« fragte Joseph.

»Und wenn d' mit mir abi stiegst in 'n tiefsten Schacht unter der Erden, wo kein Tagesschimmer 'neinschien, so ging i mit und tät nit fragen, noch klagen!« sagte sie, und ihre Stimme klang so wunderbar weich, dass Joseph die Augen feucht wurden.

Da rauschte es vom Dach der Hütte herab. »Oh, mei Hansl – dich hätt i fast vergessen«, rief Wally. »Du –!« sagte sie lächelnd zu Joseph – »mit dem mußt dich aber vertragen – ös seid's jetzt Schicksalsbrüder: I hab mir ja dich vom Felsen g'holt wie ihn!«

So stiegen sie hinab. Es war ein kleiner Brautzug, kein Gepräng als die goldenen Brautkronen, die die Strahlen der Morgensonne um ihr Haupt woben – kein Gefolge als der Geier, der hoch in den Lüften über ihnen kreiste, aber ein schwer erkauftes, unaussprechliches Glück in der Brust.

* * *

Dort oben auf der Sonneplatte in schwindelnder Höhe, wo einst »die hochlandwilde Maid verträumt herniedersah«, wo sie sich später in den dämmernden Abgrund hinabließ, um den Geliebten zu retten, da ragt jetzt ein einsames Kreuz in das Blau des Himmels. Die Gemeinde hat es gestiftet zur Erinnerung an die Geier-Wally und den Bären-Joseph, die Wohltäter der ganzen Gegend!

Wally und Joseph sind früh gestorben, die Stürme, die an ihnen gerüttelt, hatten die Wurzeln ihres Lebens gelockert, aber ihr Name lebt fort und wird gepriesen, so weit und so lang die Ache rauscht.

Der Wanderer, der abends spät durch die Schlucht zieht, wenn es das Gebet läutet und die silberne Mondessichel über den Bergen steht, sieht wohl ein greises Paar dort oben knien. Es ist die Afra und der Benedikt Klotz, die oft von Rofen herüberkommen, bei dem Kreuz zu beten. Wally selbst hat einst ihre Herzen zusammengeführt, und sie segnen heute noch am Rande des Grabes ihr Andenken.

Unten in der Schlucht umwallen weiße Nebelgestalten den Wanderer und mahnen ihn an die seligen Fräulein. Von dem Kreuz herab weht es ihn an wie eine Klage aus längstverklungenen Heldensagen, dass auch das Gewaltige wie das Schwache dahinsinkt und vergehen muß – doch der Gedanke mag ihn trösten: das Gewaltige kann sterben, aber nicht aussterben. Sei es im Strahlenpanzer Siegfrieds und Brunhilds oder im schlichten Bauernkittel eines Bären-Joseph und einer Geier-Wally – immer finden wir es wieder!

Printed in Poland
by Amazon Fulfillment
Poland Sp. z o.o., Wrocław

75519231R00081